비차

비차 2 – 진주대첩, 사라진 이상한 새
김동민 장편소설

초판 인쇄   2016년 09월 27일
초판 발행   2016년 10월 01일

지은이   김동민
펴낸이   신현운
펴낸곳   연인M&B
기 획   여인화
디자인   김주리
마케팅   박한동
홍 보   정연순
등 록   2000년 3월 7일 제2-3037호
주 소   05052 서울특별시 광진구 자양로 56(자양동 680-25) 2층
전 화   (02)455-3987 팩스 (02)3437-5975
홈주소   www.yeoninmb.co.kr
이메일   yeonin7@hanmail.net

값 14,000원

ⓒ 김동민 2016 Printed in Korea

ISBN 978-89-6253-191-6 04810
ISBN 978-89-6253-189-3 04810(전2권)

비차

세계 최초의 비행기

飛車, 1592년 조선의 하늘을 날다

김동민 장편소설

2

진주대첩, 사라진 이상한 새

연인M&B

차례

환각은, 꿈은

ꟾ

그 놀라운 사태가 벌어지기 시작한 것은 그때부터였다. 술명은 들었
다. 다른 방이나 마당가에서 사람들이 혹은 웃고 혹은 떠들면서 따라하
고 있는 그 노랫소리를.

그랬다. 미치지 않은, 미친 여자를 보고 헤헤거리거나 혀를 차대던 그
사람들이, 미친 여자가 내는 소리를 그대로 흉내 내고 있었다. 아마 그
들 중에는 솜털을 공중으로 날리는 시늉을 해 가며 그 소리를 흥얼거리
는 이도 있을 것이다. 삽시간에 숱한 사람들이 들끓고 있는 객줏집을 돌
림병처럼 점령해 버린 그 노래.

술명이 더더욱 경악한 것은, 그 자신도 어느 틈엔가 입으로 그 소리를
내고 있다는 것을 깨닫고 나서였다. 하지만 어이없다는 깨달음 속에서
도 그는 어떤 보이지 않는 힘이 시키듯 계속 읊조렸다. 난다 난다 비, 비
차. 진주성에 가 보자. 비차 비차……

술명은 한참 동안이나 자신의 폐부 깊숙한 곳에서 우러나오는 그 소
리를 남의 그것처럼 듣고 있었다. 그러는 가운데 광녀가 내던 노랫소리

는 완전히 사라지고 사람들도 모두 제각각의 모습들로 되돌아갔다. 다시 그들 본연의 생업에 매달리기 시작한 것이다. 온갖 장사치 소리들이 솜털처럼 날아다녔다. 그렇지만 술명은 여전히 마취에서 깨어나지 못한 채 그대로 주저앉아 있기만 했다. 그의 몸은 공중에 둥둥 떠 있는 것만 같았다. 그의 혼은 이 세상이 아닌 다른 곳을 헤매고 있는 듯했다.

그런 상태로 얼마나 시간이 흘러갔는지 모르겠다. 술명이 현실로 돌아온 것은 가벼운 기침 소리와 함께 보묵 스님이 그가 있는 방문을 여는 소리를 듣고서였다. 보묵 스님 얼굴은 아주 긴장되고 흥분되어 있어 술명은 번쩍 정신이 들었다.

"세상이 생각보다 훨씬 급박하고 심각한 쪽으로 돌아가고 있어요. 지금 조선 팔도에 안전지대는 아무 곳에도 없는 것 같습니다."

보묵 스님 입에서 나온 첫 마디가 그러했다. 너무나 좋지 않은 현실을 얘기하고 싶지 않은 빛이 역력했고, 술명은 조만간 그 고을에도 왜구들이 들어올 것이란 소문을 떠올렸다.

"방금 빈승이 저 방에서 어떤 사람들을 만나고 온 줄 아십니까?"

늘 '바스락' 소리가 날 것 같은 보묵 스님 몸에서 느껴지는 팽팽한 긴장감에 술명의 음성도 크게 떨려 나왔다.

"누구를……?"

조운과 상돌이 만났다는 충청도 노성의 윤달규라는 사람이 생각나는 술명이었다. 그는 정말 소문대로 하늘을 나는 기구를 만들어 타고 자기 집 마당 위를 날아다니고 있는 걸까.

"전국을 돌아다니는 상인들인데……"

보묵 스님은 거기서 약간 목소리를 낮추어,

"실은, 장사만 목적으로 하는 사람들이 아닙니다."

술명은 알 수 없다는 듯,

"예? 장사꾼이 장사 말고 또 무슨……?"

그가 눈을 감았다 뜨며 매우 조심스럽게 일러 주었다.

"왜놈들 동태를 몰래 살피는 일을 하고 있기도 하지요."

"그, 그런 일을……?"

술명으로선 금시초문이었다. 상인들이 그런 엄청난 일을 하고 있다니. 그리고 불가에 귀의한 보묵 스님이 그런 위험한 일을 하는 사람들과 은밀히 만나고 있을 줄이야.

"제 마음 같아선 그들과 한번 만나게 해 드리고 싶지만, 이건 워낙 극비리에 행해져야 할 사안이고, 또 저들도 신분 노출을 극도로 꺼리는지라……."

보묵 스님 말에 술명은 손을 크게 내저었다.

"아, 아닙니다. 자칫 그렇게 훌륭한 일을 하시는 분들께 어떤 누라도 끼치면 안 되지요. 무엇보다 나라가 바람 앞에 등불처럼 위험한 이런 시기에 말씀입니다."

보묵 스님이 자세를 고쳐 앉았다. 가랑잎 굴러가는 고갯마루에 올라서서 속세 인간들이 살고 있는 곳을 내려다보고 있는 듯한 그였다. 언젠가 그와 함께 가 보았던 대사지 쪽 연지사 종소리가 들려오는 것 같았다. 술명은 부끄럽다는 듯 말했다.

"저런 분들도 있는데 제가 개인적인 생각만 했던 것 같아 스님을 뵐 면목이 없습니다. 제 자식놈한테도 꼭 이 이야기를 해 주도록 하겠습니다."

연지사 종신에 부조된 비천상이 구름 위에서 천의 자락을 휘날리며 두 팔을 벌려 치던 장고 소리도 귀를 생생히 울리는 듯했다. 보묵 스님도

귀를 기울이는 시늉을 하며,

"잘 생각하셨습니다. 깨치는 게 많을 겁니다."

그때 옆방 문이 열리는 소리가 나더니 사람들이 밖으로 나오는 기척이 났다. 술명은 가슴이 두근거렸다. 보묵 스님은 몸을 일으켜 세우려고 하다가 도로 주저앉았다.

"만사 조심이 최고지요."

"또 그 일을 하려고 나가는 모양이지요?"

술명이 떨리는 목소리로 묻자 보묵 스님은 고개를 끄덕인 후 염불을 외기 시작했다. 그들의 안전과 노고에 대해 부처님께 기원하는 듯했다. 술명도 속으로 빌었다. 제발 내 자식놈이 그 일을 이루어 위기에 빠진 이 나라를 건질 귀인을 구할 수 있기를. 그런데 술명의 가슴이 또다시 먹먹해진 것은 보묵 스님이 하는 이런 말을 듣고서였다.

"조금 전 마당에서 벌어졌던 그 소란 말입니다. 빈승은 상인들과 중요한 이야기를 나누느라 거기 신경 쓸 겨를이 없었는데 무슨 일이었지요?"

술명은 보묵 스님을 속일 수는 없어,

"저희 동네에 살고 있는 미친 여잔데, 언제부턴가 아무 곳에서나 그 노래를 부르고 다니는 바람에 사람들이……"

"혹시 아드님과 무슨 관계라도 있는 건 아닌지……?"

그러다가 보묵 스님은 스스로 생각해도 억지소리라고 느꼈는지,

"아, 관계라기보다도 날고 있는 이야기를 하고 있어서요."

그도 광녀가 큰소리로 불러 대던 노래는 자세히 들은 듯했다.

'충청도 노성의 윤달규라는 그 사람에 대해 들려주어야 할까?'

술명은 순간적으로 그런 생각이 들었지만 그만두기로 했다. 아무리

헤아려 봐도 그건 소문에 불과할 뿐 어떤 확실한 증거가 없는 것이다. 조운과 상돌은 윤달규가 비차를 타고 공중을 날고 있는 장면을 직접 보지 못했다고 했다.

"비차라는 게 무엇을 말하는지는 모르겠지만, 진주성에 가면 그것을 볼 수 있는 것처럼 얘기하고 있더군요."

보묵 스님은 비록 광녀가 한 소리지만 아주 강렬한 인상을 받은 듯한 모습이었다. 천기누설이란 말을 떠올리고 있는 술명의 귀에 또다시 들려 오는 듯했다.

난다 난다 비, 비차. 진주성에 가 보자. 비차 비차⋯⋯.

조운은 이른 새벽부터 명석이라는 고을로 가는 길목에 서 있었다. 길 옆 이슬 촉촉히 내린 풀숲에서 새날을 쪼아 대는 새소리가 흘러나왔다.

상돌과 거기서 만나기로 약속이 되어 있었다. 상돌을 기다리는 동안 조운은 내내 그의 생각을 하였다. 상돌의 부모가 그렇게 세상을 일찍 떴 다는 사실은 미처 몰랐다. 조운은 또 한번 상돌이 불쌍하다는 생각이 들었다. 처음에는 그가 조선에서 가장 천한 신분인 백정이라는 사실에서 그랬고, 지금은 혈혈단신이라는 사실에서 그랬다.

길가 나무들은 잎이 별로 달려 있지 않았지만 의연한 모습이었다. 새 봄이 오면 또다시 새순이 돋고 여름이면 짙푸르게 무성한 녹음을 지을 수 있다는 희망에 차 있는 듯했다. 간혹 바람에 흔들리면서도 하늘로 솟은 고개는 꼿꼿했다. 조운은 그 나무들을 보며 스스로도 용기를 잃 지 않으려는 마음을 다졌다.

"아, 오래 기다리셨지요, 형님?"

등 뒤에서 들려온 그 소리에 조운은 얼른 고개를 돌렸다. 하지만 그의 눈은 상돌보다도 상돌 뒤쪽에 숨듯이 서 있는 웬 처녀에게로 더 쏠렸다.

"인사드리시오. 내가 늘 이야기하던……."

"예……."

그 처녀도 그렇지만 서른 중턱을 넘긴 상돌도 사뭇 부끄러워하는 빛이었다. 그들이 서로에게 가지는 감정결의 두께가 어느 정도인가를 잘 증명해 보이는 모습들이었다.

그 백정 처녀에 대한 조운의 첫인상은, 그녀가 결코 천박해 보이지 않고 퍽 어질게 생겼다는 것이었다. 구원을 요청하듯 상돌만 보고 있던 백정 처녀는 고개를 깊숙이 숙여 인사를 하였다. 피부는 검고 야윈 몸매였지만 갸름한 얼굴이 예쁘고 빨갛게 물든 귓불이 탐스러웠다. 얼핏 둘님과 광녀의 중간쯤에 서 있는 여자 같다는 느낌이 전해졌다.

"이렇게 만나게 되어 반갑네요."

조운도 가볍게 허리를 굽혀 보였다. 양반들은 물론이고 일반 평민들도 백정에게는 하대(下待)하는 경향이 있던 당시였다. 그렇지만 상돌이 데리고 온 여자라는 생각에 조운의 입에서는 절로 높임말이 나왔다.

"형님……."

상돌이 서두르는 모습을 보였다.

"그, 그래. 알았네."

조운도 이렇게 시간을 보내고 있을 때가 아니라는 생각이 들었다. 비록 충청도보다는 가깝지만 이제부터 꽤 먼 길을 떠나야 하는 것이다.

조운과 상돌이 앞장서서 나란히 걷고, 백정 처녀는 약간 뒤에서 따라왔다. 조운은 그 처녀가 여자의 몸으로 남자들 걸음을 따라올 수 있을까 은근히 걱정을 했었는데, 얼마 가지 않아 그 우려가 한갓 기우였다는 것을 깨달았다. 처녀는 오히려 조운 자신보다도 더 잘 걸었던 것이다.

천한 신분으로 험한 일을 하며 살아오다 보니 저절로 몸이 단련된 것
같았다. 그러자 저런 처녀를 아내로 맞아들이려는 상돌이 잘됐구나 싶
었다. 어렵고 힘든 세상을 살아가자면 남자에게도 튼튼한 내조가 필요
할 것이 아니겠는가.

둘님의 얼굴이 떠올랐다. 그리고 동시에 나타나 보이는 광녀의 얼굴.
조운은 가늠해 보았다. 그가 절망과 실의에서 헤어나지 못할 때마다 자
신에게 더 큰 용기와 힘을 주는 여자가 어느 쪽인가를. 그런데 실로 역
설적이게도 광녀였다. 아니, 정확히 말하자면 그 노래, 비차의 노래였다.

"듣자니 왜놈들이 물러갔다고 합니다. 다행입니다."

상돌이 동편 하늘가로 막 떠오르기 시작하는 아침해 쪽으로 눈길을
돌리며 말했다. 수평으로 바라보는 해는 엄청 커 보였다. 조운에게는 그
게 흡사 붉은 비차같이 비쳤다. 언제나 그런 식이었다. 달도 새도 낙엽도
심지어는 바람조차도 눈에 보이지 않는 비차가 아닌가 싶었다.

"아직은 완전히 마음을 놓을 때가 아니네. 워낙 독한 족속들이라 언
제 또 쳐들어올지 모르니까."

자칫 튀어나온 돌부리에 걸려 엎어질 듯하다가 얼른 균형을 바로잡으
며 조운이 말했다. 상돌은 조운의 몸을 잡아 주려고 급히 내밀었던 손
을 도로 거둬들였다.

"하긴 완전히 물러가지는 않았을 겁니다."

"순순히 제 나라로 돌아갈 것들이라면 그런 짓을 할 리가 없지."

"형님, 그 말씀을 들으니 너무 불안하고 두렵습니다."

"이번 길도 조심해서 다녀와야 할 걸세. 혹시 다른 곳에서 싸우다가
도망쳐 온 왜놈 패잔병들이 어디 숨어 있을지도 모르니까."

조운이 주위를 살폈고 상돌도 경계의 눈빛을 늦추지 않으며,

"언젠가 형님을 모시고 충청도 노성까지 갔던 일이 생각납니다. 정백이란 그 산적 두목도요. 하여튼 그 윤달규라는 사람, 정말 고집불통 아니었습니까?"

"그래도 그가 도움을 주지 않았나. 비차라는 이름도 알게 되었고, 배를 두드리는 것도 그렇고, 고마운 사람이지."

그런 은인도 없었다.

"그건 그렇습니다만……."

"사람의 운명만큼 피할 수 없는 게 다시 있을까?"

상돌은 조운의 그 말에는 대꾸가 없다가 잠시 후에,

"형님! 다리 아프시지요? 죄송합니다."

"난, 괜찮아. 걸을 만하다고."

조운은 상돌의 귀에만 들리게,

"저 처녀 걱정이나 해."

상돌은 뒤에서 따라오는 백정 처녀를 가끔씩 돌아보면서 부지런히 발을 떼 놓았다. 그 처녀는 시종 아무 말이 없었다. 발소리도 크게 내지 않았다. 간혹 호흡이 가쁠 때 한번씩 내쉬는 숨소리를 통해 그녀가 따라오고 있다는 것을 알 수 있을 정도였다.

'이런 곳에서 왜놈들을 만나게 되면…….'

조운 자신과 상돌은 죽이고 백정 처녀는 겁탈한 후 끌고 갈 왜구들이었다. 전쟁이 나면 남자들보다도 여자들이 더 불쌍하고 염려된다는 것을 조운은 깨달았다. 그리고 나라가 잘못되면 조정은 말할 것도 없고 사가(私家)에서도 그동안 모든 실권을 휘둘러 왔던 남자들 책임이 크다는 사실도 가슴에 와 닿았다.

그러자 지금까지 우리 가정을 끌어오신 아버지가 더욱 존경스럽고 대단하시다는 생각이 들었고, 어머니의 모성애를 떠올리면 가슴부터 먹먹했다. 부모님께서 나누시던 이런 대화는 세상 어떤 자식 사랑보다도 각별한 것이었다.

"하나 있는 아들자식을 어떡해요?"

"하나 있는 아들자식이라니? 아들이 셋이나 되는데……"

조운이 옆에서 들어봐도 이해되지 않는 어머니였다. 아버지 말씀처럼 조운, 천운, 지운, 이렇게 아들 삼 형제가 아닌가. 그런데도 하나 있는 아들자식이라니?

"하여튼 저는 그래요."

"사람이 우길 게 따로 있지, 무슨 억지소릴……?"

조운은 어머니의 그 말뜻을 비로소 이해하게 된 날, 혼자 뒤꼍에 숨어서 얼마나 눈물을 흘렸는지 모른다. 열 손가락 깨물어 안 아픈 손가락이 없다. 어머니만의 전용어라고나 할까, 내 자식들은 하나하나가 모두 귀하고 소중하다, 바로 그런 의미에서의 '하나 있는 아들자식'이었던 것이다.

조운은 부모님과 동생들의 무탈과 함께 상돌과 백정 처녀의 앞날도 순탄하기를 빌었다. 세 사람 모두 걸음이 아주 빠른 편이었다. 남강 줄기와 산맥을 따라 거슬러 오르는 길이 수월하지는 않았지만 시간에 비하면 제법 멀리까지 가 있었다.

도중에 길가 풀밭에 앉아 백정 처녀가 정성스레 준비해 온 음식으로 점심을 때웠다. 그리고 목이 마르면 두 손으로 바가지를 만들어 계곡물을 떠 마시기도 했다. 아직은 왜적에게 더럽힘을 당하지 않은 물이 투명하고 맑았다. 그러자 비차에 새로 매단 깨끗한 무명천과 위쪽에 붙인 고운 화선지가 조운의 눈에 어른거렸다.

깊은 산속을 지나갈 때는 멧돼지와 곰이 내는 소리도 들었다. 그럴 때면 상돌은 약간 뒤로 처져 백정 처녀 옆에 서서 걷기도 하였다.

'상돌이가 저 처녀를 무척 사랑하는구나!'

조운은 속으로 생각했다. 하지만 지금 가고 있는 그 길에 대해 일말의 의문과 회의가 드는 것은 어쩔 수가 없었다. 도대체 굳이 그 먼 곳까지 가서 그 일을 해야 할 필요가 있겠는가 말이다. 모든 건 마음에 달려 있다고 믿는 조운이기에 더 그랬는지도 모른다.

내가 모르는 면이 있을 거라고, 상돌을 이해하려고 했다. 심지 깊은 그였다. 더욱이 그 처녀도 이렇게 따라나선 차에 제삼자인 자기가 제멋대로 판단할 일은 아닌 것 같았다. 이윽고 산 그림자도 지친 듯 길게 늘어나 보일 때쯤이었다. 마침내 상돌이 손으로 오른쪽 야산을 가리키며 말했다.

"저깁니다, 형님."

조운은 얼른 상돌의 손가락 끝을 따라 눈길을 옮겼다.

'드디어 다 왔구나.'

하지만 다음 순간, 조운은 크나큰 실망감이랄까 어쩐지 속았다는 느낌부터 들었다.

'너무 평범한 산이잖아? 다른 산보다 크고 높은 것도 아니고, 그렇다고 산세가 특별히 수려한 것도 아니고……'

조운 눈에는 그 산이 비봉산이나 선학산, 망진산에 비해 더 나아 보이는 것도 없었다. 그런데 왜 이곳까지 왔는지 아무래도 모르겠다.

조운이 그런 의문에 싸여 있는데 상돌은 길도 제대로 나 있지 않은 그 야산을 오르기 시작했다. 더욱 상돌을 이해할 수 없는 것은, 그 순간부터 그는 같이 온 조운이나 백정 처녀는 마음에도 없는 듯 저 혼자서만 마른 풀숲을 헤치며 산을 탄다는 사실이었다.

　조운은 백정 처녀더러 어서 따라가자는 눈짓을 해 보였다. 백정 처녀도 돌변한 상돌 모습에 적잖게 당황하는 빛이었지만 그런 내색을 하지 않고 상돌 뒤를 쫓았다. 조운도 상돌을 놓칠세라 바짝 따라붙었다. 그때부터 이상한 산행이 시작된 것이다.

　"……."

　누구도 입을 열지 않고 그냥 허위허위 산만 타는 광경만 펼쳐졌다. 그 야산은 밑에서 올려다보았을 때와는 달리 제법 험하고 가팔랐다. 근처에는 인가(人家)의 흔적도 보이지 않았으며 무엇보다 길이 없었다. 상돌이 새로 길을 내면서 오르는 상황이었다.

　얼마나 산을 탔을까. 이윽고 상돌이 걸음을 멈추었다. 백정 처녀와 조운도 덩달아 섰다. 세 사람이 내는 가쁜 숨소리가 적요한 산을 울렸다. 지금까지 거쳐온 다른 곳처럼 잡목들이 우거진 지점이었다. 다른 점이 있다면 햇살이 좀 더 잘 비치고 바위가 조금 드물다는 것일 게다. 팔부 능선쯤 올라온 것 같았다. 나뭇가지 사이로 내려다보이는 서편 저 아래로 남강 상류라고 생각되는 강줄기가 길게 이어지고 있었고, 강 건너에는 가없이 잇닿은 산맥들이 수묵화처럼 펼쳐져 있었다.

　상돌은 아직도 조운과 백정 처녀가 눈에 보이지 않는 듯했다. 지금 그의 심정은 주체하지 못할 정도로 복잡하고 착잡하다는 것을 조운은 알았다. 그들이 올라와 있는 그 산이 보이기 시작했을 때부터 그가 보였던 반응이었다. 이윽고 상돌이 조운을 한번 보고 나서 백정 처녀에게 말했다.

　"자, 이쪽으로 오시오."

　"예."

　백정 처녀는 얼른 상돌이 말하는 쪽으로 갔다. 그 자리는 다른 곳보다 약간 넓게 팬 곳이었는데, 조운이 자세히 보니 그 근방이 도드라져 있어 상대적으로 움푹 들어간 지형같이 비쳤다. 상돌이 백정 처녀와 나란히 서며 조운에게 말했다.

"지금부터 저희 두 사람 혼례를 올리려 하니 증인이 되어 주십시오."

"그, 그러지 뭐."

조운은 자신도 모르게 더듬거리는 말투가 되었다. 거기 오기 전에 대략 이야기는 들었지만, 막상 그 일에 부닥치니 당황스럽고 어찌해야 할 줄을 모르겠다.

"형님께서 따로 하실 일은 아무것도 없습니다."

상돌이 조운에게 그렇게 말한 후 백정 처녀에게 허리를 굽혀 인사를 하자 그녀도 얼른 상돌을 따라했다.

'아, 신랑 신부가 맞절을 하는 거구나! 아무리 양가 부모가 없고 천한 백정들이라고 해도 저걸로 혼례를 대신하다니.'

조운은 눈물이 쏟아져 내리려고 하는 것을 간신히 참았다. 이제 둥지에 깃들인 것일까. 어디선가 초록 냄새가 묻어나는 듯한 산새 소리가 들려왔다. 그것은 마치 혼례를 치르고 있는 신랑 신부에게 축복의 노래를 불러 주는 것 같았다.

조운은 눈을 크게 뜨고 두 사람을 바라보았다. 자신의 눈에 그 장면을 똑똑히 담아 두고 싶었다. 상돌 얘기처럼 그는 그 혼례의 유일한 증인이었다. 나중에 그들 사이에 자식이 태어나면 친조카처럼 대할 것이다. 조운은 주례를 서는 사람같이 말했다.

"그러면 신랑 신부가 같이 술을 마시도록 하시오."

"예."

상돌과 백정 처녀는 술잔을 들어 올리는 시늉을 했다. 그러고는 똑같이 그것을 마시는 동작까지 취했다. 산바람이 신랑 신부의 몸을 피해 가며 불고 있는 듯했다.

상돌의 부모 묘지가 혼례 치르는 그 자리 가까운 어딘가에 위치하고 있었다는 그 야산 위로 별빛이 내려앉고 있었다. 전쟁도 그곳만은 비켜 갈 것이다.

진해와 고성 등지에서 왜적의 노략질이 심해졌다. 경상우수사 원균은 일단 퇴각하여 남해 노량에 진을 치고 전라도 수군에 구원을 요청했다.

마침내 왜군이 진주로 쳐들어온다는 소식이 전해졌다. 하늘과 땅이 딱 들러붙는 듯한 소리였다. 드디어 올 것이 온 것이다. 진주목사 이경은 지리산 상원동으로 숨어들었고, 직속부하인 판관 시민도 수행하였다. 시민도 같이 갔다는 것을 조운은 나중에야 알았다. 하긴 그런 사실을 미리 알았더라도 조운으로선 무엇을 어떻게 할 방도가 없었겠지만. 그것은 상관 명령에 절대 복종하면서 끝까지 모셔야 하는 시민으로서도 마찬가지였을 것이다.

초유사 김성일이 진주로 달려왔다. 난리가 일어났을 때 백성을 타일러 경계하는 일을 맡아보던 임시 벼슬이 초유사였다.

김성일에게는 이런 이야기가 전해진다. 그의 형 김극일이 홍원의 임소(任所)에 있을 때 따라간 일이 있었는데, 어느 날 성안에 불이 나자 모두 관아를 구하러 달려갔지만, 그는 홀로 전패(殿牌)를 받들어 깨끗한 곳으로 옮기어, 그것을 본 이들이 기특해하였다는.

김성일이 왔다는 전갈을 받고 하산하려는 시민에게 이경이 말했다.

"판관 혼자 가시오."

어리둥절해하는 시민에게 이경은 상을 찡그리며,

"나는 등창이 심해 움직일 수가 없소."

"예? 그럼……."

사실 이경의 등에는 큰 부스럼이 나 있어 여간 고통스러워하는 게 아니었다.

"미안하오, 판관."

"아닙니다. 그렇게 고하겠습니다."

말은 그렇게 했지만 시민은 느낌이 썩 좋지 못했다. 때가 때인 만큼 아무리 급박하고 중차대한 일이라도 사적인 사정이 용납되기는 어려울 터였다.

"목사는 왜 아니 왔는가?"

김성일은 시민이 예상한 대로 당연히 그 말부터 꺼냈다. 일본에 파견되었다가 돌아와 일본의 침입이 없을 것이라고 고한 바람에 임진전쟁 초기에 파직되기도 했던 그이기에, 그의 현재 마음이 어떤 상태인가를 시민은 모르지 않았다.

"저, 실은 목사께서는 지금 너무나……."

퇴계 이황의 문인으로, 사육신의 관작을 회복시켜 그들 후손을 채용할 것을 진언하기도 했던 김성일은 얼굴을 붉히며,

"너무나고 저무나고!"

시민은 그럴 수밖에 없었다는 듯,

"누구 눈으로 봐도……."

김성일이 신경질적으로 소리쳤다.

"내 눈은 못 봤어!"

"초유사께서도 직접 보시면……."

시민은 이경의 병세가 심각하다고 계속 고했으나 김성일은 끝내 전령

(傳令)하여 나오게 하였다. 몰인정한 처사라고 할 수도 있겠지만, 어쩌면 누구든지 그렇게 할 수밖에 없는 절박한 상황이기도 했다.

"참으로 한심하고 답답한 사람이구먼."

결국 화살이 시민에게도 돌아왔다.

"관관도 그래."

"……."

"지금 나라 정세가 어떠한데……."

그러나 이경은 끝내 돌아오지 못했다. 안타깝고 슬픈 일이었다. 산에서 실려 오다가 소남촌사에서 등창이 발작하여 죽고 말았던 것이다.

'내가 잘못한 거야.'

시민은 좀 더 고집을 피우지 못한 것이 못내 가슴 아팠다. 이제 후대 사람들은 이경을 비겁한 관리로 치부해 버릴 공산이 컸다. 그가 살아 있다면 만회할 수 있는 기회를 얻어 냈을지도 모른다는 아쉬움을 떨치지 못했다.

그런데 문제는 또 있었다. 이경의 부인이 의복을 모두 챙겨 먼저 호남으로 가 버렸기 때문에 이경은 몸에 낀 단삼 외에는 염할 옷조차 없었던 것이다. 실로 비참한 말로가 아닐 수 없었다.

"허, 이리 딱한 일이 또 어디 있나."

"이러다가 나중에는 또 무슨 꼴을 보게 될지 정말 겁이 나는구먼."

모두가 혀를 찼다.

"사정이 그렇다고?"

그 이야기를 들은 김성일이 탄식과 함께 수의로 하라고 옷 한 벌을 보내주었다. 주위 사람들이 물었다.

"그는 목을 베어야 마땅한 자인데, 어찌하여 수의까지……?"

"성을 버리고 달아나 숨은 자를 처음부터 죽이지 않았는데, 이제 와서 그 목숨을 거둔다면 앞뒤가 맞지 않소."

죄인이라고 무조건 죽일 수는 없다는 거였다.

"그래도 경우에 따라서는……."

"게다가 그것은 나랏일에 도움도 되지 않을 뿐더러, 사람들을 놀라게 하는 결과만 낳게 하는 일이오."

"예, 듣고 보니……."

"그리고 어찌 단삼으로 관 속에 들어가는 것을 친구의 정으로 그냥 보고만 있겠소?"

김성일은 이제 그 일에 대해서는 더 이상 말을 꺼내지 말도록 했다. 그러고는 침통한 얼굴로 옆에서 듣고만 있던 시민더러 군사를 모으라고 독촉했다.

시민이 모병한다는 소리를 듣고 많은 백성이 속속 모여들었다. 조운도 비차만 아니라면 지원했을 것이다. 시민도 말렸다. 전투는 누구나 할 수 있지만 비차는 그가 아니면 안 된다는 거였다. 김성일은 기대 밖의 성과에 놀라면서 시민을 칭찬했다.

"그동안 그대가 판관으로서 고을 백성에게 베푼 덕이 컸던 결과요."

"아닙니다."

"이제 군사 수천을 얻었으니 왜군과 한번 싸워 볼 만하다는 자신감이 생기는구먼."

시민은 지난날 고향의 백전천 이무기를 퇴치할 그때보다도 몇 배나 단호한 마음으로 말했다.

"죽기로 싸운다면 길이 전혀 없는 것도 아닐 것입니다."

"그런 각오로 싸운다면 죽음도 피해 갈 걸세."

김성일의 눈에 시민의 등이 대나무처럼 꼿꼿해 보였다.

"자, 그러면 의병을 더 모집할 사람을……."

김성일은 전 군수 백암 김대명을 소모관(召募官)으로 삼았다. 당시 병란이 터졌을 때 그 지역의 향병(鄕兵)을 모집하기 위해 임시로 임명한 벼슬아치가 소모관이었다.

"나에게 위급한 나라를 구할 수 있는 기회를 주시다니……."

그곳 진주에서 태어난 김대명은 어릴 적부터 영특하고 효성이 지극했다. 그가 약관의 나이로 들어서기도 전에 경상도관찰사가 그 고을에서 백일장을 시행한 일이 있었다. 그때 그는 장내에 운집한 영남 지역의 노숙한 선비들을 물리치고 당당히 장원을 하여 세상을 크게 놀라게 했고, 관찰사는 큰 잔치를 베풀어 특별히 상을 내리기도 했다. 또한 선비정신의 대명사로 불리는 남명 조식의 문인인 그는, 의금부도사로 명성을 떨쳐 명나라 신종 황제를 감동시킨 학자라고도 알려져 있다. 당시의 이름난 유학자 하변은 말했다.

"백암의 문장이 해내웅(海內雄)이다."

최고라는 얘기였다. 사마시 동방인 영상 이산해도 극찬했다.

"백암의 문장은 세상에서 어느 누구도 따를 자가 없다."

김성일은 그 외에도 많은 이들을 기용했다.

본관이 밀양인 손승선을 수성유사로, 전쟁이 끝난 후에 '관란정'이라는 정자에서 여생을 보내게 되는 허국주와, 나중에 진주성 밖에서 시민을 크게 돕는 정유경을 복병장으로 삼았다. 복병은 적을 불시에 내치기 위해 요긴한 목에 숨겨 둔 군사였다.

하천서를 군량 책임자인 조도로, 강덕룡을 갑병 등을 수선하는 병기 책임자로, 신남은 음식을 관장케 했다. 사람됨과 특기 등을 고려한 적절한 배치였다.

훗날 좌승지로 추증되는 하천서와 그의 아들 하경호의 재실이 '망추정'인데, 지금도 남아 전해지는 그것은 송진으로 된 소나무를 소금물에 삶아 말린 것을 써서 재목이 상하지 않고 나무의 곡선미를 잘 살린 재실로 평가되고 있다.

그런가 하면, 강덕룡 같은 이는 무예와 용맹이 뛰어나 정기룡, 주몽룡 등과 더불어 '삼룡'이라 불리기도 한 사람이었다. 임진년 1년간 열두 차례에 걸친 대소전투에 참가하여 모두 이긴 그는 효성도 극진하였다.

임진전쟁 당시 '육지의 이순신'이라고 불린 정기룡 장군. 초명은 무수(茂壽), 본관이 진주인 그는, 곤양 정씨의 시조가 된다. 그가 기룡이란 이름을 얻게 된 데는 흥미로운 이야기가 전해진다.

그가 무과에 급제하였을 때, 선조는 종루 거리에 용이 일어나 하늘로 날아 올라가는 꿈을 꾸었다. 그리하여 선조는 인재를 물색하다가 그를 얻어 '기룡'이라는 이름을 하사하였다는 것이다.

어려서부터 용력이 뛰어나고 무과에 급제한 후 선전관을 거쳐 금산군수가 되기도 하는 주몽룡. 나중에 충청도 홍산에서 이몽학이 일으킨 반군들이 세력을 높이기 위해 그를 한패로 선전한 바람에 투옥되었다가 석방되기도 하는 인물이었다.

하여튼 둘째가라면 서러워할 명장들이 모두 출동했다고나 할까. 그런 훌륭한 기용 후에, 허물어진 성곽을 고치고, 얕은 못을 더욱 깊게 파고, 군대 기율을 바로잡는 일도 게을리하지 않았다. 김성일은 휘하 장졸들에게 당부했다.

"진양은 호남의 보장(保障)이니, 진양이 없으면 호남이 없게 되며, 호남이 없게 되면 국가는 어찌할 도리가 없게 될 것이다. 왜적의 침 흘림이 늘

이곳에 있으니 방어하고 지킴을 소홀히 할 수 없다."

그러한 어느 날, 성안 사람들을 바짝 긴장케 하는 정보가 칼이나 화살처럼 날아들었다. 사천현에 주둔하고 있는 왜군이 진주를 침범하려고 한다는 것이다.

시민은 즉시 조대곤, 사천현감 정득열 등과 머리를 맞대었다. 뜻이 모아졌다. 조선군은 십수교(十水橋, 열물다리)에 잠복했다.

본관이 하동인 정득열은 비변사 관료들이 무신들을 추천할 때 관찰사 강섬의 천거를 받고 등용된 인물이다. 지금 부여 관북리 부소산 성안에는 하동 정씨 사정려(四旌閭)가 있는데, 거기에 정택뢰, 정택뢰의 처 동래 정씨, 정천세 등과 함께 모셔져 있기도 하다.

십수교는 일명 십수제(十水梯)라고 하여 홍교가 아닌 사닥다리형 다리였다. 사천의 다리 중에서 가장 오래된 것으로, 하천이 열물(바닷물 조수)이 되면 그 다리까지 화물선이 들어와서 하역작업을 하였다. 그곳은 외부에서 쉬 발견할 수 없는 지형이었다. 게다가 얼마나 은밀하게 군사를 움직였던지 십수교 북쪽에 있는 하동마을 주민들도 전혀 모를 정도였다.

아무것도 모르는 왜군은, 조선군이 그곳에서 한참 떨어진 진주성 안에만 피신하듯 모여 있을 거라고 지레짐작했다. 그리하여 소풍 나온 아동들처럼 유유자적 행군해 왔다.

'이놈들! 조금만, 조금만 더……'

이윽고 적이 사정거리에 들어서는 순간, 시민은 호랑이가 포효하듯 큰 소리로 외쳤다.

"공격하라!"

수비만 하고 선제공격은 결코 하지 못할 것이라고 믿은 조선군의 기습은, 왜군 선견대를 격파하는 데 오래 걸리지도 않았다. 적은 숱한 사상자를 내고 야음을 틈타 도주하기 바빴다.

조선군은 승전의 기세를 몰아 세찬 바람 들이치듯 사천 중심 바로 밑까지 진격했고, 왜군의 후방 보급로를 차단해 버렸다. 그러자 한층 놀란 왜군은 사천을 포기하고 고성으로 도주하여 그곳에 진을 쳤다.

"이번 기회에 왜적을 완전히 몰아내야 한다. 계속 추격한다."

시민이 이끄는 조선군은 대둔령을 넘어 성하까지 추적해 갔다. 혼겁을 한 왜군은 웅천과 김해 방면으로 궤주했다. 조선군의 완벽한 승리였다. 진주성으로 돌아오는 개선군의 발걸음은 자랑스럽고 씩씩했다. 풀잎도 옆으로 물러나고 바람도 피해 지나갔다. 이후로 왜군은 진주 가까이 오는 것도 꺼렸다.

시민의 명성은 삽시간에 온 고을과 인근에까지 쫙 퍼졌다. 조운은 자기 일같이 기뻤다. 비차를 만드는 손에도 힘이 들어갔다. 술명이 박씨에게 말했다. 김시민 장군이야말로 보묵 스님이 예언한 그 귀인이 틀림없다고. 학노도 정씨에게 똑같은 소리를 하였다.

시민의 형형한 눈빛이 진주성 안 이곳저곳을 훑어 내렸다. 길게 이어진 성가퀴(女墻, 여장)에 올라앉은 까치들도 승전을 자축하듯 큰소리로 지저귀고 있었다. 털이 퍽 매끈해 보였다. 시민은 혼자 중얼거렸다.

"조운, 그 사람이 빨리 비차를 완성시켜야 할 터인데……."

그것을 타고 하늘에서 왜놈들 머리 위로 불벼락을 내릴 수만 있다면 얼마나 좋겠는가. 시민의 생각에, 비차보다 훌륭한 무기는 없었다. 어떤 발명품도 그보다는 못했다.

'만약 그게 이루어진다면, 그것은 우리나라가 생기고 나서 최초로 하늘을 나는 기구가 될 테지. 어쩌면 이 세상에서 맨 처음일 수도 있어. 이 세상 최초라. 생각만 해도 심장이 떨리는걸. 하여튼 조운이 그 사람 대단

한 인물이야. 그런 큰일을 저지르려고 하다니.'

그 시각, 조운은 조운대로 가마못 뒤편 분지에서 작업을 하면서도 이런저런 상념에 잠겨 있었다. 시민의 혁혁한 전공을 접할수록 그는 선의의 경쟁자로서 마음이 급했다. 저쪽은 준비가 다 되었는데 이쪽은 여전히 아무런 준비도 되어 있지 못했다. 보묵 스님 예언대로라면, 입에 담고 싶지도 않은 소리지만, 틀림없이 시민의 목숨이 위태로울 때가 올 것이었다. 그것도 머잖은 날에. 그 순간을 놓쳐서는 안 되었다.

왜 여태 그것을 이루어 내지 못하였나. 덧없이 흘러보낸 날들이 안타깝고 부끄러웠다. 신의 영역을 넘보고 있는 죄인가. 꼭꼭 숨은 아이들을 찾아내는 술래처럼, 비차라는 새의 그림자를 찾아 헤매는 이 술래잡기는 언제 끝날 것인가. 아니, 죽어야만 이 천형(天刑)과도 같은 사슬에서 풀려날 수 있을까.

아직도 술래인 그였다. 날이 더 이슥해지기 전에 끝내야 했다. 결국 시간 싸움이었다. 얼레로 연을 되감듯 그 시간들을 되돌릴 수는 없는가?

8월 초순(음력)이었다. 시민은 전 좌랑 김면을 돕기 위해 거창으로 달려갔다. 금원산과 기백산, 단지봉 등 하늘을 찌를 듯한 봉우리들이 열 개도 더 넘는 고장이다. 덕유산과 가야산에서 뻗어내린 산들을 넘어 그곳까지 이르는 것만도 예사 힘든 일이 아니었다.

시민은 '울면서 왔다가 울면서 간다.'는 말을 떠올렸다. 한양의 중앙 관리가 거창으로 발령을 받으면, 이렇게 교통이 불편한 곳에서 어떻게 살까 하고 울었다가, 임기를 마치고 떠날 때는 뛰어난 산수 경치와 풍족한 물자를 두고 가기 싫어 또 울었다는 데서 생겨났다는 말이었다. 시민은 자신에게 타이르듯,

'나는 웃으면서 왔다가 웃으면서 가리라.'

의병장 김면은 고령 사람으로, 왕을 태운 수레가 서북으로 파천했다는 소식을 듣고 왕을 모시기 위해 거기로 따라가려 했다. 일찍이 이황의 문하에서 성리학을 공부하여 후진 양성에 힘쓴 선비다운 충정이었다. 그러다가 정인홍의 제안을 받아들여 조종도, 곽준, 문위 등과 더불어 거창, 고령 등지에서 의병을 모았다.

두세 해 전 정여립의 모반사건에 연루되어 투옥되었다가 무고함이 밝혀져 석방된 조종도. 경사(經史)에 밝고 기개가 높았으며 해학을 즐겼던 인물이다. 하지만 훗날 정유재란 때 곽준과 더불어 의병을 모아 황석산성을 쌓고 가족까지 이끌고 들어가 성을 지키던 중 가등청정의 왜군과 싸우다가 전사하게 된다.

곽준은 굶주린 군사가 들에 가득할 때 군량을 얻어 해결하였으며, 조정에서 재능이 탁월한 자를 뽑을 때 안음현감으로 임명되기도 했다. 하지만 그 역시 아들 이상, 이후와 함께 황석산성에서 최후를 맞는다. 그는 순국하기 수십 일 전에 친구들과 이별하는 이런 시를 짓기도 했다.

> 평소 묘당에서 경륜을 강론할 적에
> 모두 남아라고 했지만 정녕 몇 사람인가
> 푸른 바다에는 핏물이 흐르고 대지에는 비린내 풍기는데
> 이별을 맞아 서로 힘쓰기를 인(仁)을 이룸에 있네

곽준의 딸은 남편을 따라 성에서 빠져나왔으나 남편이 왜군에게 사로잡히자, '아버지를 남겨 두고 나온 것은 남편 때문이었는데, 남편이 적에게 잡혔으니 살아 어디에 쓰겠는가?' 하고 통곡하다가 나무에 목을 매어 죽었다.

문위는 김면이 싸움 중에 병으로 죽자 뒷일을 맡아 처리한 인물로서, 선조가 서거하고 광해군이 즉위하자 사직하고 고향인 거창으로 내려간 다. 정인홍과는 같은 남명 조식의 문인이었지만 정인홍이 대북(大北)의 집 권자가 되자 그와의 관계를 끊고 두문불출 독서에만 전념하기도 한다.

조선군은 거창 사랑암(沙郎岩, 지례(知禮)의 땅)에서 왜군과 대치했다. 금산 과 개령 사이에 주둔한 적병은 10만이나 되었다. 시민과 김면은 의기투 합했다. 말머리를 나란히 하고 싸움터로 나갔다. 김면은 왜군을 향해 말을 달리고 칼을 휘두르면서 시민에게 말했다.

"나라에서 높은 벼슬로 공(公)을 대우한 것은, 요컨대 오늘에 쓰기 위 한 것이요, 죽음이 있을 따름이지 퇴각해서는 아니 되오."

시민이 비수같이 눈을 빛내며 말했다.

"하늘과 나 자신 보기에 부끄러운 짓은 하지 않을 것이외다."

면도 시민의 이글거리는 눈빛을 맞받으며 말했다.

"우리는 서로가 서로의 그림자 같구려. 하하."

시문집인 〈송암실기〉를 저술하기도 한 김면. 규장각 도서에 있는 이 책 은 임진전쟁 당시의 의병 활동을 연구하는 데 귀중한 자료가 된다. 그중 서(書)는 대부분 곽재우와 김성일에게 보낸 것으로, 임진년 당시 왜적의 침입에 저항하여 힘을 합칠 것을 호소하고 국토를 수복할 날이 가까움 을 믿고 한층 분투할 것을 촉구한다.

하여튼 면은 무예 못지않게 병법에도 능한 시민과 서로 통하는 데가 있었던 것이다. 두 사람의 활약상은 눈부셨다. 시민이 적의 앞을 막으면 면이 그 옆을 쳤다. 면이 적의 뒤를 따르면 시민이 활을 쏘아 적을 넘어 뜨렸다. 그런데 한번은 몸을 사리지 않고 앞장서서 싸우던 시민이 그만 왜군 칼에 맞아 발을 크게 다쳤다.

"괜찮겠소? 혹여 잘못되기라도 하면…….'

면이 눈물을 흘리며 걱정했다. 그러자 시민은 부상당한 발을 흔들어 보이며, 자신 있는 웃음으로 고맙다는 인사와 싸우겠다는 강한 의지를 나타내 보였다.

"이 정도 상처로 주저앉을 나였다면 아예 전장에 나오지도 않았을 것이외다."

시민의 말이 '히히힝!' 하고 소리 높여 울며 앞발을 치켜들었다. 면이 물기 젖은 눈으로 말했다.

"공(公)은 이번 전쟁의 영웅으로 역사에 기록될 것이오."

시민이 눈은 군사들을 보고 손으로는 자기 애마를 다독거려 주며,

"진짜 영웅은 저 이름 없는 병사들과, 주인을 위해 죽어 갈 말 못하는 이런 군마라고 보오이다."

그로부터 얼마 후, 금산현에서 서남 방면으로 공격해 오는 왜군을 사랑암 부근에서 대파한 전공으로 시민은 진주목사에 임명되었다.

'장군이 병권(兵權)도 함께 가지는 목백(牧伯)이 되셨구나!'

조운의 기쁨도 컸다. 시민이 뛰어나게 될수록 그는 그만큼 더 훌륭한 인물을 구하는 것이다. 평생을 비차에 바치는 보람과 가치가 있는 것이다. 조운은 이번에 좀 더 보완한 비차를 애무하듯 가만가만 만져 가며 소리 낮춰 노래 부르기 시작했다.

　　　　난다 난다 비, 비차
　　　　진주성에 가 보자
　　　　비차 비차 비차다
　　　　진주성에 가 보자

조운이 더한층 감격스럽고 큰 각오를 다져가기 시작한 것은 지금 진주성에 시민이 있다는 사실에서였다. 그리하여 비차를 만들어 타고 성안으로 날아 들어가 시민을 태우고는 둘이서 저 하늘 높이 훨훨 오르고 싶은 욕망에 가슴이 터지는 듯했다. 그러면 부모님이 보묵 스님과 함께 보았다는 연지사종도 그 우렁찬 소리로 화답할 것이다.

수성장(守城將)으로서의 시민은 조금도 모자람이 없었다. 취임 후 진주 방어를 위해 병기 제작에 몰두했으며, 하루도 빠짐없이 수성군 맹훈련에 돌입했다. 특히 포로가 되었거나 전향한 왜군으로부터 제조 방법을 알아내어, 염초 510근을 만들고, 총통 70여 자루를 새로 제작했다. 그런 다음 수성군에게 그 사용법을 연마시키니 사기는 비봉산을 춤추게 하고 남강 물을 역류시킬 만하였다.

둘님은 친정어머니 정씨와 함께 가마못 가에 서 있었다. 하늘이 거꾸로 비치는 못에는 흰구름 몇 장이 두둥실 떠 있었다. 인간들이야 싸우든 말든 우리 자연과는 아무 상관도 없다는 듯 그저 평화로워 보였다.

'이내 심정을 어느 뉘 알까?'

둘님의 마음은 더없이 기쁘면서도 무거웠다. 아주 늦은 임신을 한 것이다. 조운이 비차에만 빠져 있는지라 드물게 가진 합방이었다. 특히 광녀 도원 처녀가 그들 사이에 끼어든 탓에 운우지락을 제대로 나누지도 못했다. 나이가 들어 포기하고 있던 판에 아이가 들어섰으니 삼신할미가 고마울 수밖에. 둘님은 처녀 시절에 벗들과 함께 마을 어귀 정자나무 밑에서 동네 서당 문훈장으로부터 들었던 삼신할미 이야기를 아직도 똑똑히 기억하고 있다.

"삼신(三神)이란 말이 어디서 왔는가 하면……."

그것은 '삼줄'이니 '삼 가르다'라는 등의 말을 통해 볼 때, 본디 삼이란 포태(胞胎)의 의미가 있는지라 포태신을 가리킨다는 거였다. 그런데 둘님이나 벗들이 거기까지는 그런대로 알아듣겠는데, 그다음에 삼신의 유래를 말해 주는 소위 서사무가인 〈제석본풀이〉와 〈삼승할망본풀이〉라고 하는 것에 관해 들려줄 때는 그만 깜깜했다.

"에, 이 제석본풀이는 제석굿에서 소리 내어 외는 것으로, 보통 삼불제석이 삼신이 되거나 당금애기가 삼신이 되기도 하지. 흐음."

"훈장님, 좀 더 쉽게요. 제석굿은 뭐고, 당금애기는 누군데요?"

그러나 문훈장은 외려 '이런 무식한 것들을 봤나?' 하는 표정으로 자기 할 소리만 계속 늘어놓았다.

"삼신할망이 어떻게 산육(産育)을 맡아서 주관하게 되었는가를 세세히 밝혀 주고 있는 게 삼승할망본풀이인데……."

우리 지역에서는 '삼신바가지'라고 하여 커다란 바가지에다 쌀을 담고 한지로 덮어서 묶고 안방 시렁 위에 모셔 놓는다고 했다.

"그 바가지 위에다가 타래실을 놓는 이유는 뭔데요?"

그렇게 묻자 그는 두 손을 비비는 시늉을 하며,

"수명장수를 비는 거지."

그런데 지금 둘님의 마음에 가장 큰 비중으로 남아 있는 것은, 아이를 낳게 되면 산모와 아이의 건강을 빌기 위해 삼신상을 차린다는 얘기였다.

"삼신상에는 밥과 미역국을 한 그릇씩, 아니 어떤 집에서는 더 지극정성으로 모신다고 세 그릇씩 올리기도 하느니."

하여튼 대단한 여신이 삼신할미였다. 그런데 그런 여신의 점지로 아이 아버지가 될 조운의 반응이 야릇했다. 그렇게 대를 이을 자식을 원하더니, 지금은 좋아하는 것인지 싫어하는 것인지 좀체 종잡을 수가 없었다.

설마 도원 때문은 아니겠지? 시도 때도 없이 아무 곳에서나 저 '비차 노래'를 부르고 다니는 광녀. 그래서 이 고을에서 그 노래를 들어 보지 못한 사람은 없을 거라고 했다. 아무튼 둘님은 미처 헤아리지 못했다. 왜구가 난리를 일으킨 마당에 아내 뱃속에 아이를 가지게 된 남편의 복잡한 심경을.

"안 좋은 생각일랑 싹 버리고 좋은 일만 생각해라. 그게 산모에게도 좋고, 아이한테도 좋다."

정씨는 딸의 마음을 안정시켜 주려고 갖은 애를 썼다. 지아비가 비차라는 것에 매달려 있어 딸이 얼마나 힘들어하는가를 누구보다 잘 알고 있는 그녀였다.

"미친 수레를 만든다고?"

한번은 그런 소리를 했다가 남편 학노에게 맞아 죽을 뻔했다.

"뭐? 미친 수레? 아, 이 여편네가 지금 무슨 소릴 하고 있는 거야, 엉? 이 세상에서 최고로 훌륭한 수레가 될 것을 보고 뭐라? 미, 미친 수레?"

'그럼 그게 미친 수레가 아니고 뭐예요? 미치지 않은 수레가 어떻게 하늘을 날아요, 미쳤으니까 날지.'

정씨의 속말이었다. 사위 조운을 미워하는 것은 절대 아니었다. 사위 사랑 장모라는 말에서도 벗어나지 않은 정씨였다. 하지만 그 비차라는 것 때문에 딸 혼례도 늦어졌고, 게다가 딸 눈치를 보니 부부관계가 매끄럽지 못한 것도 같아, 부아가 치미는 것은 어쩔 수 없는 게 친정어머니 심정이었다.

'저 미친년은 왜 또 남의 내외간에 뛰어들어 갖고……'

결국 마지막 증오와 지탄의 대상은 도원이었다. 이제 노처녀가 아니라 아주머니라고 해야 할 그 미친년이 부르고 다니는 그 노래를 생각하면 더 돌아 버릴 듯했다. 정씨 스스로 짚어 봐도 그것은 천기누설이었다. 조운이 민심을 어지럽히는 요사스러운 짓을 한다고 관아에 붙잡혀 가지 않은 것만도 큰 다행이다 싶었다.

'하여튼 언젠가는 진주성에서 그 비차라는 것이 날게 될 날이 오겠지. 아냐, 어쩌면 영원히 날 수 없을지도 몰라. 그래, 날 수 없을 거야. 수레가 어떻게 하늘을 날아? 미쳤지, 미쳐!'

조운의 모습을 떠올리며,

'아, 착한 우리 사위가 어쩌다가 저런 일에 빠져서……'

정씨로선 아무래도 그 비차라는 게 '미친 수레'라는 생각을 떨쳐 버릴 수 없었다. 어쩌면 광녀가 그 노래를 부르고 다니는 까닭에 더욱 그런 느낌에서 빠져나올 수 없는지도 모른다.

'더 불쌍한 건 우리 딸이야. 자기에게 달라붙던 그 훌륭한 신랑감들을 모두 싫다 하고 하필이면 저런 사람에게……'

그러다가 정씨는 행여 둘님이 그런 어미 속마음을 알아채기라도 할 것 같아 절로 어깨가 움츠러들었다. 그러고는 자신을 꾸짖었다.

'이제 와서 이런 생각을 해서 뭘 어떡하겠다는 거야? 도로 물릴 수도 없잖아.'

미친 수레든 그보다 더한 수레든 간에, 그 비차라는 게 어서 완성되기만을 비는 수밖에 없었다. 무엇보다 위기에 빠진 조선을 구할 귀인을 살리는 일이라고 하지 않는가. 그러니 장모 된 입장에서 그렇게 훌륭한 일을 하려는 사위를 칭찬하고 격려해 주지는 못할 망정 이 무슨 망령된 생각이란 말인가.

그러나 가슴 한 귀퉁이에 도사리고 있는 원망과 푸념은 좀처럼 사그라질 줄 몰랐고, 그런 스스로가 싫고 무서워 정씨는 몸을 떨었다. 왠지 그 비차라는 것 때문에 우리 가족들이 무슨 좋지 못한 일을 당하고 말 것 같은 불길한 예감이 짐승같이 덤벼들었다.

"저 연꽃 좀 봐라. 정말 이쁘다."

정씨는 가마못 속에 피어 있는 연꽃을 가리키며 말했다.

"정말!"

둘님의 얼굴도 조금 펴졌다. 진흙 속에서도 고운 고개를 내밀고 있는 그 대궁을 보면 신기할 지경이었다. 못물은 남강처럼 멋지게 굽어 감돌지는 않지만 그냥 고여 있는 것만도 아니었다. 무슨 신비에 가까운 소리를 내며 수면 위로 떠오르는 물방울은 참 재미있는 자연의 구슬이었다.

"어쩜……."

그러나 지금은 아니었다. 난리통이었다. 산모와 태아가 한꺼번에 위험할 수도 있었다. 별의별 방정맞은 생각이 다 드는 정씨였지만 마음을 독하게 먹었다. 무슨 수로 그게 가능할지 모르겠지만 어쨌든 하늘을 날 수 있는 신기한 기구라고 하니, 사위가 어서 그것을 완성시켜 임신한 딸을 태워 왜놈들이 없는 안전한 곳으로 데려갔으면 하는 바람까지도 가져 보는 그녀였다. 그러다가 그녀는 내가 미쳤구나 싶었다. 자신도 모르게 자기 입에서 이런 소리가 흘러나왔던 것이다.

"난다 난다 비, 비차. 진주성에 가 보자. 비차 비차 비차……."

정씨는 전율했다. 아무리 헤아려 봐도 스스로의 감정을 알 수 없었다. 결국 그녀 또한 정상이 아니었다. 자칫 광녀가 조운을 깊이 마음에 두고 있다는 증거로 부각되어 딸 부부 가정을 파탄으로 몰아갈 위험까지도 있는 그 '미친 노래'(정씨는 광녀가 아무 곳에서나 불러대는 노래라는 선입감에서, 그 노래 또한 미친 수레인 비차처럼 미친 노래라는 고정관념을 떨치지 못했다.)를 내가 부르고 있다니?

대체 왜? 무엇이 나를 그렇게 이끌었나? 그러던 정씨는 홀연 엄청난 혼란에 빠져들기 시작했다. 참으로 기이하고 믿을 수 없는 현상이 그녀 마음속에서 벌어지고 있었던 것이다. 그 노래를 부르기 시작하자 꼭 진주성에서 비차가 날 수 있을 것 같은, 아니 벌써 날고 있을 것 같은 환각(아니면 꿈)에 젖어들고 있었으니!

'그 노래를 불러 비차라는 것이 날 수만 있다면……'

그랬다. 정말이지 그렇게만 된다면, 백번 천번 미친 여자라는 소리를 들어도 좋으니 그 노래를 부를 것이다. 부르다가 지쳐 그대로 쓰러지는 한이 있더라도. 정씨는 가마못이 뒤집히면서 그들 모녀를 덮쳐오는 것 같은 느낌에 휩싸여 버렸다. 정확히 말해 정신이 뒤집혔다고나 할까. 그리하여 딸에게도 시키고 싶었다. 너도 얼른 그 노래를 부르라고. 나아가 모든 세상 사람들에게도 부탁하고 싶었다. 그 노래, 미친 그 노래를 불러 달라고.

정씨의 환각은, 꿈은 계속되었다. 그녀는 들었다. 온 세상이 부르고 있는 미친 노랫소리를. 진주성에 가 보자. 난다 난다 비, 비차. 그리고 보았다. 멀리 남쪽 방향의 진주성 쪽에서 하늘 높이 날아오르고 있는 미친 수레를. 저 노래! 저 수레!

만약 그때 가끔씩 동네를 지나가는 사내들이 못가 나무 그늘로 들어서지 않았다면 정씨는 무슨 짓을 했을지 모른다. 보자기와 지게에 물건을 잔뜩 싸고 짊어진 보부상들이었다. 정신이 번쩍 돌아온 정씨는 어쩌면 남편 학노와도 함께 다닌 사람들일지도 모른다는 생각을 잠시 해 보았다. 못가에서 놀고 있던 아이들이 우르르 그쪽으로 몰려가고 있었다.

그의 몸이 비차다

당시 별로 볼거리 없는 아이들에겐 사당패만큼은 아니어도 신기한 눈요기감이었다. 아직 전쟁을 모르는 아이들이 안됐으면서도 부러웠다.

얼핏 들어도 그들은 서로 말씨들이 달랐다. 보부상들은 각기 출생지가 다르면서도 때로 함께 어울려 다니기도 하는 모양이었다. 제법 비싼 잡화나 집에서 만든 일용품을 팔기도 했다. 그들은 봇짐과 등짐을 땅에 내려놓고 그 위에 엉덩이를 걸친 채 입이 찢어지게 하품을 하거나 길이가 짧은 곰방대를 빼물었다. 떠도는 부평초 같은 고단한 인생이 고스란히 느껴지는 분위기였다. 이제 전란까지 겹치게 되어 더욱 힘든 삶이 되리라.

정씨는 지금 집에서 잠을 자고 있을 남편을 떠올리며 마음의 위안을 삼았다. 왜놈들이 이 땅에 들어왔다는 것을 알고 곧바로 집으로 돌아와 준 남편이 고맙고 미더웠다. 그러자 그 보부상들이 가엾다는 마음이 일었다. 그들도 가정이 있고 처자식이 있을 텐데, 먹고살기 위해 집에도 가지 못하고 저렇게 떠돌이 생활을 접지 못하는가 해서였다.

정씨는 모르고 있었다. 그들은 보묵 스님이 술명에게 일러 준 것처럼,

지금 조선에 와 있는 왜군의 동태를 파악하기 위해 다니기도 한다는 것을. 또한 학노가 그렇게 일찍 귀가한 것은, 사위 조운의 일을 조금이라도 더 빨리 이룰 수 있게 하기 위한 남모를 뜻이 있었다는 것을. 하지만 남편도 염탐하는 일에 관여한다면, 그 보부상들같이 여전히 떠돌아다닐 수도 있다는 사실도 그녀는 알 리 없었다.

"다른 것보다 집안이 편해야 태어날 아이도 건강할 텐데……."

정씨 말을 들은 둘님의 머릿속에 이상하게 우환이 자꾸 생긴다는 이웃 고서방네 집에서 벌어졌던 안택(安宅)이 되살아났다. 구경꾼들이 많이도 모여들었다. 손 없는 날이라고 초아흐렛날에 행해졌었는데, 오후부터 시작하여 늦은 밤까지 이어졌었다.

"손이 뭐예요?"

"손님을 줄인 말인데, 날수에 따라 동서남북 네 방위로 돌아다니면서 사람이 하는 일을 방해하는 악귀, 그러니까 사람에게 해코지하는 악신을 가리키는 거란다."

둘님은 오싹 몸을 떨며,

"그럼 손 있는 날은 언젠데요?"

"초하루와 초이틀, 그러니까 끝수가 1, 2일인 날에는 동쪽, 초사흘과 초나흘, 말하자면 끝수가 3, 4일인 날에는 남쪽, 그리고……."

끝수가 5, 6일인 초닷새와 초엿샛날에는 서쪽, 끝수가 7, 8일인 초이레와 초여드렛날에는 북쪽, 그 방향에서 악귀가 활동하는데, 그런 날에는 이사를 한다거나 집을 수리한다거나 혼례나 개업, 멀리 길을 떠나면 손실을 입거나 병이 들기도 한다는 것이다.

둘님은 그만 집으로 가자며 정씨 손을 잡아끌었다. 대문 밖에서 소지 종이를 올리기 시작한 것은 모녀가 막 그 자리를 뜨려고 했을 때였다.

축원이 적혀 있다는 그 종이가 활활 불타면서 어두운 공중으로 날리던 광경이 어쩌면 그리도 눈길을 사로잡았던가.

그러나 왜군이 이 고을을 종이 한 장 태우는 것과는 비교도 할 수 없는 엄청난 불바다로 만들어 버릴 수도 있다는 데까지는 생각이 미치지 못하고 있는 모녀였다.

8월도 지나고 9월 중순(음력)이었다. 날씨가 오슬오슬 꽤 추웠다. 조선 백성들 마음은 그보다 몇 배 더 차가웠다. 앞으로는 타오르던 불꽃도 그대로 얼어붙어 버릴 시간들이 다가올지도 몰랐다.

시민은 진해에서 멋모르고 함부로 설치는 왜군 장수 소평태라는 자를 꾀어 포로로 잡았다. 그리고는 한성부 판윤 김수에게 넘겨 행재소로 보냈다. 행궁, 혹은 이궁이라고도 하는 행재소는, 임금이 궁궐을 떠나 멀리 거둥할 때 임시로 머무르는 별궁을 일컫는 말이다.

안동 김씨 김수. 그가 병이 심해졌을 때 선조는 그가 아까운 사람이니 특별히 의약을 보내 구원하여 치료하라고 할 만큼 큰 예우를 받았던 인물이다. 전쟁 초기에 경상우감사 신분으로 왜군을 피해 전라도로 피신했다는 비난을 받기도 하는 그는, 훗날 광해군 시절에 손자 비(秘)가 옥사할 때 탄핵을 받고 관직을 박탈당하기도 한다.

어쨌든 귀신도 모르게 포로로 잡힌 소평태였기에 당시에는 조선군들 사이에서도 그 내막을 소상하게 아는 이는 드물었다. 전시에는 적을 죽이는 것만 해도 아주 큰 전공을 세우는 일인데 생포까지 했으니 실로 대단한 공적이 아닐 수 없었다. 나중에 그런 사실을 비변사가 고하자 선조는 시민을 통정대부에 올리도록 명하게 된다.

부산과 동래 등지에 있던 왜군이 김해로 속속 모여들기 시작했다. 그

수는 순식간에 2~3만 명으로 불어났다. 그들은 김해를 떠나 창원으로 진격했다. 그것이야말로 바로 청사에 남아 전해지는 저 '제1차 진주성 전투'의 서막을 알리는 신호였으니 바야흐로 전운은 천지를 뒤덮어 오고 있었다.

왜군을 이끄는 장수는, 장곡천수일, 목촌중자, 가등광태 등 모두 나름대로 쟁쟁한 10여 명이었다. 침공군은 2개 대로 나누어 노현과 안민현을 넘어 들어왔다. 노티재라고도 불리는 노현은, 북쪽으로 웅봉산, 남쪽으로 비음산, 서쪽으로 정병산과 이어지는 고개인데, 관아 서편 40리에 있었다는 기록이 있으니 당시 왜군 기세를 엿볼 수 있다.

그들을 막아선 것은 경상우병사 유숭인 군사였다. 칠원현감 이방좌의 군사도 있었다.

휘하 장병들을 이끌고 진해에 도착하여 당항포 싸움에서 패배하고 돌아오는 왜군을 맞아 이순신과 힘을 합쳐 무찌르기도 하는 유숭인. 그는 금강 줄기를 따라서 침입하는 왜군을 상대하여 직산현감 박의와 더불어 물리치기도 했다.

이방좌 또한 파란의 인물이었다. 임진전쟁이 끝나고 인조 임금 당시 저 유명한 '이괄의 난'을 일으킨 평안병사 이괄의 장인인 것이다. 난이 평정되어 결국 참수되고 말았지만, 그는 사위 이괄이 군사를 일으켰다는 소식을 듣자 주위 사람들에게, '사위의 올해 운이 한번 외치면 만인이 응답하는 형상이라 나도 부원군이 될 것이다.'라고 떠벌렸다고 전해진다. 아무튼 사람이 평생을 두고 살아가는 굽이굽이는 실로 계속해서 변화되는 만화경이 아닐 수 없는 것이다.

그런 유숭인이나 이방좌는 범상한 장수가 아니어서 왜군과 한번 겨뤄볼 만했지만 역부족이었다. 왜군에 밀려 물러나야 했다. 창원부가 점령되고 많은 사상자가 나왔다. 군사들은 기운을 잃고, 사민(士民)들은 둑처럼 무너져 낙엽 되어 흩어졌다. 적의 세력은 거센 비바람이 일시에 몰아치는 것 같았다. 그들은 진주와 함안의 경계인 부다현을 넘어오고 있었다.

조운이 막 사립문 밖에 나와 섰을 때였다. 별안간 그때까지 멀쩡하던 하늘에서 새가 후루룩 날개 치는 소리를 내며 굵은 빗방울이 떨어지기 시작했다. 사위가 어수선해지면서 대번에 알싸한 흙냄새가 훅 코를 찔렀다. 마침 장난을 치며 지나가던 아이들이 소리 질렀다.

"와아, 호랑이 장가간다아!"

"아니다. 여우가 시집간다아!"

정말 햇빛은 쨍쨍 비치는데 비가 오고 있었다. 조운은 어릴 때 동네 노인에게서 들은 이야기가 떠올라 콧잔등이 시큰거렸다.

……옛날 어떤 작은 마을 뒷산에 수컷 호랑이가 살았는데, 보름날 밤이 되면 내려와 젊은 여자들을 납치해 가곤 하여, 마을 사람들은 그 호랑이를 수호신으로 모시고 보름에 한번씩 투표로 결정한 처녀 집에 쌀을 많이 주고 처녀를 바치기로 했는데, 홀아버지를 모시고 사는 한 처녀가 아버지를 위해 스스로 호랑이에게 가겠다고 했고, 그 처녀를 잡아먹으려던 호랑이는 처녀가 아버지를 걱정하여 눈물을 흘린다는 말을 듣자 평소에는 자기와 함께 살면서 보름에 한번 아버지를 찾아갈 수 있도록 해 주었지만, 마을 사람들이 그 처녀를 호랑이가 둔갑한 것이라고 여겨 처녀를 죽여 버리자 화가 치민 호랑이는 처녀 아버지만 남겨 두고 모조리 죽이는데, 호랑이를 무서워한 처녀 아버지도 도망치다 절벽에서 떨어져 죽고, 죽은 처녀는 하늘로 가서 구름이 되고 죽은 아버지는 하늘로 가서 해가 되었으며, 호랑이가 혼례식을 치르는 날 처녀는 호랑이를

보려고 비가 되어 내리고, 해가 된 아버지는 딸을 지키기 위해 비가 내리는 중에도 하늘에 떠 있었다.

'호랑이가 사람과 함께 살 수 있다면, 같은 짐승인 여우와는 더 쉽게 부부가 될 수 있지 않을까? 여우에게 장가가는 호랑이와, 호랑이에게 시집가는 여우. 우리 사람들도 모두가 그렇게 어울려 살아갈 수 있었으면'

아직 처녀 총각 시절이었던 때, 둘이 나란히 초가 처마 밑에 서서 내리는 비를 바라보고 있었을 때였다. 조운은 비에 젖은 둘님의 머릿결에서 풍기는 냄새를 맡으며 그런 생각을 했었다. 그날도 이날 같은 여우비가 내렸었다. 햇살과 빗발이 함께하는. 그의 마음에 둘님은 늘 햇살이었다. 그렇지만 둘님에게 그는 빗발일지도 모른다는 자격지심에서 벗어날 수가 없었다.

지금도 비차가 완성되기 전에 혼례부터 올려 버린 게 여전히 마음에 옹이로 박혀 있는 그였다. 작은 집안을 이끄는 가장 노릇도 제대로 하지 못하고 있는 자신이 정말 싫었다. 자기와 한날한시에 태어난 목사 시민은, 평화롭던 시절에는 덕망 있는 목민관으로 고을을 다스리더니, 지금 같은 전시체제에는 수성장으로서 왜군과의 전투에 당당히 대비하고 있지 않은가 말이다.

우리 민간인들은 이제 곧 피난을 가지 않으면 안 될 텐데. 그런 생각 하나만으로도 조운은 미쳐 버릴 것만 같았다. 미완성의 비차를 내버려두고 떠나야 하다니. 그럴 순 없었다. 차라리 비차의 잔해와 함께 마지막을 맞으리라. 비록 하늘을 날지 못하는 수레지만 나의 분신과도 같은 비차가 아닌가 말이다.

'아무리 못난 비차라도 나는 미워하고 배신할 수가 없어. 아, 불쌍한 비차. 어쩌다가 나같이 무능한 주인을 만나 한번 날아 보지도 못하고

이대로 사라져야만 하는가?'

조운의 발이 허공에서 버둥거렸다. 마치 비척비척 굴러가는 비차 바퀴 같았다. 그의 팔은 헐거운 비차 날개 같았고, 단정하지 못한 그의 머리는 솜이 삐어져 나온 비차 머리 같았다. 그의 몸은 한마디로 형편없이 망가진 비차 그 자체였다고나 할까.

'그런데 지금 내가 어디로 가고 있지?'

한동안 정신없이 걷던 조운은 주변을 둘러보곤 깜짝 놀랐다. 발길은 비차 제작장인 가마못 뒤편 분지로 가고 있는 게 아니라 동네 바깥 쪽으로 향하고 있었던 것이다.

'아, 내가 진짜 제정신이 아니구나. 어디로 가겠다고.'

조운은 실소하고 자조했다. 그가 무의식적인 상태에서 가고자 하는 방향, 그곳에는 지금 시민이 지키고 있는 진주성이 있었다.

'내가 완성된 비차를 타고 가야 마땅할 일이거늘, 아직 그것을 만들지도 못한 주제에 무슨 낯짝으로 거기 갈 생각부터 하고 있단 말인가?'

그러자 그의 머릿속에 자리 잡는 것은 또 그 노래였다. 난다 난다 비, 비차. 진주성에 가 보자. 참으로 부끄럽고 한심했다.

'내가 광녀 도원 처녀보다 훨씬 못났다. 그녀는 비록 미친 여자지만 나보다도 먼저 진주성에서 날고 있는 비차를 얘기하지 않았는가 말이다.'

사람들은 광녀가 해대는 그 소리를 듣고 더욱더 그녀를 미친 여자로 여기게 되었지만, 만약 그들이 비차라는 것에 대해서 조금이라도 알게 되면 그녀를 달리 볼 것이다.

아이들이 은행나무 밑에서 놀고 있었다. 그러나 조운 자신이 가장 좋아하는 나무는 어렸을 때나 어른이 된 지금이나 변함없이 대나무였다.

연(鳶)을 보고 착상을 얻었지만, 비차의 골격을 만드는 재료로 그것만큼 좋은 게 어디 있겠는가? 대나무 다음으로 마음에 두는 나무는, 당연히 비차의 바퀴로 달려고 하는 소나무와 참나무였다.

그런데 그 은행나무 밑을 막 떠나려던 조운은, 무심코 올려다본 은행나무 높은 가지 끝에 매달려 있는 연 하나를 발견하고 그만 가슴팍이 찌르르 했다. 걸려 버린 연.

'누가 날리던 연일까? 저 연 주인 아이가 많이도 울었겠네.'

가는 대가지를 뼈대로 하여 종이를 바르고 실에 달아 공중에 날리는 장난감이지만, 짙푸른 하늘을 높이 나는 그 모습은 얼마나 황홀하고 멋진가 말이다. 한데, 어쩌다가 저렇게 가지에 걸려 오도 가도 못하는 신세가 되어 버렸을까? 조운은 그 연을 통해 보았던 것이다. 비차라는 가지에 걸려 이러지도 저러지도 못하고 있는 그 자신의 모습을. 갈가리 찢겨지고 함부로 떨어져 나간 그의 영혼을.

그때였다. 어떤 손이 그의 등을 탁 친 것은. 광녀였다. 조운이 둘님과 한 살림을 꾸리기 시작하면서부터는 멀리서 빙빙 맴돌기만 할 뿐 그렇게 근접하지는 않았었다. 조운은 고개를 돌려 그녀를 볼 생각 대신 그녀가 부르는 노랫소리만 들었다. 그러자 그의 몸과 마음은 하늘을 나는 마법의 수레에 올라탄 사람처럼 허공을 향해 둥실 떠오르기 시작했고 그 자신 또한 광녀를 따라 읊조리기 시작했다.

난다 난다 비, 비차
진주성에 가 보자
비차 비차 비차다
진주성에 가 보자

음력 10월 초였다. 왜군이 진주성 동쪽 24리 지점 소촌역까지 진출했다는 척후병의 급보가 날아들었다. 나중에 역참제가 폐지되면서 '문산'으로 개칭되는 소촌. 먼 훗날, 그곳 서북쪽 소문리 사들(沙坪)에 '혁신도시'라는 것이 건설되고, 그 도시의 상징이 되는 것이 바로 '김시민대교'이니, 정녕 역사는 우연이 아니고 필연이며, 역사는 무정하지 않고 유정한 것이런가.

소촌역의 찰방을 지낸 김윤겸도 흥미로운 인물이다. 그는 비록 서얼 출신이었지만, 첩의 자식이 과거 응시 자격을 얻거나 관직에 임명되던 이른바 '서얼소통'과, 세도 높은 명문 집안 출신이라는 후광을 업고 등용되었던 것이다.

김윤겸은 또, 정선이 이룬 진경산수화풍을 이어받아 강희언, 김응환 등과 더불어 겸재파를 형성하여, 금강산, 단양, 한양 근교, 영남 지방 등 명승지를 돌아다니면서 진경산수 제작에 몰입하였고, 수묵과 담채의 가벼운 표현과 바위의 붓질을 중복하여 입체감을 가미시킨 표현은, 서구적인 수채화를 연상케 한다는 평가를 받는다.

경상우감사 김성일은 첨사 조종도를 보내어 우도병사 최경회와 전라좌도, 우도 의병 및 여러 장수에게 구원병을 청했다. 범상치 않은 인물들이 속속 등장하였던 것이다.

경사(經史)에 밝고 해학을 즐겼던 조종도는 남명 조식의 문하생이었지만 퇴계 이황의 문인들인 유성룡, 김성일 등과 교유하고 있었다. 몇 해 전에 일어났던 정여립의 모반사건에 연루되어 투옥되었다가 풀려난 그였다. 22세 때 상사(上舍)에 올라 공천을 받아 처음 안기도 찰방에 제수되었는데, 그 당시 일본에서 온 현소(玄蘇)가 시로써 우리를 시험해 보고 건방을 떨면서 얕잡아 보았지만, 조종도가 지은 것을 보면 반드시 재배(再拜)

를 한 연후에야 읽었다고 전해진다.

그런가 하면, 한번은 최영경과 더불어 감옥살이를 하였는데, 최영경은 옥졸을 상대할 때 마치 노비를 대하듯 호통을 쳤지만, 조종도는 농담도 하고 웃으면서 태연하게 지냈다. 그리하여 옥중 사람들이 말하기를, '최영경은 호통을 치고 꾸짖지만 조종도가 농담하고 웃으며 지내어 감옥에 있다는 사실을 모두 잊었다.'고 할 정도였다. 최영경은 끝내 옥중에서 몸이 말라 죽었고 조종도는 풀려났지만, 최영경을 이야기할 때면 항상 눈물을 보이곤 했다.

왜군과의 피할 수 없는 대접전을 눈앞에 둔 진주성의 수성군 모습이 조금씩 드러나기 시작했다. 진주목사 김시민의 군사 3천 700여 명, 곤양군수 이광악의 군사 100여 명…… 성내 민간인은 노약자와 아녀자 등을 합쳐 수만 명에 이르렀다.

시민은 중위장으로서 이광악과 협력하여 군사를 지휘했다. 의병장 곽재우의 부장으로 동래전투에 종군한 이래로 곽재우와 호흡을 맞추어 늘 승리했기에, 곽재우와 더불어 양비장(兩飛將)이라 불리기도 한 이광악. 훗날, 전라도병마절도사가 되어 명나라 군대와 연합하여 금산, 함양 등지에서 왜군을 물리치고, 특히 포로가 된 아군 100여 명을 되찾고 우마 60여 필을 노획하는 전과를 올리기도 하는 장본인이다.

"이광악은 비범한 장수야. 반드시 큰일을 이루어 낼 인물이지."

이광악도 시민에게서 대장군의 기개와 면모를 발견했지만 시민 또한 이광악의 위인 됨을 알아보고 그에게 큰 기대를 걸고 있었다.

이광악은 어릴 때부터 기골이 장대하고 목소리가 크고 낭랑하여 대인(大人)의 기량이 있었으며, 행동이 시원시원하여 작은 일에 구애받지 않은 인물이었다. 무예가 뛰어난 그가 긴 화살인 장전(長箭)과 아기살인 편전(片

箭)을 쏘면 적군 서너 명이 쓰러져 감히 가까이 다가오지 못했다. 그의 시조(始祖) 이집(李集)은 이색과 이숭인, 정몽주 등의 삼은(三隱)과 가까이 사귀었는데, 그 어미가 계성현 옥천사의 여종이었던 승려 신돈의 뜻을 거슬려 위기가 닥치자, 아버지를 업고 고개를 넘어 남쪽으로 가서 숨어 지내다가 신돈이 죽은 후 향리로 돌아와 살았다고 한다.

진주판관 성수경은 수성의 급소이자 적의 공세가 가장 치열할 동문 쪽을 맡기로 했다. 초유사 김성일에 의해 진주판관으로 발탁되어, 군무를 맡아 성벽을 개수하고 무기를 수선하는 등 전비를 갖춘 후 격문을 붙여 충의지사를 부르니, 피난을 갔던 백성들이 돌아와 군세를 회복시키는 데 공이 큰 그였다.

전 만호 최덕량은 수성대장으로서 영장 이눌과 함께 구북문을 담당했다. 낙의재 이눌. 그는 아버지 밑에서 공부를 시작했으나 과거 응시를 포기하고 유교 경전의 뜻을 탐구한 사람이었다. 또한, 동래가 무너졌다는 나쁜 소식을 접한 지 불과 나흘 만에, 거주지 경주에서 '천사장(天使將)'을 칭하면서 의병을 일으켰다. 왜적을 마귀와 그의 무리들로 치부한 것이리라. 어쨌든 그리하여 동령, 효령, 나아령 등을 지켰으며, 석읍동에 들어온 적을 물리치기도 하였다. 특히 대구 팔공산 전투에서는 왼팔에 적탄을 맞고도 승리를 이끌었다.

신라 시대 김유신이 삼국통일 구상을 하면서 수행했다는 팔공산. 고려 태조 왕건이 후백제 견훤과 일전을 치렀던 팔공산. 본디 그 산은 '공산'이라고 불리었지만 무신 신숭겸 등 고려 개국 공신 여덟 명을 기리기 위해 팔공산, 여덟 고을에 걸쳐 있어 팔공산, 혹은 불교의 팔간자(八簡子)와 관련 있어 팔공산, 그런 여러 설들이 전해진다.

그런가 하면, 율포권관 이찬종은 남문을 지켰고, 군관 윤사복, 함창현감 강덕룡은 서문을 지켰다. 모두가 나라를 위하는 마음이 대쪽 같은 이들이었다. 성문은 바람조차 쉽게 드나들 수 없어 보였다.

한편 성 밖에서 도와주기로 한 외원군(外援軍)은 이러했다. 동쪽은 삼가 의병장 윤탁. 그는 의령 정암진 전투에 이어 개령, 금산, 지례 등지에 출몰하는 적을 치는 김면을 도와 분전했었다. 왜군 6부대를 이끄는 소조천 륭경의 휘하 부하 안국사혜경을 맞아 의병 최초의 승리를 이루어 낸 정암진 전투였다.

안코쿠지 에케이, 안국사혜경. 그자는 '본능사(本能寺)의 변'이 일어나기 10년 전부터 '노부나가의 시대는 당분간 이어지겠지만 나중에는 운명이 바뀌어 히데요시가 천하를 거머쥘 것이다.'라고 예언했다는 인물이다. 본능사의 변이 일어날 당시에는 승려의 신분으로 모리 가에 속했는데, 타카마츠 성에서 츄고쿠를 공격한 풍신수길을 맞이하여 모리 가와의 화의를 맺게 하는 일을 담당하고, 나중에 풍신수길 밑으로 들어가게 된 것이다.

그런 사실에 비춰 볼 때 안국사혜경은 결코 예사로운 자는 아니었다. 그런 그가 물을 건널 지점을 미리 정해서 정찰대를 보내어 나무 푯말로 표시를 해 두고 공격을 개시하려 했으니 정암나루에는 물살도 숨을 죽일 듯한 살벌한 전운이 감돌았다.

전투를 몇 시간 앞둔 밤이었다. 곽재우가 군사에게 지시하였다.

"물고기도 알지 못하게 움직여라."

"옛!"

"푯말을 늪지대로 옮겨라."

"알겠습니다."

잠시 후 다 되었다는 보고를 받은 그가 다시 명했다.

"이제부터 매복을 시작한다."

이윽고 동녘이 희붐하게 터 오고 있었다. 왜군들이 푯말이 꽂힌 곳을 따라 줄을 지어 물을 건너오기 시작했다. 하지만 그들이 들어선 곳은 늪이었다.

"한 놈도 남기지 말고 모조리 죽여라!"

늪에 빠져 갈팡질팡하는 왜군을 섬멸한 그날, 산기슭과 물가에 만발한 찔레꽃처럼 붉은 왜적들 피가 정암나루를 끝없이 물들였다. 초계가장 정언충, 선봉장 심대승도 합세하여 이루어 낸 승전이었다.

서쪽은 전라우의병장 최경회. 왜군이 쳐들어왔을 때 그는 상중(喪中)인지라 전남 화순에서 집을 지키고 있었지만, 형 경운, 경장과 함께 의병을 모집했다. 각 고을에 격문을 띄워 의병을 규합하여, 금산, 무주에서 전주, 남원으로 향하는 왜군을 장수에서 막아 싸웠고, 금산에서 퇴각하는 적을 추격하여 우지치에서 크게 격파하였다.

전라좌의병장 임계영. 별시문과에 급제, 진보현감을 지낸 그는, 왜적이 난을 일으키자 1천여 명의 의병을 규합, 남원에서 최경회가 이끄는 의병과 합류하고 전라좌의병장이 되었다. 승의장 신열도 있었다.

진주한후장 정기룡. 조일전쟁이 일어나자 별장으로 승진하여 우방어사 조경을 따라 종군, 거창에서 왜군을 격파하고, 금산 싸움에서 포로가 된 조경을 구출한 뒤 곤양의 수성장이 되었다.

남쪽은 진주복병장 정유경이었고, 고성가장 조응도가 정유경과 함께 500명의 병력을 이끌고 싸웠다. 특히 그들은 십자(十字) 횃불을 들고 남강 밖 재 위에 벌려 서서 날라리를 불고, 성안에서도 북을 울리고 날라리를 불어 응답하니, 왜적이 놀라고 두려워하여 공격을 멈추었다. 훗날 조응도는 거제 기문포 해전에서도 맹활약을 펼치지만 정유재란 때 전사하게 된다.

고성의병장 최강. 그는 '풍운장(風雲將)'이라는 깃발을 걸고 맹활약을 펼친 최균의 동생이었다. 임진년 7월 3일, 왜군 2천여 명이 각기 세 방향으로 나누어 고성으로 쳐들어왔을 때, 그는 의병대 50여 명을 이끌고 나가 접전했다. 그리하여 왜병 3명을 사살하고 정용군 30여 명을 요처에 매복시키고, 활에 능한 장병을 황폐하고 허술한 초가에 매복시켰다가 병기를 싣고 가는 적 2명을 사살하니, 적은 병기를 불사르고 시체를 수습하여 도망쳤다.

뿐만이 아니었다. 최강 가문에는 뛰어난 의병장들이 많이 나왔다. 최균의 장자 홍호와 그의 동생 진호, 최균의 조카로 고성 팔장사 중 하나인 각호, 역시 고성 팔장사 가운데 하나로 전해지는 한. 특히 최한이 배둔, 구만 전투에서 여러 의병장들과 함께 토왜할 때는 구만 시냇물이 피바다가 되었다고 전해지고, 또 의병장 최균의 기록에 의하면, '금일 승첩은 최장사(최한)의 힘이다.'라고 격찬하고 있다.

고성의병장 이달도 뛰어났고, 북쪽에는 합천가장 김준민이 있었다. 조일전쟁이 일어나기 전에는 거제현령을 지내던 그는, 전쟁이 발발하자 합천가장으로 진주성 전투에 참여, 무계현에서 왜적의 대부대를 격파한다.

시민을 중심으로 똘똘 뭉친 조선군이 성 밖을 노려보고 있는 어느 날이었다.

조운은 여느 때와 마찬가지로 혼자 가마못 뒤쪽 분지에서 비차 제작에 몰두하고 있는데, 둘남이 어떤 낯선 남자 한 사람을 데리고 왔다. 그것은 여태 한번도 없었던 일이었다.

'누군데 이곳까지……?'

조운은 바짝 긴장했다. 그가 일생을 걸고서 하고 있는 그 작업은 천기(天機)라고 할 만큼 극비리에 행해져야 했고, 따라서 외부인에게 노출시켜서는 안 될 일이었던 것이다. 지금까지 그의 작업장 출입(그것도 무단으로)을 한 사람은 광녀 도원 처녀 정도가 전부였다. 더군다나 지금은 누가 적이고 누가 아군인지 구분도 제대로 되지 않는 위험한 전시(戰時)가 아닌가.

"이분이 멀리서 당신을 찾아오셨다기에 모시고 왔어요."

그렇게 말하는 둘님 또한 조운 못지않게 아주 경계하는 눈치였다. 그런 그녀에게서는 나도 싫지만 어쩔 수 없이 그 사람을 거기에 데려올 수밖에 없었다는 변명 같은 빛이 엿보였다. 아마도 그 남자가 거절하는 둘님에게 꼭 조운을 만나야겠다고 고집을 피운 모양이었다.

'나를……?'

조운은 일손을 멈추고 그 남자를 좀 더 눈여겨보았다. 짧은 순간이지만 아무리 기억을 더듬어 봐도 생면부지의 방문객이었는데 조운 자신보다는 나이가 많은 중년의 사내였다. 쏘아보는 듯한 눈빛이 조운의 간담을 더욱 졸아붙게 했다. 혹시 왜군이 보낸 염탐꾼이 아닐까 하는 불안감마저 들었다. 조운의 목소리는 절로 떨려 나왔다.

"누구신데 저를 만나러 오셨습니까?"

그러자 남자는 거기 공터에 가득 쌓여 있는 대나무 더미와 무명천, 마끈, 화선지, 수없이 잘라 놓은 소나무와 참나무 등을 한참 바라보고 나서 입을 열었다.

"참으로 대단합니다그려. 여기서 이런 분을 만날 줄이야……."

구름 사이로 쏟아져 내리는 찬연한 태양빛이 분지를 에워싸고 있는 능선을 밝게 비추어, 보통 때와는 다르게 퍽 낯설고 신비로운 분위기로 만들어가고 있었다. 그것은 아무래도 그 남자의 출현이 빚어 낸 일시적인 착시가 아닐까 싶었다.

"역시 내가 와 보길 잘했군요."

그는 혼자서만 말했다. 그만큼 깊은 감동에 빠졌다는 증거일까. 어쩌면 중대한 비밀을 알아냈다는 데서 맛보는 쾌감에 젖어 있는지도 모른다.

조운과 둘님은 몹시 불편한 심정으로 정체를 짚어 낼 수 없는 그의 얼굴만 바라보았다. 신분을 모르는 상대는 누구나 대하기가 버겁고 거부감이 가기 마련인 법이었다. 어떤 면에서는 광녀보다도 훨씬 더 신경 쓰이게 하는 불청객이 아닐 수 없었다.

"대체 댁은 누구시기에……?"

조운이 다소 강한 어조로 나갔다. 그러자 그는 묘한 미소를 띤 얼굴로,

"우리 인사나 나눕시다. 나는 전라도 김제에서 온 정평구(鄭平九)라는 사람이올시다."

일순, 부부는 똑같이 소스라치게 놀랐다. 조운이 피로써 새로 완성시켜 놓은 비차와, 숱한 실패의 흔적물인 비차 잔해들도 일제히 이쪽으로 눈을 돌리는 것 같았다.

"예에? 기, 김제? 그 멀리서……?"

"어머? 전라도 분이 어떻게……?"

그러자 정평구라는 남자가 단도직입적으로 더 놀랄 소리를 했다.

"내가 충청도 노성 땅에 사는 윤달규라는 사람에게서 들으니…….."

충청도 노성 땅 윤달규. 그 이름이 흘러 나올 줄이야. 저 비행기구를 비차라고 한다는 사실을 처음으로 알게 해 주고, 비차가 날게 하려면 그 배를 두드리라는 수수께끼 같은 말을 해 준 장본인.

둘님은 그야말로 뜨거운 불에 덴 사람처럼 화들짝 놀랐고, 조운은 차마 못 볼 것을 본 사람처럼 온몸을 떨며,

"그, 그렇다면 혹시 댁도 비, 비차를……?"

정평구 또한 감개무량한 듯 숨을 한번 몰아쉬었다가,

"형씨께서도 그곳까지 원행을 하셨다던데……."

조운의 얼굴을 유심히 들여다보는 그의 눈빛은 쏘아본다기보다 무언가를 갈구하는 것같이 느껴졌다. 오랫동안 한 가지 일을 좇다가 너무나 힘들고 지친 나머지 이제는 그만 주저앉고 싶거나 기대고 싶은 대상을 찾고자 하는. 오로지 목적을 달성하기 위한 무서운 열망과 집착에 사로잡혀 거의 몸을 돌보지 않고 허위허위 달려온 사람이 바로 눈앞에 또 있는 것이다.

'아, 지금 저 모습! 어쩌면 저렇게 나하고 똑같을 수가……?'

조운은 한번 더 경악하며 크게 흔들리는 목소리로 물었다.

"그렇다면 그쪽 분도 윤달규라는 그 사람을 찾아가셨다는 얘긴데……?"

태양은 여전히 몇 조각 구름 사이를 드나들고 있었고, 지금 빛살은 능선에서 떠나 저만큼 공터의 땅바닥 위를 비추고 있었다.

"가서 만나기는 만났는데……."

"그런데……?"

"솔직히 별 소득이……."

"그러면 그쪽 분도……?"

조운은 온몸에서 기운이 쫙 빠져나가는 느낌 속에 생각했다. 저 태양은 왜 내가 만들어 놓은 비차를 비추어 주지 않고 계속 저렇게 다른 것들에게만 빛을 내리고 있는가. 나의 비차에게는 영영 밝음을 주지 않으

려는 것인가. 저 무정한 태양. 하늘에서 끌어내릴 수만 있다면 끌어내리고 싶어라.

"형씨도 겪어 보셔서 잘 알겠지만……."

정평구는 듣는 사람 가슴이 무너져 내릴 정도로 깊은 한숨을 내쉬며,

"그 사람은 끝까지 비차를 만드는 과정을 내게 보여 주지 않았소."

"족히 그랬을 사람이지요."

조운은 연신 고개를 끄덕였다. 동병상련의 심정이었다. 구름 그림자가 정평구 얼굴 위로 드리워져 있었다. 조운은 영채 나는 눈으로 이빨을 깨물면서 물었다.

"그런데 그가 정말 비차를 만들기는 만들었습니까?"

진작부터 알고 싶었던 일이었다. 정평구는 잠시 말이 없다가,

"그건, 이 사람도 잘 모르겠소. 그냥 소문으로만 들었으니까."

그러고 나서 정평구는 더 중요한 것은 그게 아니라는 듯 매우 긴장된 목소리로 이랬다.

"그보다도 내가 형씨를, 아, 윤에게서 얼핏 들으니 성씨가 강씨라고요. 경상도 진주 사람이라는 것도 알려 주었소. 어쨌든 내가 물어물어 강형을 찾아온 것은……."

"……."

정평구는 할 이야기는 많은 것 같았지만 무척 말을 아끼는 눈치였다. 조운은 그에게서 신중하고 다재다능한 사람 같다는 인상을 받았다. 또한 이제부터 뭔가 범상치 않은 사건이 벌어질 듯한 예감이 들면서 심장이 쿵쿵 뛰기 시작했다. 조운은 작업을 하다가 힘이 들면 잠시 앉아 쉬는 멍석을 가리켰다. 그것은 손재주가 뛰어난 그의 작품으로 모두의 탄복을 자아내기도 했었다.

"자리가 편하지는 않을 테지만……."

그렇게 권하면서 저만큼 세워져 있는 비차의 운전석에 눈이 가는 조운이었다. 다소 불편하더라도 안전성이 뛰어나도록 설계해 온 그였다. 정평구는 운전석뿐만 아니라 그 옆의 조수석과 뒷좌석까지를 골고루 살피는 눈치더니,

"아니요. 멋진 방석이구려. 보기만 해도 몸이 편안해지는 것 같소."

조운은 점점 그가 좋아지기 시작했다.

"그렇게 말씀해 주시니 제 마음도 편안해집니다."

그들은 짚으로 결어 네모지게 만든 큰 깔개에 가서 앉았다. 마주 보는 두 사람이 십년지기처럼 정답게 비쳤다. 그것을 본 둘님이 말했다.

"집에 가서 먹을 것 좀 가져올게요. 저분께서 시장하실 것 같아요."

둘님은 남들 앞에서는 늘 그렇듯 지금도 광녀의 존재에 대해서는 까마득 잊은 듯했다. 정평구가 사양했고, 조운은 그러라고 아내에게 눈짓을 했다. 저만큼 가고 있는 둘님의 뒷모습을 미안한 표정으로 보고 있던 정평구가 조운 쪽으로 고개를 돌리며 말했다.

"우리에게 시간이 별로 없는 것 같소이다."

조운은 약점이나 아픈 데를 찔린 사람같이 흠칫 놀라며,

"그, 그렇습니다. 시간이 너무나 촉박한 게 사실입니다."

오래전 대나무 더미 위에서 뛰다가 대꼬챙이에 찔린 장딴지 상처는 흔적도 없어졌지만 조운은 그 부위가 또다시 욱신거리는 듯했다. 사실은 몸이 아니라 마음이 조급해진 데서 비롯된 느낌이리라.

"게다가 진주성에서 전투가 시작되면 상황이 어떻게 변할지 누구도 모르고요."

정평구의 그 말을 듣기만 해도 조운은 숨이 멎는 듯했다.

'그렇구나. 정말 전쟁이구나.'

오직 비차 제작에만 골몰한 나머지 다른 잡념이 끼어들 틈이 없었던 게 사실이었다. 그런데 정평구가 지금 그들이 처해 있는 현실을 일깨워 주고 있는 것이다.

자세를 고쳐 앉는 정평구의 무릎이 가늘게 떨리고 있는 것을 조운은 놓치지 않았다. 조운은 유일하게 틔어 있는 남쪽 방향으로부터 불어온 바람을 타고 북쪽 능선이 펼쳐진 곳으로 굴러가는 화선지를 무섭게 노려보며 말했다.

"예, 좋습니다. 이건 시간 싸움이니까요."

막 구름을 벗어난 태양 광선이 광녀가 비차 노래를 부르면서 공중으로 날려 올리는 솜털같이 하얗고 부드러워 보였다.

"내가 이런 난리통에 위험을 무릅쓰고 멀리서 강형을 만나러 온 것은……."

정평구 입에서는 좁고 컴컴한 동굴 속을 끝없이 헤매다가 지쳐 쓰러지기 직전의 사람이 한 줄기 빛을 발견한 것보다도 더 반갑고 기쁜 소리가 흘러나왔다.

"우리 둘이 힘을 합쳐 비차를 만들어 보자는 뜻에서입니다."

"예? 그, 그럼……?"

조운의 눈에, 거기 공터에 부서지고 망가진 채 제멋대로 흩어져 있는 비차의 잔해들이 일제히 몸을 일으켜 다시 원형대로 조립되고 있는 것같이 보였다.

"어떻소? 이 사람과 같이 일을 해 보는 게……."

정평구는 주먹으로 자기 가슴을 세차게 두드려 보이며 제안해 왔다. 조운은 그 자신도 사내지만 사내 가슴이 그렇게 믿음직스러워 보인 적이 없었다.

"저, 저야 대환영입니다."

조운은 북받치는 감격과 함께 얼굴 가득 기쁜 빛을 띠어 보였다.

"그러잖아도 혼자서 오랫동안 아무리 머리를 써 봐도 잘 되질 않아서
바짝바짝 애를 태우고 있던 참인데……."

"나도 아직은 초기 단계에 머물러 있을 뿐이오."

정평구는 솔직했다. 조운이 새로 만들어 놓은 비차의 솜뭉치 머리가
그를 보고 있는 것 같았다. 조운이 언젠가 아버지 술명에게 말했던 것처
럼, 날다가 어디에 부딪혔을 때 충격을 최소한으로 줄이기 위해 고안한
장치였다.

"바로 털어놓자면……."

"……."

"성공하지는 못했다, 그런 말이외다."

하늘에서 이동한 태양이 정평구 얼굴을 비춰 주고 있었지만 그의 표정
은 그늘이 진 것처럼 어둡기만 했다.

"그게 쉽게 성공할 수 있는 일이겠습니까?"

언제부턴가 일종의 우울 증세를 보이고 있는 조운은 자신도 모르게
한숨을 내쉬었다. 정평구는 메마른 입술을 꾹 깨물며,

"하지만 강형은 충청도까지 가서 비차를 만들 비법을 알고자 한 분
이니, 그 열의와 정성이 남다를 터, 우리가 합심하면 기필코 이루어 낼 수
있으리라 확신하는 바이오."

그의 시선이 또다시 가득 쌓아 놓은 비차의 재료들로 향했다. 그는 의
식적으로 분해된 비차 잔해는 보지 않으려 하는 것 같았다. 그 실패한
흔적들에서 용기를 잃을까 봐 그러는 것일 게다.

"아니, 이건 확신 정도가 아니라 반드시 성공해야 할 일생일대의 과업이라고 보고 있소."

"저도 이게 제 운명이라고 생각해 보지 않은 적이 단 한번도 없습니다. 행운인지 불운인지 하는 것에는 관심도 갖고 있지 않고요."

조운은 처음 대하는 그였지만 어쩐지 호감이 갔고 그래서 솔직하게 말했다. 그러자 정평구가 하는 말이,

"그렇다면 우리는 전생에 쌍둥이 형제였던지도 모르오."

그 말을 듣는 순간, 조운은 머릿속이 찌르르 하면서 눈앞에 광녀 도원이 나타나 보였다. 혹시 그녀와 나는 전생에 이란성쌍둥이가 아니었을까 하는 생각을 떨치지 못하는 조운이었다. 그러자 광녀 노래가 들려오는 듯했다. 난다 난다 비, 비차…….

정평구는 이제 조운에게 스스럼없이 나왔다.

"당장 일을 시작해 보면 어떻겠소?"

비차 바퀴가 움직이고 비차 날개가 퍼덕이는 듯했다. 조운은 몸이 공중으로 붕 떠오르는 것 같은 느낌이었다.

"제 생각도 마찬가집니다. 그런데 먼저 한 가지 여쭈어 보고 싶은 게 있습니다."

멍석에서 막 일어서려던 정평구는 눈을 가느스름하게 뜨면서,

"무얼 말이오?"

조운은 약간 튀어나온 그의 배를 보면서 오랫동안 너무나 궁금했던 것에 관해 입을 열었다.

"윤달규 그분 말이, 비차의 배를 두드리면 바람이 일어나서 비차를 띄워 올릴 수가 있다고 했는데, 배를 두드리라고 하는 게 무슨 뜻인지 도무지 알 수가 없어서……."

정평구가 빙그레 웃으며 말했다.

"당연한 의문일 게요."

그리고 나서 침묵을 지키는 정평구를 보고 조운은, 그도 모르는구나 하고 있는데 정평구는 천만뜻밖에도,

"하지만 나는 진작부터 그것에 대해서 알고 있으니 더 이상 고민하지 않아도 될 것이오."

"아, 그렇습니까?"

조운은 세상 가득 큰 등잔불이 켜지는 듯 눈앞이 환해짐을 느꼈다. 자신이 가장 난관에 부닥쳤던 문제를 그가 이미 해결하고 있었다니. 대체 어떻게……?

"우리 사람도 실컷 먹고 기분이 좋아지면 배를 두드리면서 노래를 부르지 않소. 비차도 마찬가지라고 보면 되오. 하하."

"예?"

정평구 그 말은 조운을 더욱 궁금하게 만들었다. 그래 또 물어보려는데 그때 마침 둘님이 둥근 대나무광주리에 음식을 담아 이고 왔다. 그 광주리 또한 조운이 직접 만든 거였다.

"우선 좀 드시고……."

"좋소이다. 그러잖아도 목이 무척 마른 판인데……."

둘님이 멍석 위에 음식물을 조심스럽게 내려놓았다. 보기도 좋거니와 냄새도 매우 먹음직스러웠다.

"저분이 말이오. 세상에……."

조운에게서 이야기를 들은 둘님도 아주 기뻐하였다.

"아, 그렇다면……?"

지금까지 그 힘든 작업을 남편 혼자 하는 것을 지켜보면서 애간장만

태웠는데, 이제 같이 일할 사람이 생겼으니 더 바랄 게 없었다. 지금부터는 실마리가 좀 풀리려나.

"자아, 지금부터……."

조운과 정평구 입에서 동시에 나온 말이었다.

"하하하."

그들은 마주 보고 크게 웃었다.

'저이가 저렇게 웃는 것을 본 게 언제였던가?'

그런 두 사람을 보는 둘님의 얼굴이 창호지에 스미는 아침 햇살같이 밝았다. 조운은 상돌만큼이나 그가 좋아졌다.

그런데 조운이 만들어 놓은 비차를 자세히 살펴보던 정평구가 깜짝 놀라 말했다.

"아! 어쩌면 이럴 수가……?"

조운이 몹시 긴장되고 걱정스러운 듯 물었다.

"왜 그러십니까? 혹시 뭐가 잘못되기라도……?"

정평구가 고개를 크게 흔들었다.

"그게 아니라, 내가 만든 것과 너무나 똑같아서 하는 말이오."

조운도 놀라지 않을 수 없었다.

"그렇습니까?"

조운 눈에 미완성의 비차나 비차 재료나 비차 잔해나 모두가 비차라는 하나의 이름으로 들어오는 것 같았다.

'그래, 전부 비차야! 아, 비차 비차 비차다!'

그러자 지금까지 저주와 혐오의 대상으로만 비쳤던 비차 잔해가 오히려 정겹고 따스한 감정으로 다가왔다. 정평구는 손바닥으로 가슴을 쓸어내리며 기도하듯 말했다.

"아무래도 이건 하늘의 뜻이 분명하오."

"하, 하늘……."

둘님의 눈이 구름 걷힌 하늘을 향하고 있었다. 지금 그 크고 검은 두 눈에서 광녀 때문에 고통스러워하고 질시하는 빛은 조금도 찾을 수 없었다. 조운의 마음도 창공같이 푸르고 맑아지는 듯했다.

"강형도 한번 생각해 보시오."

정평구는 갈수록 흥분하고 신기하다는 표정이었다. 바람이 아까와는 반대 방향으로 불고 있는 걸까. 저쪽으로 굴러갔던 마끈과 화선지와 솜뭉치가 이쪽으로 되돌아오고 있는 게 눈에 띄었다. 정평구 목소리가 능선에 부딪혀 그곳 분지를 왕왕 울렸다.

"그렇지 않고서야 우리가 이렇게 만날 수도 없겠거니와, 무엇보다도 우리 두 사람 마음이 판박이처럼 하나인 것이……."

그러던 그가 이번에는 이렇게 물었다.

"무엇에서 착상을 얻었소이까?"

이번에는 악착같은 면이 엿보였다. 하기야 그런 고집이 없으면 애당초 이런 일을 시작하지도 못했을 것이다. 조운이 얼레를 돌리는 시늉을 해 보이며,

"연입니다. 어느 날, 아이들이 날리는 연을 보고……."

정평구는 새로운 그 사실이 신기하다는 듯,

"그건 나하고 같지 않구먼."

"그럼 어떻게……?"

조운이 물었고, 둘님도 궁금하다는 듯 눈길을 정평구에게로 돌렸다.

"난, 우연히 매잡이가 매를 길들이고 있는 광경을 보고……."

조운은 그가 대단하다는 듯 연방 고개를 끄덕였다. 매를 부려서 꿩

따위를 사냥하는 매잡이에게서 그런 암시를 얻었다니.

"아, 그랬군요? 매가 나는 모습에서……."

그런데 둘님은 달랐다. 대번에 입술이 새파래지면서 몸을 덜덜 떨기 시작했다. 조운은 정평구가 눈치 챌까 봐 걱정스러웠다. 둘님이 그만 집으로 돌아갔으면 싶었다.

종종 거기 분지 위로 매가 날아들 때도 있었다. 놈이 사냥하는 재주는 실로 놀라웠다. 날아가는 새를 위쪽에서 발로 차서 떨어뜨려 잡는데, 어떨 땐 아래쪽에서 다시 한 번 더 발로 차기도 하였다. 수염 비슷한 검정색 얼룩이 있는 뺨과, 이빨 모양의 돌기가 있어 먹잇감의 척추를 꺾기 좋은 부리는, 사람이 봐도 무섬증을 느낄 정도였다.

그 매를 둘님이 특히 두려워하는 것이다. 그런데 광녀도 그런 사실을 알고 있는 걸까. 둘님을 해코지할 때는 손톱을 곤두세워 매가 먹잇감을 채 가듯이 하는 것은.

아무것도 모르는 정평구는 하던 말을 계속했다.

"그래 처음에 시작할 때는 매였는데, 만들어 놓고 보니 여기 있는 것과 똑같은 모양이 되어 있질 않겠소."

"아, 비차 모양이……."

조운은 감탄을 넘어 어쩐지 오싹해지는 느낌마저 들었다. 역시 신은 존재하고 사람 운명은 정해져 있는 것일까. 조운은 가슴을 쓸어내리며 말했다.

"정말 신기하군요. 우연의 일치라고 하기엔……."

이제 둘님의 몸 떨림은 많이 없어졌지만 창백한 낯빛은 그대로였다. 조운은 고을 남쪽 성 쪽으로 귀를 기울였다. 그곳 성 밖 연지사의 종소리가 들려오기를 바라면서.

"연지사종이 내는 소리를 들으면 그렇게 마음이 평온해질 수가 없어요."

둘님이 곧잘 하는 말이었다. 어쩌면 시부모인 술명과 박씨가 들려준 연지사종에 얽힌 내력을 전해 듣고 더 그런 기분에 젖는 그녀인지도 모른다. 박씨가 조운을 잉태하고 있을 때 탁발승으로 시주 받으러 왔던 보묵 스님 이야기도 들었다.

"아무튼 느낌이 괜찮소. 때가 온 것 같아요."

"정말 그랬으면 좋겠습니다. 이대로 시간이 더 지나면……."

조운은 그것은 생각도 하기 싫다는 듯 머리를 내저었다. 지금 진주성을 지키고 있는 시민이 위기에 빠진 조선을 건질 귀인이라는 사실은 명백해졌는데, 비차를 완성시켜 그 귀인을 구해야 할 조운 자신은 여전히 실패만 거듭하고 있는 것이다.

"우리 새로 시작하는 기분으로 일해 봅시다."

정평구가 조운을 달래듯 했다. 그곳 분위기가 한껏 달아오르고 있었다. 거기 공터 위를 날고 있는 새들이 이날따라 유난히 많았다.

'아, 날고 있구나! 드디어 비차가 날고 있구나!'

조운 눈에 새들이 하나같이 비차처럼 보였다. 분지의 삼면을 빙 에워싸고 있는 능선들도 비차가 날개를 활짝 펼치고 있는 것같이 비쳤다. 조운은 지난번 광녀와 함께 비차 노래를 불러 대던 그때의 기분으로 입을 열었다.

"그 말씀을 들으니 한결 용기가 납니다."

새로운 시작이다. 정평구도 태양을 올려다보며 환호하듯 했다.

"그렇소. 빛이 보여요, 빛이!"

조운은 어렵잖게 깨달을 수 있었다. 정평구 또한 그동안 얼마나 혼자서 노력하고 힘들어하고 있었는가를. 조운 자신처럼 몇 번이나 죽을 결심을 했을 것이다.

"진작 우리가 만날 수 있었더라면……."

"지금이라도 늦지는 않아요."

그들 눈앞에서, 대나무와 소나무와 참나무, 무명천, 화선지, 솜뭉치, 마끈 등이, 어떤 보이지 않는 손에 의해 척척 조립되어 금세 거대한 비차 하나가 만들어지더니, 그 손이 비차의 배를 두드리자 비차가 공중으로 날아오르기 시작하고 있다.

"그렇군요. 어쩌면 지금이 더 적당한 시기인 것도 같고요."

비차의 기본 골격인 대나무가 어서 내 어깨에 무명천 날개를 달아 달라고, 내 다리에 소나무 바퀴를 달아 달라고, 내 머리에 솜뭉치를 달아 달라고, 연방 재촉하는 것같이 보였다.

신종(神鐘)은 울리고

10월로 접어들어 얼마 지나지 않아서였다. 마침내 결전의 시간이 닥쳐
왔다. 왜군은 진주성 동쪽 10여 리 근방 임연대(臨淵臺) 등지로 나아오며
진주성에 서서히 접근했다. 선봉에 선 왜군 기병 1천여 명이 성 동편 말티
고개의 북쪽 봉우리에 나타나, 무수한 칼날을 번쩍거리며 말을 마구 내
닫고 있다는 보고가 들어왔다.

"모두들 조금도 신경 쓸 것 없다. 그것은 우리에게 겁을 주어 교란케
하려는 교활한 흉계다."

시민이 말했다. 하지만 어쩔 수 없이 수성군은 술렁거렸다. 적은 이쪽
을 독 안에 든 쥐라고 얕잡아 보고 있을지도 모른다.

"저들 속임수에 넘어가서는 아니 될 것이야."

가증스럽다는 얼굴로 시민은 불안해하는 부하들을 꼭꼭 단속시켰다.

"적을 보아도 못 본 체하라."

성벽 위에 설치한 낮은 담인 성가퀴에 몸을 숨기고 적을 공격할 태세
를 갖추고 있는 군사들에게 명했다.

"탄알 한 개, 화살 한 대라도 허비하지 말라."

시민은 기병 500여 명을 모았다. 그러고는 적의 눈에 보이는 곳에서 힘차게 돌진케 했다. 그 기세는 가히 적을 위압할 만했다. 왜병들이 장수들 모르게 쑥덕거렸다.

"조선군 기동력이 보통이 아닌 것 같아."

"말 타는 솜씨도 우리를 능가하지 않을까?"

시민의 임전태세는 기발하고도 치밀했다. 성안 잘 보이는 곳에 용대기 (龍大旗)를 세웠다. 큰 깃발에 그려진 용은 바람이 불 적마다 살아서 용틀 임치는 듯했다. 곳곳에 휘장과 장막도 많이 쳐 놓았다. 성내 노약자와 여자들에게도 남자 옷을 입혀 군사가 많은 것처럼 위장했다.

신시(申時, 오후 3시~5시)에 왜군 무리가 왔던 길로 되돌아갔다. 적이 물러 갔다고 모두가 안도하며 좋아했다. 날카로운 눈을 빛내며 시민이 말했다.

"위장전술을 펴고 있다. 가소로운 놈들 같으니라고!"

시민은 몸이 날쌔고 건장한 병사 몇을 뽑아 산 위에 올라가 왜군 동태 를 살펴보라고 지시했다. 아니나 다를까, 적은 퇴각한 게 아니었다.

"장군! 수만 명이나 되는 왜적 무리가 임연대 근처에서 진을 치고 있습 니다. 그 기세가 보통이 아닙니다."

긴급히 보고하는 덩치 큰 군사의 안색이 무청처럼 매우 새파랗게 질려 있었다. 하지만 시민은 늠름한 자세를 조금도 흩뜨리지 않고 침착하게 군사들을 지휘했다.

"불안해하지 마라. 당황해서도 아니 된다."

적의 침입을 막기 위해 성 밖을 둘러 파서 만든 해자(垓字) 쪽으로부터 불어온 바람이 수성군 군복 자락을 흔들리게 했다. 진주성처럼 평지에 위치한 성곽에 많은 게 해자였다. 공성군인 왜군들 진지에는 더 세찬 바람이 일어나고 있을 것이다.

"우리는 이곳 지형을 손금 들여다보듯 훤히 꿰고 있다."

그렇게 말하면서 시민이 들여다보는 그의 손바닥에는 하루도 빠짐없이 무기를 잡아온 탓에 굳은살이 두껍고 단단하게 박혀 있었다.

"하지만 적에게는 낯선 곳이니 우리가 절대적으로 유리하다."

그러자 기세가 꺾이려던 조선군은 저마다 칼이며 활, 창과 방패를 잡은 손을 높이 치켜들며 환호성을 질렀다. 그 함성은 성 밖에 진을 치고 있는 왜군은 물론, 조운과 정평구가 비차를 만들고 있는 가마못 뒤쪽 분지에까지 들릴 정도였다.

시민은 충의군의 군관 60여 명을 선발하여 교대로 성내를 순찰케 하면서 경계를 엄하게 했다. 그러고는 시민 자신도 수시로 여러 곳으로 돌아다니며 사정을 살펴 물샐 틈 없는 방어태세를 총점검했다. 그것을 본 수성군은 시민을 중심으로 일사불란하게 단결된 모습을 보였다.

"장군이 계시는 한 절대로 성은 함락되지 않을 것이다."

"우리 때문에 군사력이 약해진 풍신수길이 저희 본토에서 세력을 잃을 날이 반드시 오고 말 거야."

왜군에게 패한 경상우도병마절도사 유숭인이 시민에게 온 것은 그런 와중에서였다. 단필 말을 타고 온 그는 성안에 들어와 같이 지키기를 원했다. 패전한 장수의 몰골은 하늘 아래 다시없을 정도로 진정 암담하고 비참했다. 조선 군사들이 수군거렸다.

"그렇다고 저렇게 달라질 수가 있을까?"

"그러니 총칼에 눈이 달려 있지 않은 전쟁이라고 하지 뭐겠어?"

그는 사천현감 정득열, 가배량권관 주대청과 함께 노현에 주둔하고 있었다. 본관이 하동인 정득열은 비변사의 관료들이 무신들을 추천할 때 관찰사 강섬의 천거를 받고 등용되었다. 그러다가 전쟁이 일어나자 민병 300여 명을 모아 유숭인 부대에 합세한 것이다.

어쨌든 그들은 진주성으로 진격하던 3만여 명의 대군에게 격퇴당했다. 그리하여 할 수 없이 창원성으로 퇴각했지만 그 성마저 왜군 수중에 떨어지고 말았다. 그 두 전투로 사망한 조선군은 1천 400여 명에 달했고, 말을 탄 사람은 유숭인 하나뿐이었다.

함안군수로 재직 중 조일전쟁을 당한 유숭인. 그가 이룬 전공도 적지는 않았다. 성이 왜군에게 포위당하자 군인과 민간인을 모아 고수하고, 곽재우 의병에게 진로를 차단당한 왜적을 추격하여 47급을 참획했다. 또한 휘하 장병을 거느리고 진해에 이르러, 당항포 싸움에서 패하고 밀려오는 왜군을 막아 이순신과 협공, 그들을 물리쳤다. 이어서 금강을 따라 침입하는 적을 막아, 직산현감 박의와 더불어 격파하였다.

그런 여러 차례의 전공으로 경상우도병마절도사에 특진했던 유숭인의 참담한 최후. 그 이면에는 진주성을 꼭 지킨다는 불가피한 선택이 있었다. 시민은 깊은 고민에 빠졌다. 수성장의 외로운 자화상이었다.

'병마절도사가 성에 들어오면 이는 곧 주장(主將)이 바뀌는 것이니, 반드시 통솔하는 방법이 어긋나서 서로 합하지 못할 것이다. 하지만 그렇다고 그를 내칠 수도 없지 않은가?'

그때 시민의 귀에 연지사 종소리가 들려왔다. 왜군이 쳐들어온다는 소식을 듣고 급히 성안으로 옮겨 놓은 종이었다. 그 훌륭한 종을 보면 왜군은 환장을 하고 약탈해 가려고 할 것은 불 보듯 뻔한 일이었다.

'저 종이 지금 내가 어떤 결정을 내려야 하는가를 일깨워 주고 있구나!'

마침내 시민은 독한 마음을 먹고 유숭인에게 말했다.

"적병이 이미 가까이 와 있습니다."

그러자 유숭인이 더한층 조급한 모습으로 성곽 위를 올려다보며,

"그러니 어서 성문을 열고 나를 구해 주게."

까마귀 몇 마리가 유숭인의 머리 위를 빙빙 돌며 불길한 울음소리를 내고 있었다. 그 까마귀들을 노려보며 시민이 말했다.

"성문을 엄하게 지켜야 마땅할 터, 섣불리 잘못 열었다간 창졸간에 무슨 화를 당할지 모릅니다."

유숭인은 금방이라도 왜군이 달려올 것같이 연신 뒤를 돌아보며 숨넘어가는 소리로,

"이, 이보게. 제, 제발 나 좀 살려 줘, 응?"

하지만 시민은 두 눈을 내리간 채 냉정하게 말했다.

"그러니 병사께서는 성 밖에서 지원해 주시는 게 좋을 듯합니다."

그 광경을 지켜보고 있는 장졸들은 마른침을 삼켰다. 유숭인의 머리 위에는 점점 더 많은 까마귀 떼가 모여들고 있었다.

"아, 이 사람아! 아무리 그, 그래도……?"

이제 유숭인은 숫제 울음 섞인 음성이었다. 시민도 울부짖는 목소리였다.

"그렇게 해 주십시오."

급기야 수성군들 중에는 고개를 돌려 버리거나 눈을 감아 버리는 자들도 나왔다. 시민의 그 결정이 어떤 결과를 가져올지는 더 물어볼 필요가 없었다.

"아아……."

시민의 태도가 너무나 단호하여 유숭인은 부득이 돌아 나올 수밖에

없었다. 성 밖에는 정득열과 주대청도 와 있었다. 두 사람은 피를 토하듯 유숭인을 불렀다.

"병사 나리!"

드디어 왜군이 그들을 향해 공격해 왔다. 군사 수로나 무기로나 도저히 대적하기 힘든 적이었다. 까마귀 무리도 멀리로 달아나 버렸는지 하늘은 텅 비어 있었다.

"여기가 우리 무덤이 될 것 같소이다."

"맞습니다. 그러니 부끄럽지 않게 싸우다가 죽읍시다."

"나라를 위해 죽을 수 있는 기회를 주신 하늘이 고맙군요."

그들이 모두 전사했다는 것을 안 성내 사람들은 말을 잃었다. 어쩌면 그것은 오래잖아 겪게 될 자신들의 미래 모습이었다.

"이놈들! 이 빚은 필연코 갚아 줄 것이다!"

시민이 이를 갈았다. 장졸들은 고개를 처박고 땅을 치며 오열했다.

"장군! 저 철천지원수들을 어찌하오리까?"

"흐, 동족의 죽음을 눈앞에서 지켜 보면서도 손을 쓰지 못하고……."

시민이 노랗게 번득이는 눈으로 말했다.

"더 크게 손을 쓰기 위해 그냥 넘어간 거라네. 너무들 억울해하고 서러워하지 마시게. 곧 저놈들 살 타는 냄새와 콸콸 쏟아지는 피 냄새를 맡게 해 주겠네."

시민은 눈물로 그들의 명복을 빌어 주며 몇 번이고 복수를 다짐했다. 어쩔 수 없는 막다른 선택이었다. 정3품 목사로서 상급지휘자인 종2품 병사의 입성을 거부한 것은, 결코 용납할 수 없는 명백한 하극상이었다. 그렇지만 전투상황에서는 그렇게 할 수도 있는 게 수성장의 권한이기도 했다.

시민이 유숭인을 성안에 들이지 않았다는 소문을 들은 의병장 곽재우는 주위 사람들을 돌아보며 이렇게 감탄했다.

"이런 계책이 족히 성을 온전하게 지킬 수 있으니, 이는 진주 사람들의 복이다."

스물일곱에 아버지를 따라 한양에 들어왔을 때 어떤 관상쟁이가, '반드시 훌륭한 사람이 되어 천하에 이름을 날릴 것이다.' 라고 예언했던 망우당 곽재우였다.

그렇지만 유숭인의 죽음은 두고두고 시민의 가슴에 뽑아 버릴 수 없는 녹슨 대못으로 꽝꽝 박혀 있었다.

왜구가 말 그대로 미친개같이 날뛰고 있었지만 조선의 대기는 청명했다.

찬 기운 물러가고 새봄이 오면, 상돌 같은 백정들이 살고 있는 섭천의 길가에 서 있는 커다란 이팝나무에도 하얀 꽃이 미칠 듯 흐드러지게 피어날 것이었다. 얼마 전까지만 해도 보랏빛 열매가 그리도 탐스럽던 나무였다.

전쟁 중이라 일도 별로 없는 도축장에서 돌아온 상돌은, 혼자 초라하고 좁은 방에 앉아 살을 발라 낸 뼈처럼 앙상한 무화과나무 그림자가 드리워진 창밖을 내다보고 있었다.

'꽃을 피워 스스로를 뽐내지 않고도 달디단 열매를 맺는 저 나무는 전설의 나무다.'

얼마 전에 세상을 하직한, 상돌이 친부같이 믿고 의지하던 늙은 백정 만복에게서 그 이야기를 들은 후로, 상돌은 무화과나무를 볼 때면 가슴 한 구석이 그지없이 쩡했다. 대단한 나무구나 싶기도 하고, 참 불쌍하다는 느낌도 들었다.

'무화과나무는 전생에 숨어 살거나, 우리 백정들처럼 한 곳에서만 지내야 했던 사람이 죽어 환생한 것은 아닐까?'

물론 상돌이 볼 때에는 꽃이 사람들 눈에 잘 띄지 않게 피어 있어 그런 말이 나온 것 같았다. 그러자 사람들, 특히 양반들을 잘도 피해 다니는 아내 '무이'가 생각났다. 말린 무화과 열매를 좋아하는 상돌과는 달리 날로 먹기를 잘하는 무이. 지금은 또 어느 곳을 헤매고 있는지 모르겠다. 난리통인데도 어디 가서 먹을 것, 입을 것을 용케도 구해 오는 여자였다. 바로 상돌의 부모 묘지가 있었던 야산에서 조운을 증인으로 찬물 한 그릇 없이 혼례를 치렀던 그 백정 처녀였다.

'조운 형님은 어떻게 지내고 계시는지 모르겠다. 아무 일도 없어야 할 텐데.'

지금 같은 전시상황에서는 사람 사는 집보다 짐승을 가두어 두는 우리만큼이나 초라한 빈민촌인 여기가 더 안전할 것도 같았다. 되지도 않을 이런 생각도 해 보았다.

'차라리 이곳에 와서 그 일을 할 수 있으면 더 좋을 텐데.'

그러자 지금은 그 비차라는 게 얼마만큼 만들어졌을까 하는 궁금증과 함께, 둘이서 충청도에 살고 있는 윤달규를 찾아가던 기억들이 되살아났다. 산적 소굴에 끌려갔던 일을 생각하니 목이 탔다. 아니, 요즘은 신체보다도 마음이 더욱 갈증을 못 이겨 했다.

전라도를 벗어나 당도한 곳이 안주거리 맛이 기똥찬 술청거리였다. 주막 문간에는 큼직한 좌판이 놓였고, 그 위에 소머리, 돼지 족발 같은 것을 푹 삶아서 얹어 놓았다. 그래서 길손들 군침을 감돌게 하였고, 술청 저 안쪽의 시뻘건 화덕에서는 안주를 굽는 냄새가 사람들 발길을 휘어잡아 술 서너 잔 정도는 거뜬하게 할 곳이었다.

"세상에 술 냄새가 왜 이리 좋은가, 동생?"

조운이 '큼큼' 하고 코를 벌름거리며 말했다. 긴장감을 풀어 보려는 모습이 엿보였다. 상돌도 의도적으로 흰소리를 보태었다.

"여자 냄새가 더 좋지요, 형님."

그들은 주막 마당에 놓인 평상으로 갔다. 대나무 평상이었다. 대숲에서 처음 만났던 둘 다 감회에 젖는 얼굴이 되었다. 머리를 뭉게구름같이 한껏 부풀어 올린 주모가 눈웃음을 살살 치며 다가오던 일이 바로 엊그제 같았다. 그러나 지금은 술은커녕 물 한 방울도 귀한 때였다.

아직은 새도 날지 않을 이른 새벽녘이었다. 왜군은 대탄으로부터 세 부대로 나누어 까맣게 산야를 뒤덮으며 내려왔다.

한 패는 진주성 동문 밖 순천당 위에 진을 쳐서 성을 내려다보고, 한 패는 개경원에서 똑바로 동문 밖을 지나 봉명루 앞에 줄지어 섰고, 한 패는 향교 뒷산으로부터 곧장 순천당이 있는 산을 넘어서 봉명루의 패거리와 더불어 기세를 합쳤다. 그 밖에도 각 봉우리에 둘러서 있는 왜군은, 벌이 집을 짓듯, 개미 떼가 모여 있듯 했다.

지난 9월 하순 경, 김해와 부산포, 동래 등지에서 세력을 합친 왜군 3만 명이 김해를 떠나 창원을 향해 진군해 옴으로써 그 서막을 올린 진주성 전투였다.

10월 초, 진주와 함안의 경계에 있는 부다현을 넘어와 반성창(班城倉)을 불사른 뒤 소촌역까지 진출하고, 또다시 강변 벼랑 위에 있는 정자인 임연대 부근 일대로 들어온 그날, 남강은 도하하는 왜군들 발에 무한정 더럽혀졌고, 그 선봉 1천여 기(騎)가 마현(말티고개)에 올라 진주성 동태를 살피었던 것이다.

"지금 우리 성을 노리고 있는 왜군을 지휘하고 있는 저쪽 주요 장수와 예하 병력은 이러하오."

수성장 시민이 지휘소 촉석루에 불러 모은 수성군 장수들은 잔뜩 긴장한 얼굴로 시민의 말에 귀를 기울이고 있었다.

"장곡천수일 5천, 목촌중자와 장강충홍이 각각 3천 500, 가등광태와 소야목중승이 또 각각 1천, 목촌정현 750, 강본중정 500, 조옥무칙 200, 그리고 태전일길 120, 그렇게 해서 도합……."

과연 정경운이 저 〈고대일록〉에서 '왜적이 진주 경계로 들어왔는데 수미(首尾)가 100여 리에 뻗쳤다.'고 기록할 정도로 어마어마한 대병력이 아닐 수 없었다. 시민은 진주성이 견고하기는 하지만 오랫동안 포위되면 양식이 가장 문제라고 보았다.

'잘 먹지 못하면 농사나 막일도 힘들 터.'

하지만 부하 장졸들에게 그런 내색을 전혀 하지 않는 시민은 동문, 서문, 남문, 구북문, 신북문 등 다섯 성문이 있는 곳으로 쭉 눈길을 보낸 후에,

"우리 척후병이 전하는 바에 의하면, 왜적들 행렬은 실로 기기묘묘하기 그 짝이 없는 것 같소이다."

하고는 마지막으로 거기 촉석루 아래에 있는 암문(暗門) 쪽을 내려다보았다.

진주성 성문이라고 하면 사람들은 동문과 서문 등의 다섯 문을 떠올리지만, 사실은 외부에서 알아보기 쉽지 않도록 꾸며 은밀하게 드나들 수 있게 만든 비밀문과도 같은 그 암문도 있는 것이다. 그런가 하면, 배수(排水)를 위한 수문(水門)이 남강 쪽을 향해 두 군데 있기도 했다.

"대체 그자들 행렬이 어떠하기에 그러십니까?"

100여 명의 군사를 이끌고 성안에 들어온 곤양군수 이광악이 물었다. 시민이 입술에 묻히기도 싫다는 듯,

"허, 들어들 보시겠소? 어찌나 가소롭고 치졸한지······."

우선 왜장 6명은 하나같이 검정 홑옷을 입고 두 마리 말이 끄는 수레를 탔다. 창검을 가진 자들이 그들 앞뒤를 끼고 섰다. 흰 승복을 입은 여인이 쌍견마를 타고 종자를 숱하게 거느리고 왜장 앞에 나섰다. 걸어서 따라가는 여인들도 많았다.

진주성을 향해 진격해 오는 왜군들 모습은 형형색색 요란하기 짝이 없었다. 옆으로 내닫는 기마병, 긴 자루의 둥근 금부채를 휘두르는 자, 흰 바탕에 황금무늬 잡색으로 그림을 그린 삽선(翣扇)을 짊어진 자, 닭 깃으로 만든 관을 쓴 자, 산발한 탈박을 쓴 자, 뿔 있는 금가면을 쓴 자 ······.

그중에서도 삽선, 곧 운삽과 불삽은 참으로 꼴사나웠다. 둘 다 발인할 때 상여 앞뒤에 세우고 가는 것으로, 구름무늬를 그린 부채 모양의 널판인 운삽도 그렇거니와, '亞' 자 형상을 그린 널조각에 긴 자루가 달려 있는 불삽도 가증스럽기 짝이 없었다. 아마도 그것들을 동원한 것은, 너희 조선군을 관 속에 넣겠다는 으름장이 아닐까 싶었다.

그런가 하면, 그들은 저마다 기를 갖고 있었는데, 어떤 것은 기폭이 넓고, 어떤 것은 기장이 긴 잡색 기치로서, 그 수는 헤아리기 힘들 정도로 많았다. 혹자는 푸른 일산(日傘), 혹자는 붉은 일산을 받치고, 검광이 햇빛에 번득일 때면 살기가 공중에 가득 펼쳤는데, 그 기괴한 형상들은 보는 사람을 경악과 공포로 몰아넣었다.

"장군! 무엇을 그렇게 유심히 바라보고 계시오니까?"

문루(門樓)에 올라서서 사방을 살피고 있는 시민을 발견한 장수 하나

가 시민 곁으로 와서 물었다.

"아, 지금 해자를 살펴보고 있는 중이오."

시민은 그런 대답과 함께 대사지 쪽을 가리키며,

"보시오. 천연의 해자 구실을 하고 있는 저 대사지에서 시작하여, 동쪽 방향으로 참호를 파내려가서 동북쪽 성벽을 감아 돌고 있지 않소."

장수도 그곳을 유심히 살펴보고 나서,

"그리고 남쪽으로 곧바로 가서 남강에 이르고 있는 형태로군요. 그러니까 대사지와 남강을 연결한 것이 이 성의 해자라고 할 수 있겠지요."

잠자코 듣고 있던 시민이 어두운 얼굴로 말했다.

"헌데 문제는, 저 대사지 서쪽 끝이 구북문 밑에까지 미치지를 못하고 끝나 버렸다는 것이오."

장수가 미처 깨닫지 못했다는 듯,

"아, 그렇군요. 그리고 보니 그게 마음에 크게 걸립니다. 어쩌면 좋겠습니까?"

"지금은 왜적이 성 가까이 와 있으니 보강할 수 없는 형편 아니겠소."

시민은 병법에 탁월한 장수답게,

"본관 생각으로는, 나중에 저기 서북쪽에 참호를 파고 물을 담아 두는 게 좋을 것 같소만……"

고개를 끄덕이는 장수 귀에 또 이런 소리가 들렸다.

"대사지의 길이와 너비를 늘이는 것도 한 방법이 될 것이오."

"훌륭하신 생각입니다."

시민이 말머리를 돌렸다.

"그건 그렇고, 저 순천당에 와 있는 왜군들 말이오. 언제까지 저 따위 짓을 할 것 같소?"

"그, 그러게 말씀입니다."

그들 시선이 노을이 아름답기로 알려진 순천당 방향을 향했다. 지금 그곳에 진을 치고 있는 왜군 가운데에는, 탄알을 날리는 총수(銃手)가 1천 명을 넘었다. 그들이 성안을 향해 일제히 총을 쏘아 대면, 그야말로 우레가 울리고 우박이 떨어지는 것 같았다. 그런데 왜군들로선 너무나 이상한 일도 있었다.

성안에서는 전혀 동요하는 기색이 없었다. 게다가 고요하기가 절간 같았다. 왜군들은 고개를 갸우뚱했다.

"겁을 집어먹고 모조리 달아난 게 아닐까?"

"그러게 말입니다. 움직이는 물체는 하나도 보이지를 않으니……."

제풀에 지친 왜군은 가만히 두어도 기세가 약해지기 시작했다. 바로 그럴 때였다. 홀연 성안에서 종을 치고 북을 울리고 함성을 질렀다. 포를 쏘았다. 그건 마치 '우리가 여기 있다. 어디 올 테면 어서 이리 와라!' 하는 시위 같았다. 왜군은 깜짝 놀라 또다시 거의 무의식적으로 마구 조총을 발사했다. 결국 절딴나는 건 아까운 실탄이었다.

얼마나 교전했는지 알 수 없었다. 전쟁터의 시간은 조금도 흐르지 않은 것 같기도 하고 그 반대로 모두 흘러가 버린 것 같기도 했다. 이윽고 연못 속 올챙이 무리처럼 모여 있던 왜군 무리가 흩어져 마을로 들어가는 게 보였다. 성안에서 그 광경을 지켜보고 있던 수성군들이 수군거렸다.

"저놈들이 또 민가를 노략질하려는 게 아냐?"

"여기서는 잘 보이지가 않으니 좀 그렇구먼."

땅바닥에서 개미 떼가 일렬 종대로 줄을 지어 어딘가로 가고 있었다. 피난 행렬을 방불케 했다. 조선 군사들이 눈을 부릅뜨고 내려다보면서 말했다.

"이놈들은 또 어디로 가는 거야?"

"맞아. 왜놈들 하는 짓도 몰라 부아가 나는데 말이야."

그 궁금증은 잠시 후에 풀렸다. 왜군들 손에는 문짝, 관(棺) 판자, 누각에 까는 마루 조각 등이 들려 있었다. 그들은 성 밖 100보 되는 곳에다 그것들을 벌여 세워 놓더니, 그 뒤에 숨어 엎드려 쉬지 않고 철환을 쏘아 댔다. 콩 볶는 듯한 소리가 진동하였다.

다른 왜군들이 또 사방으로 분산했다. 조금 있다가 서쪽에 있는 민가들이 활활 불타기 시작했다. 동쪽에 있는 초가집을 마구 뜯어냈다. 촌가에 있는 죽물(竹物)을 찍어 오기도 했다. 조선군은 가증스러운 미소를 흘렸다.

"어? 저건 또 뭐야. 놈들이 짚과 풀을 많이 싣고 오네?"

"별의별 지랄발광을 다하고 있군. 어디 두고 보자고. 이번에는 무슨 허깨비 장난질을 하는자……"

"죽기 전에 한번 해 보고 가게 그냥 내버려 둬."

"자기들 무덤을 만들고 있다고."

왜군은 막사를 짓기 시작했다. 떼거리가 많아 공사는 금방 이루어졌다. 길게 늘어선 막사가 6, 7리는 족히 되어 보였다. 그것은 죄다 푸른 포장을 친 탓에 흡사 출렁이는 바닷물같이 느껴졌다. 그 막사는 군사들이 사용했다. 왜장들은 마을 큰 집이나 향교에서 편히 머물렀다. 억지로 여유가 넘침을 과시하려는 듯 꼭 여행을 온 것 같았다.

오시(午時, 오전 11시~오후 1시)부터 날이 어둑어둑해질 때까지 짐을 실은 소와 말이 동쪽으로부터 끊이지 않고 잇따라 들어왔다. 그들이 지나는 도로 주변은 끝없이 자욱한 흙먼지가 폭삭 일어 앞이 보이지 않을 지경이었다. 그러잖아도 바싹 마른 풀잎은 숨 쉬기조차 어려워 보였다. 새들도 그 공기가 싫은지 땅 근처로 내려오지 않았다.

초경 무렵이었다. 적이 한 곳에서 뿔피리를 불었다. 그게 신호인지 이내 여러 군데서 한꺼번에 호응했다. 놈들은 발악하듯 끊임없이 함성을 내질렀다. 사람이 아니라 무슨 짐승 같았다. 요괴가 사람을 홀리기 위해 장난을 치는 듯했다.

한 식경이 지나서야 왜군은 그 같잖은 소동을 멈추었다. 틀림없이 세력을 과시하고 전쟁 공포증을 없애 보려는 짓거리였다. 철환 쏘는 소리가 끝없이 어두운 밤을 찢어발겼다. 막사를 지은 곳에서는 사탄의 혓바닥같이 널름거리는 불길을 피워 올렸다. 혼란스럽게 오가는 그림자들이 악령의 미친 춤이나 거친 몸부림같이 보였다.

진주성을 구원하기 위해 달려온 외원군(外援軍) 활약상이 돋보인 것은 그즈음이었다. 왜군이 진격해 오고 있다는 정보를 입수하고 황급히 원군을 모집한 이가 바로 경상우감사 김성일이었다. 그리고 그 소식을 듣고 멀리 가까이서 숨 가쁘게 달려온 것은 대부분이 의병들이었다. 그들은 성 밖 사방에서 대활약을 펼치기 시작했다.

진주성 동쪽에 나타난 외원군은 홍의장군 곽재우가 보낸 용사 심대승이 이끌고 온 정예군 200여 명이었다. 훈련원판관과 군자감정 등을 지낸 심대승은, 전쟁이 일어나자 곽재우와 박필 등 의령 고을 장사들과 친족, 하인들을 모아 의병의 깃발을 치켜든 장수였다. 10월 초순의 쌀쌀한 날씨 속에 그들은 비봉산의 한 자락인 향교 뒷산으로 올라갔다. 그리고는 수성군과 왜군 진지에서 모두 들을 수 있을 정도로 크게 소리쳤다.

"내일 아침 의령의 홍의장군과 전라도 원병 만여 명이 여기로 와서 힘을 합쳐 왜적의 무리를 섬멸할 것이다!"

그러면서 원군은 핏빛을 연상시키는 햇불을 켜들고 뿔피리를 불고 북을 치고 적진을 겨냥해 포(砲)를 쏘았다. 그러자 성안에서도 큰소리로 호응하였다.

"우리도 뿔피리를 불고 북을 치고 종을 쳐라!"

그때 가장 큰 역할을 한 게 저 연지사종이었다.

"땡, 때—앵."

그 천년의 범종이 뿔피리며 북과 더불어 내는 우렁찬 소리는 적의 간담을 서늘케 하였다. 너무나 놀라고 당황한 왜적은 산으로 도망쳐 뜬눈으로 밤을 새웠다.

비록 말티고개에서 이기기는 하였지만, 삼가 의병장 윤탁과 초계 가장(假將) 정언충이 통솔하는 조선군 300여 명에게서 이미 혼겁을 했던 왜군이었다.

성 남쪽 방면에서 구원한 것은 진주 복병장 정유경과 고성 가현령 조응도 부대였다. 그들은 밤이 이슥해지자 군세를 떨쳐 보이는 데 큰 역할을 하는 십자횃불을 밝혀 들고 남강 저편 진현(진치령)에 나타나서 뿔피리를 불어 대기 시작했다.

사기가 오른 수성군은 또 연지사종을 울렸다. 그러자 연지사종에 새겨져 있는 비천상이 구름 위에 앉아 켜는 장고 소리도 덩달아 나는 듯했다. 한참이나 허둥대던 왜군은 간신히 막사에 불을 켜고 강변으로 복병을 보내었다.

고성 의병장 최강과 이달의 활약상도 눈부셨다. 달도 숨어 버린 컴컴한 밤중에 최강은 군사들 한 사람마다에게 너더댓 개의 횃불을 켜들고 고을을 한눈에 바라볼 수 있는 망진산에 오르게 하였다. 그런 후에 나아가기도 하고 물러나기도 하면서 북을 치고 함성을 지르게 하니 온 산골짜기에 진동하는 그 소리에 왜군은 몸을 떨었다.

이달 또한 용사다웠다. 그는 망진산 아래 섭천리 두골라평에 진을 쳤다. 그러고는 치고 빠지는 전술로 왜적 무리를 혼란스럽게 하니 조선 의병 손에 죽은 자들이 부지기수였다. 그뿐만이 아니라 나중에 왜군이 성에서 후퇴할 때는 반성까지 뒤쫓아가서 스무 개도 넘는 적의 목을 거두기도 하였다.

성 서쪽에서는 전라우의병장 최경회, 전라좌의병장 임계영 그리고 진주 한후장(悍後將) 정기룡이 버티고 있었다.

산음에서 만난 김성일의 권유에 진주 살천창(薩川倉)에 진지를 친 최경회. 바로 저 의기(義妓) 주논개와의 아름답고도 슬픈 사랑 이야기로 회자되고 있는 인물이다. 제2차 진주성 전투에서 최경회가 순절하자 왜장 가야무라 로쿠스케[모곡촌육조]를 끌어안고 의암에서 꽃같이 몸을 날린 논개. 남강에서 건져 올려진 그녀와 나란히 함양군 서상면 방지리 골짜기에 묻혔다고 전해지기도 하는 최경회. 처음에 그는 어디에 주둔할 것인가 하고 망설였다.

"아무래도 진주성을 도우기 위한 요충지로는 그곳이……."

부하들이 추천한 곳은 단성이었다. 그런데 최경회는 이렇게 말했다.

"군량 문제가 있소. 적어도 우리가 몇 달 정도는 해결할 수 있는 양식이 없으면 그 또한 큰일인 게요."

그리하여 군량이 비축되어 있는 살천창에 주둔하게 된 것이다. '시천(矢川)'이라고도 쓰는 살천은 그 당시 진주목에 속했으며 덕천서원이 있다. 하지만 그 후 최경회 부대는 그곳에서만 머물지 않고 단성까지 나아가 거기 나온 왜군과 전투를 벌이기도 한다.

"경상우감사께서 보내어 오셨다고요?"

박성과 마주 앉은 임계영은 김성일의 얼굴을 떠올리며 흥분한 목소리로 말했다.

"내가 천 명 이상도 모을 수가 있소이다."

박성이 기쁜 얼굴로 말했다.

"왜놈들이 그 말을 들으면 간담이 철렁 내려앉을 것입니다."

그런데 임계영은 부대를 이끌고 운봉에서 함양으로 넘어왔을 때 진주성을 포위했던 왜군이 물러났다는 소식을 접하게 되고, 그 뒤 의병장 김면의 권고를 듣고 최경회와 더불어 김산 쪽으로 가게 된다.

한편, 본대의 후방 방어를 맡는 장수인 한후장 정기룡은, 군관 조경형과 함께 살천창의 군량을 지키면서 추이를 살피고 있었다. 그러던 중 단성 싸움에서 김준민 부대에게 쫓겨 오는 왜군을 가로막아 격퇴하는 전공을 세웠다.

성 북쪽의 외원군. 우선 의승장(義僧將) 신열이 있었다. 그는 합천 해인사에서 활과 화살을 제조하여 군사를 훈련시켰다. 나중에 그의 부대 군사는 650명에 이른다.

500여 군사를 이끌고 진주성으로 달려온 합천의 김준민. 처음 전쟁이 일어났을 당시 그는 종5품 거제 현령으로 있었는데, 경상감사 김수가 근왕군을 편성할 때 거제를 떠나 합천 의병장 정인홍의 휘하에 들어간 것으로, 해당 고을 군사를 통솔할 장수가 없을 때 임시로 임명한 장수인 가장(假將)이었다.

김준민의 활약상은 대단하여 진주목과 단성현의 경계에 있는 청고개(青古介)까지 왜군을 추격하기도 하였다. 청고개는 그 양쪽에 도둑굴이 있어 지나는 사람들을 노리는 바람에 천 명이 모여야 안전하게 그곳을 넘을 수 있다고 하여 '천고개'라고도 불리었다. 김준민 부대는 거기서 최경회 부대가 왜군과 전투를 벌이는 장면을 목격하였고, 그래서 단성 읍내로 내달아 싸우는 바람에 진주성에서 벌어진 전투에는 직접 참여하지 못했다.

어쨌든 대부분 의병으로 구성된 원군들의 활약상은 눈부셨다. 그들은 각자 횃불 다섯 개씩을 들고 성 주변 높은 곳에 올라 호각을 불어 댔다. 이에 성안에서는 연지사종을 울리고 북을 치고 큰 함성을 질러 호응하였다. 왜군 막사 쪽에서 수많은 그림자들이 어지럽게 움직이는 게 비쳤다.

"대, 대군이 온 게 아닐까?"

"우리 군사들이 휴식을 취하지 못한 채 불안에 떨고 있습니다."

"성 안팎에 있는 조선군들이 협공해 오지는 않을까요?"

수성군보다 공성군이 더 기가 죽었다. 적진에서는 엄청난 소요가 일어났다. 허둥지둥 불을 켜들고 산 쪽으로 도주하기 시작했다. 산은 때 아닌 붉은 꽃이 피어나는 것 같았다. 밤이 낮같이 훤해지자 무색해진 달이 연처럼 나뭇가지 끝에 걸려 노란 숨결을 토해 내고 있었다.

그 밤에 왜군은 두려움에 떨며 한숨도 자지 못했다. 희뿌연 여명 속에서 그들 눈은 하나같이 퉁퉁 붓고 충혈되어 있었다. 외원군이 얼마나 큰 역할을 할 수 있는지를 잘 보여 주는 사례였다. 그런 가운데 목사 김시민의 진면목은 한층 빛났다. 아군이 유리한 상황을 맞고 있을 때에도 조금도 방심하거나 안이한 모습을 보이지 않았다.

"왜적은 조총이라는 신식무기를 보유하고 있소. 공중을 나는 새를 떨어뜨린다는 총이 조총 아니오? 하지만 우리는 구식무기인 궁창인지라 군장비 면에서 엄청난 열세요. 적의 목을 베는 것도 중요하지만, 대적하지 않고도 적이 소유한 많은 화력을 소모시키는 전략이 더 필요하오."

사실 왜군이 소지하고 있는 조총은 조선군에게 크나큰 공포와 부담
의 대상이 아닐 수 없었다. 시민은 휘하 장졸들에게 또 당부하였다.

 "집중 공격을 받아도 절대 맞대응을 해서는 아니 될 것이야. 지금 우리
에게는 화살 한 개, 탄알 하나가 바로 우리 목숨이고 운명이란 걸 명심
하라."

 일전일환(一箭一丸)이라도 낭비하지 말라―그것은 용장(勇將)보다 지장(智
將)에 더 가까운 시민의 전술이었다. 그렇다고 그는 뒤쪽에 앉아서 명령
만 내리는 심약한 장수는 아니었다. 적탄이 빗발치듯 쏟아지는 속으로
들어갔으며, 의연한 모습을 잃지 않고 휘하 장졸들을 격려하면서 용기
를 북돋워 주었다.

 "아, 장군!"

 수성군들은 때때로 보았다. 눈물을 흘리며 호소하는 수성장 모습을.
그럴 때 시민은 총이나 창검으로 엄한 명령을 내리는 어떤 범 같은 장수
보다도 더 군사들 마음을 휘어잡았다.

 "지금 조선 땅이 모두 왜적에게 함락당하고 있다. 그런즉, 여기 진주성
만이 우리나라의 명맥을 좌우하게 되었다. 우리 진주성이 이롭지 못하게
되면 조선은 종말을 고하게 된다. 그리고 여기서 패하면 우리들은 모조
리 왜적의 총칼 끝에 원혼이 되고 말 것이다. 그러니 모두가 온 힘을 다
해 용감하게 싸워라."

 그렇게 성을 지키기 위해 애쓰는 시민의 귀에 언젠가 아내 서씨가 들려
주었던 이야기가 떠오르고 있었다. 우연이라고 치부해 버리기엔 너무나
운명적인.

 "제가 유모를 따라 나들이를 나갔던 그 옛날, 어린 당신이 대장이 되
어 동네 아이들을 거느리고 병정놀이를 하던 중, 천안 사또 행차가 진중

(陣中)을 비켜 가게 했던 그 장면을 지켜본 적이 있어요. 당신께서 그때의 기백과 용기만 잃지 않으신다면 반드시 왜적을 물리치실 수 있을 거에요."

칼을 휘두르며 군사를 지휘하는 시민의 모습을 떠올리며, 조운은 위채의 툇마루에 앉아 어둠에 덮인 비봉산을 하염없이 올려다보고 있었다. 멀리 전라도 김제에서 온 정평구는 둘님이 정성스레 지어 준 저녁밥을 먹고 아래채에서 곤한 잠에 곯아떨어져 있었다.

백성들은 왜군을 피해 성내로 들어가거나 아니면 깊은 산속 마을로 가버린 탓에, 고을에는 비어 있는 집이 대부분이었다. 조운과 둘님은 부모더러 피신하라고 권했지만 모두 그대로 머물러 있었다. 비차를 완성시키기 위해 집에 그대로 남아 있어야 하는 자식들을 두고 자기들만 갈 수는 없다고 했다. 그리하여 조운의 동생 천운과 지운만 성안으로 들여보낼 수밖에 없었다. 그들도 그냥 있겠다고 우기는 것을, 아직 젊으니 왜군에게 발각되면 끌려가 그네들이 시키는 일을 해야 할 것이니 안 된다고 겨우 설득하였다. 하지만 조운은 알지 못하고 있었다. 동생들이 그 길로 군인을 지원하여 지금은 시민의 통솔 아래 왜군과 싸우고 있다는 것을.

"작은형! 큰형은 지금도 그 비차라는 것을 만드느라 정신이 없겠지?"
여기는 성안. 각자에게 주어진 개인 무기를 점검하며 지운이 천운에게 물었다.

"그럴 거야. 그 비차야말로 위기에 빠진 우리 조선을 건질 귀인을 구할 수 있는 기구라고 하니, 어떻든 빨리 완성시켜야 할 텐데 걱정이야."
성가퀴 너머로 왜군 진지가 있는 쪽을 노려보며 천운이 대답했다.

"우리 조운이 형이 정말 자랑스러워. 그렇지?"

조심스럽게 칼날에 손가락을 대보는 지운의 말에, 천운도 번쩍이는 자기 창끝에 눈을 둔 채 말했다.

"형도 그렇지만 형수님께서도 대단하셔. 끝까지 피난하지 않으시고 형 옆을 지키려고 하시는 것을 보면……."

수많은 개미 떼가 성가퀴에 붙어 있는 게 눈에 띄었다. 전투가 시작되면 사람 발에 밟히거나 불에 타서 죽을지도 모르고 한가로이 오가는 그 미물들이 안됐기도 하고 부럽기도 했다.

"근데 말이야. 아무래도……."

문득 천운의 목소리가 변하자 지운이 소스라치는 모습으로,

"왜, 왜? 놈들이 공격을 개, 개시한 거야?"

천운이 얼른 그건 아니란 듯,

"그 여자, 도원……."

"나이는 들어도 아직 처녀인 그 광녀 말이지?"

형제 눈은 약속처럼 성가퀴에 몸을 숨긴 채 적진을 살피고 있는 다른 군사들을 향했다. 하지만 바짝 긴장하고 있는 수성군들 귀에는 그들 형제가 낮은 소리로 주고받는 이야기가 잘 들리지 않는 모양이었다. 하긴 생사의 갈림길에 처해 있는 그들인지라 무슨 말도 관심을 끌지 못할 것이다.

그러나 형제는 달랐다. 자기들 목숨도 귀하지만 더 중요한 건 귀인을 구할 비차라고 보는 그들이었다. 그렇게 여기게 된 데에는 조운의 영향이 컸다. 그 귀인이 잘못되면 나라도 잘못된다. 그런 판인데 혹시라도 그 광녀로 인해 문제가 생긴다면 그건 예삿일이 아닌 것이다. 모든 게 수포로 돌아갈 수도 있는 것이다.

"설마 왜놈들이 미친 조선 여자 말을 알아듣겠어?"

서글서글한 눈이 어머니 박씨의 판박이인 지운의 말에, 아버지 술명을 닮아 체구가 우람한 천운이 고개를 내저었다.

"그래도 모른다. 누가 있든 아무 데서나 그렇게 외고 다니는 노래가 아니냐? 그것도 처음부터 끝까지 계속해서 같은 소리를 해대니 말이다."

곧 싸움이 시작되려는 걸까. 남강 건너편 섭천 쪽 대숲에서 까마귀 무리들이 시퍼런 하늘가로 무섭게 몸을 솟구치는 게 보였다. 어쩌면 벌써 피 냄새를 맡고 환장들을 하고 있는지도 모른다.

그런데 지운이 깜짝 놀란 것은, 사람 시체를 보면 제일 먼저 달려든다는 그 새들의 불길한 울음소리 때문이 아니었다. 그건 천운의 입에서 들릴락 말락 아주 가늘게 새어 나오는 이런 소리 탓이었다.

"난다 난다 비, 비차. 진주성에 가 보자……"

지운은 난생처음 보는 사람처럼 천운을 무연히 바라보았다. 도대체 이해할 수 없었다. 조금 전에 자기 입으로 행여 왜군들이 알아들을까 봐 너무도 걱정된다고 했던 그 노래를 읊조리고 있다니?

'만약 여기 진주성에 하늘을 나는 기구가 있다는 사실을 저놈들이 알게 된다면……'

그런 비행기구는 상상조차 하지 못했던 왜군들이 어떻게 나올 것인가는 물어볼 필요도 없었다. 그 신기하고 놀라운 것을 약탈하기 위해 지금보다 몇 배나 더 눈에 불을 켜고 덤벼들 것이다. 조선을 건질 귀인을 구할 기구를 말이다. 그때부터 여자같이 감정이 여리고 섬세한 지운은 크나큰 우려에 휩싸이면서, 그 비차라는 게 벌써 완성되어 거기 성안 어딘가에 있는 것 같은 착각에 빠져들기 시작했다.

내가 왜 이런 환상에 빠지는 거지? 그렇게 자신을 나무라면서도 지운은 구름같이 일어나는 그 상념을 떨쳐 버릴 수 없었다. 이제 천운은 입을 다물고 다른 수성군들처럼 적진을 노려보고 있었지만 그가 읊조리던 노랫소리는 여전히 지운의 귀에 남아 있었다.

'곧 벌어질 왜놈들과의 전투에 대한 두려움이 나를 이렇게 몰아가고 있는 걸까?'

부모를 반반씩 닮은 조운 형이 비차를 완성시키지 못해 그 귀인을 구할 수 없으면, 지금 성안에 있는 모든 조선 군사들과 민간인들은 적의 손에 목숨을 잃게 되리라는 공포심. 그러자 이번에는 더욱 아연할 일이 벌어졌다. 지운은 들었다.

"비차 비차 비차다. 진주성에……."

지운은 칼을 잡았던 손으로 머리칼을 움켜쥐었다. 남은 한 손은 가슴팍을 쥐어뜯었다. 머리가 빠개질 듯이 쑤시고 가슴은 터질 것같이 아파왔다. 그 노랫소리, 광녀가 아무 곳에서나 누가 들든 말든 마구 흘리고 다니는 그 소리가 나오는 곳은, 바로 지운 자신의 입속이었던 것이다.

"지, 지운아! 어, 어디가 안 좋아 그러니, 응?"

크게 놀란 천운이 지운의 어깨를 흔들어 대며 소리치고 있었다. 천운은 동생이 지독한 전쟁 공포증에 사로잡힌 나머지 발작을 일으킨다고 보았다. 성가퀴 저 아래로 흐르는 남강 물소리가 홀연 적병들이 내지르는 함성 같았다.

한편, 여기는 성곽에 올라 바라보면 지리산 천왕봉이 가물거리는 북쪽 방향에 자리하고 있는 가마못 안쪽 동네.

조운과 둘님 그리고 양가 부모들이 그대로 머물러 있었다. 물론 김제 사람 정평구도 함께 있었다. 그런데 그들은, 거짓말 같지만, 왜군 그림자도 보지 못했다. 물론 그전에는 먼발치에서 보았었다. 그것은 저들이 그 고을에 처음 들어왔을 때였다. 당시 미리 비상연락을 받고 모두가 비봉산 뒤편으로 피신한 덕분에 큰 변고는 당하지 않아도 되었다. 가옥이 파괴되고 세간살이를 약탈당하는 등 피해는 입었지만 그래도 사람은 무사했으니 천행이었다. 또 가슴을 쓸어내린 것은, 동네 뒤쪽 분지에 숨겨 놓은 미완성의 비차를 왜군들이 발견하지 못해 온전하다는 사실이었다.

그리고 그 뒤로는 별다른 일이 없었다. 나중에는 또 어떨지 몰라도 지금은 그랬다. 아마도 왜군은 그때쯤 그 고을 백성들은 모조리 다른 곳으로 달아났다고 생각하고 있는 듯했다. 실제로 그렇기는 했다. 그곳 가마못 안쪽 마을에서 그들 두 집안 외에 피난을 가지 않고 있는 사람들은 극소수였다. 그것도 특별한 집이었다. 조운이 알기에는, 문둥이 부부 집안, 운신도 못하고 노망까지 든 노파를 거의 가둬 놓듯이 하고 있는 집안, 그 두 집안뿐이었다. 심지어 광녀 도원과 그녀의 어머니, 오빠도 어디론가로 떠나고 없었다. 그리하여 그 몇 안 되는 집들을 빼고는 모두 유령이 사는 집 같았다. 하긴 사람이 남아 있어도 폐가 같기는 마찬가지였다.

밤이 가마못같이 깊었다. 조운은 정평구가 잠들어 있는 아래채를 보며 나도 이제 눈을 좀 붙여야겠다고 생각했다. 이날도 둘이 점심도 거른 채 비차에 달라붙었다. 모두가 왜적을 맞아 싸우고 있는 현실 앞에서 그들은 비차를 만들다 죽을 각오가 되어 있었다. 작업에 몰두할 때만 자신들이 전쟁에 나아가지 않은 비겁한 피신자라는 자괴감을 떨칠 수가 있었다. 유일한 핑계거리(?)가 비차였다.

"그만 주무세요."

광녀가 보이지 않은 후부터 안정을 많이 되찾은 둘님이 어두운 방바닥에 이부자리를 깔아 주며 말했다. 만일을 대비해서 밤에도 등잔불을 밝히지 않고 지내는 그들이었다. 밤에는 작은 불빛 하나가 천 리 밖에서도 보인다고 했다.

"당신도 피곤할 텐데 같이 잡시다. 우리 애기도 잠을 자야지."

베개에 힘겹게 머리를 내려놓으며 조운이 말했다. 부부는 나란히 누웠다. 하지만 하루 종일 그렇게 간담을 졸이고 몸을 혹사했는데도 불구하고 잠이 찾아올 것 같지가 않았다. 마음의 고단함은 오히려 사람의 의식을 생생하게 일으켜 세우는 것일는지.

"우리가 지금 왜 이런 모습들이오?"

"언제까지 이렇게 지낼 수 있다고 보나요?"

어쩌다가 드물게 나누는 부부 대화는 밑 빠진 독에 물 붓기처럼 그 해답을 채워 나갈 수 없었다. 요즘은 낮이고 밤이고 모든 게 늘 그런 식이었다. 그리고 그것은 지극히 당연했다. 사실 전쟁터를 지척에 두고 있으면서 아직까지 아무 탈이 없다는 것은 완전히 기적에 가까운 일이었다.

그리하여 그들은 굳게 믿었다. 그것은 비차를 꼭 이루어 내라는 하늘과 부처의 엄명과 비호가 있기에 가능하다는 것을. 그렇지만 또 각오하지 않을 수 없었다. 자기들 목숨과 그 비차를 맞바꾸어야 할 순간을 기꺼이 받아들여야 할 것을.

'우리가 살 길은 비차를 포기하고 깊은 산골이나 외딴 섬으로 들어가는 것일 게다.'

조운은 모로 돌아누우며 생각했다. 그들 목숨이 문제가 아니라, 만일 왜군이 비차를 발견하고 총칼로 위협하며 그 쓰임에 대해 물으면 답하지 않을 수 없을 테고, 그렇게 되면 시민을 구하기 위해 만든 비차가 도리어 시민과 조선 군사들을 해치는 무기로 악용될지도 모른다.

'그렇다고 지금 와서 비차를 포기할 수도 없지 않은가?'

조운의 눈이 아래채를 향했다. 거기 잠들어 있을, 아니 필경 잠들지 못하고 있을, 먼 외지에서 온 정평구를 떠올려 보았다. 비차를 향한 그의 집착과 애정을 헤아려 볼 때, 비차를 버리고 달아나자고 하면 당장 죽이려고 하지 않을까 싶었다.

'하긴 그가 나에게 그런 말을 해도, 나 또한 그를 죽이려 할 것이다.'

둘님이 조운 자신처럼 벽을 향해 돌아눕고 있었다. 하지만 점점 불러오는 배 때문에 그렇게 눕는 것도 여간 힘들지 않을 것이다.

'도원은 지금 어디에 가 있을까?'

아내를 옆에 눕혀 놓고 그런 생각을 하는 그 자신이 파렴치한 놈이다 싶었지만 자꾸만 떠오르는 광녀 모습을 지우기가 어려웠다.

그날, 그가 분지에서 나무에 목을 매고 자살하려고 하는 순간에 나타난 광녀. 그녀가 조금만 늦게 거기 왔더라면 그는 이미 이승 사람이 아닐 것이다. 그러면 나도 너도 그 밖에도 아무도 없고 비차도 없을 것이다. 이것도 하늘이 정해 준 운명이라면 어쩔 수 없는 노릇이지만 차라리 그때 죽어 버렸으면 좋았을 것을.

"음, 음……."

둘님이 자꾸 몸을 뒤척였다. 뱃속 아기가 발길질을 시작한 걸까. 그런 생각이 들자 조운은 한없이 부끄러웠다. 저 어린 생명이 태어나기도 전에 명색 아비라는 사람이…… 모두가 살아남으려고 발버둥을 치는 이런 판국에 무슨 호강 받친 짓이냐?

장지문에 비치는 빛으로 보아 달도 어지간히 기울어졌다. 그립고 애틋한 감정이 물살처럼 밀려들었다. 왜구가 이 땅에 발을 들여놓기 전, 당시에도 이런저런 고민과 갈등이 없지는 않았지만 지금 와서 돌이켜 보면,

처녀들이 나물 캐는 아지랑이 피어나는 봄 언덕이나 아이들이 씽씽 얼음 지치기를 하는 겨울 남강 가를 거닐던 평화롭던 날들이었다.

조운의 기억은 정월 대보름달이 둥실 떠오르는 비봉산을 더듬었다. 이상한 노릇이었다. 그 난리통 속에서 앞으로 어떻게 살아남을까 하는 생각보다도, 지나간 날들의 행복했던 일들에 대한 기억들이 더 또렷이 되살아나는 것이었다. 비봉산은 그의 탄생과도 관계가 깊은 봉황새가 살았던 산이라는 사실에 더 그러한지도 모르겠다.

그러나 지금은 그 모든 기억들이 현실이 아니었던 것처럼 느껴졌다. 심지어 왜적의 눈에 띨까 봐 밝은 달보다도 깜깜한 어둠이 더 좋았다. 그리하여 아무것도 볼 수가 없고 들을 수도 없었다. 그 어둠 속에서 유일하게 보이는 것은 비차 하나뿐이었다. 또한 유일하게 들리는 것, 그것은 바로 광녀와 함께 춤을 추며 불러 대던 그 노랫소리였다.

> 난다 난다 비, 비차
> 진주성에 가 보자
> 비차 비차 비차다
> 진주성에 가 보자
> 난다 난다 비, 비차
> 진주성에……

날이 지날수록 왜군의 공성작전이 한층 드세었다. 도대체 얼마나 많은 무기를 비축하고 있는 것일까? 아침부터 저녁까지 잠시도 쉬지 않고 조총을 쏘아 댔다. 그것도 무차별 사격이었다. 그런가 하면, 장편전(長片箭, 긴 화살)을 성안에다 어지러이 날렸다. 흡사 메뚜기 떼가 날아드는 것 같았다. 그 행태가 어리석고도 같잖아 보였다. 마치 가지고 있는 무기들을 누가 먼저 소모해 버리는가 하는 경기를 펼치는 것 같았다. 성만 공격하는 게 아니었다. 사방팔방 흩어져 나가 재물을 불사르고 도적질을 자행했다. 그 잔혹성에는 하늘도 땅도 치를 떨 정도였다.

"장군! 수십 리 안에 있는 민가가 모두 잿더미가 되었습니다."

부하들이 울부짖으면 시민은 조용히 타일렀다.

"적은 우리들 손톱 하나 자르지 못하고 있으니, 성내거나 슬퍼할 필요 없다."

시민은 하늘을 믿었다. 부처를 믿었다. 성내 군관민들 누구도 모르고 있었지만, 그는 조운이 그 난리통 속에서도 하늘을 날 수 있는 기구에 매진할 수 있는 것은, 오직 하늘과 부처의 각별한 보호가 있어 가능한 일이라고 믿고 있었던 것이다.

시민의 그런 믿음에는 확실히 어떤 신적인 면이 작용하고 있었는지도 모른다. 그러지 않고서야 다른 모든 가옥들은 모조리 쑥대밭이 되는데, 조운의 집만은 무사할 리가 있겠는가 말이다. 어쩌면 비봉산 산신령과 가마못 용왕이 보이지 않는 손으로 왜적의 눈을 가리고 앞을 가로막고 있지는 않을까. 하여튼 천행이면서도 불가사의가 아닐 수 없었다.

그러나 신마저도 바짝 긴장하지 않으면 안 될 일이 벌어지기 시작했다. 여간 수상쩍지 않았다. 왜군이 멀리 가까이 있는 긴 대나무를 죄다 찍어 와서 묶기도 하고 엮기도 하였다. 솔가지를 가져와 진 앞에 높직이 쌓았고, 큰 나무를 베어 잠시도 쉴 새 없이 실어 날랐다.

"대체 어디에 쓰려고 하는 거지? 꿍꿍이속을 알 수가 없다고."

"그래, 무슨 짓을 하려는지 알아야 우리도 대처를 할 터인데, 그저 보고만 있자니 너무 답답하고 불안해."

"이대로 있다간 한번 싸워 보지도 못하고 당하는 게 아닐까?"

"갈수록 저놈들이 물귀신같이 보인다고. 남강에 빠져 죽은."

성내 분위기가 더없이 어수선해졌다. 한 곳에 가만히 있지 못하고 부질없이 서성거렸다. 엄청난 조총 소리에 귀가 멀어 버릴 지경이었고, 헤아릴 수 없이 많은 적병은 끊임없이 눈을 괴롭히는 게 사실이었다. 접전이 벌어지기 전부터 심리적으로 크게 몰리고 있는 상황이었다.

'놈들의 심리전에 휘말리면 큰일이다. 어떻게 하면 우리 군사들 마음을 진정시킬 수 있을까?'

시민은 머리를 싸매고 고민했다. 무슨 수를 써서라도 그 전황을 뒤집어 놓을 필요가 있었다. 이윽고 그의 눈이 빛났다. 그는 즉시 악공들을 불러 명했다.

"지금부터 문루(門樓)에 올라 할 일이 있다."

의아한 표정을 짓는 악공들에게,

"피리도 불고, 퉁소도 불고, 거문고도 타도록 하라."

성문 위 다락집에서는 난데없는 악기 소리가 울리기 시작했다. 전쟁터의 밤, 어둠을 뚫고 퍼져 나가는 그 악기 소리는, 무어라 표현할 수 없는 묘한 힘을 싣고 있었다.

그것은 지상에 있는 인간들이 내는 소리가 아닌 것 같았다. 그런데 그에 못지않은 역할을 한 게 바로 저 연지사종이었다. 일찍이 보묵 스님이 조운의 부모에게 보여 주며 예언한 바 있었던 그 연지사종.

"땡, 때—앵! 땡, 때—앵!"

그 소리야말로 수성군 가슴에 부처님의 가호(加護)로 울려 퍼졌다. 신불이 힘을 베풀어 잘 비호해 주고 있으니 무엇을 두려워하고 누구를 무서워하랴.

"수백 년 전 조상의 혼이, 지금 우리 후손들을 지켜 주고 있소이다!"

시민이 감격에 찬 목소리로 장수들에게 말했다.

"조선을 영원히 구원해 줄 신종(神鐘)이 아니고 무엇이겠습니까?"

장수들 얼굴에도 감사와 흥분의 빛이 가득 흘러넘쳤다. 수성군들이 하나같이 입을 모아 외쳤다.

"저 종이 있는 한 우리는 무사할 것이다!"

한편 성안에서만 그런 게 아니었다. 왜군들 진지에서는 다른 쪽으로 더 야단이 났다.

"대체 저 종이 무슨 종이라더냐?"

왜장이 벌겋게 달아오른 얼굴로 휘하 병사들에게 물었다. 그러자 그들이 투정부리듯 말했다.

"무슨 놈의 종소리가 저렇게 우렁찬지 모르겠습니다."

"우리 조총 소리가 저 종소리에 묻혀 들리지 않을 정돕니다."

"무엇보다 저 소리만 나면 이상하게 온몸에서 기운이 쫙 빠지면서, 그만 싸울 기분이 나질 않으니 그게 더 큰일입니다."

"조선종 때문에 부정을 타는 거야, 우리가."

"우리가 성벽을 타고 올라갈 때 위에서 저 종을 아래로 밀어 버리면, 우리는 그 밑에 깔려 전멸당할지도 몰라."

왜군들은 미칠 지경이었다. 어떤 보이지 않는 소리의 손이 조선군을 보호해 주고 있는 듯했다. 또한 그것은 자신들을 향해 무섭게 꾸짖는 듯한 느낌을 주었다. 왜장이 이빨을 가는 소리로 시부렁거렸다.

"언젠가는 저 종을 빼앗아 우리 일본국으로 가져갈 것이다!"

여기는 다시 성내였다. 동문을 지키는 진주판관 성수경과 남문을 맡는 율포권관 이찬종, 그리고 구북문을 책임지고 있는 수성대장 최덕량

등이 총지휘소에 있는 시민에게 몰려와 감탄해 마지않았다.

"참으로 비범하고 훌륭한 전술을 생각해 내셨습니다."

"저 소리를 들은 군사들이 안정을 되찾아 가고 있습니다."

"적에게는 향수를 불러일으켜 전의를 상실케 하는 효력도 있을 것입니다."

시민은 고개를 끄덕이며 말했다.

"싸움에 임하는 군사들 마음이야말로 어떤 무기보다도 강하고 무서운 힘을 발휘할 것이오."

진주성의 밤은 악공들 악기 소리 속에 깊어 갔다. 연지사종도 불침번을 서는 조선군 병사처럼 잠들 줄을 모르고 자신의 존재를 모두에게 알렸다. 별들도 눈을 반짝이며 그 소리에 홀려 있는 것 같았다. 살벌한 총칼 끝에 한없이 평화롭게 느껴지는 달빛이 묻어났다.

시간은 진주성을 감돌아 흐르는 남강물처럼 흘러 다음 날로 넘어가고 있었다.

추진장치를 달아라

조운과 정평구는 새벽같이 일어나 분지로 나갔다.

아직도 사위는 깜깜하였지만 두 사람 모두 이제 눈을 감고도 작업을 할 수 있을 정도의 숙련공이 되어 있었다. 하긴 잠을 자면서도 비차 제작의 손놀림을 잠시도 멈추지 못하는 그들이었다.

조운은 밤마다 공중에서 추락하는 악몽을 꾸는 바람에 일어나면 전신이 타박상을 입은 것처럼 쑤시고 아팠다. 그에게 가장 큰 난관은 여전히 비차의 추진장치였다. 그런데 이날 정평구가 그동안 망설이다가 이제 작심한 듯 이런 소리를 했다.

"하늘을 나는 원리는 의외로 간단할 수도 있소."

"예? 가, 간단? 어떻게……?"

정평구 말에 매우 놀란 조운은 어둠 속 상대방 얼굴을 빤히 바라보았다. 손으로는 부지런히 이런저런 장치를 다루면서도 입으로는 서로의 의견을 끊임없이 주고받는 그들이었다.

"하늘을 나는데 말이오."

정평구는 눈은 그 기계 설비에 둔 채 물었다.

"가장 문제가 되는 것이 무엇이라고 보오?"

조운이 긴장감에 떨리는 목소리로 대답했다.

"땅에서 끌어당기는 힘이 아닐까요?"

대지에서 차오르는 기운 속에는 차가운 느낌과 함께 묵직한 무게가 고스란히 느껴지고 있었다. 그 순간에는 무명천과 화선지, 솜뭉치마저 아주 무거운 물체같이 보였다.

"맞는 말이오."

정평구는 손가락으로 발아래 땅을 가리키며,

"지구 중심에서 잡아당기는 중력이오."

"중력……"

"그렇소."

"결국 그게 문제군요."

조운이 걱정스러운 표정을 짓자 정평구가 말했다.

"사람이 몰라서 그렇지, 일단 알게만 되면 길이 있으니……"

"아는 것과 모르는 것, 어쩌면 그것은 종이 한 장 차이가 아닐까, 그렇게 여겨질 때도 있습니다만……"

그들은 비차 밑에 서서 그것이 휘거나 꺾이거나 넘어지지 않도록 받쳐 주는 앞뒤 지지대라든지 소나무 바퀴를 죄거나 점검해 보는 등 다시 작업에만 몰두했다. 날은 아직 어두웠고 일하는 데 방해될세라 새벽도 조심스럽게 다가오는 듯했다.

얼마나 지났을까. 정평구가 천천히 입을 열었다.

"그 중력을 누르고 하늘로 올라가려는 힘을 보통 양력(揚力)이라고 하는데……"

양력. 처음 들어 보는 말이다. 어쨌든 저 엄청난 기운인 중력을 누를 수 있는 힘이라니 듣기만 해도 가슴이 뛰었다. 그런데 이어지는 정평구의 설명은 조운으로 하여금 한층 입을 다물지 못하게 했다.

"그 양력이라는 것, 나도 정말 우연히 산속에서 천문(天文)을 연구한다는 기인(奇人) 같은 그 사람을 만나 알게 된 건데, 그것은 유체(流體) 속의 물체가 수직 방향으로 받는 힘으로……."

"천문…… 유체 속의 물체……."

도무지 무슨 소린지 전혀 알아들을 수 없는 조운의 눈에는 정평구가 천문인가 뭔가를 연구한다는 기인같이 비치기 시작했다.

"그 힘은 높은 압력에서 낮은 압력 쪽으로 생긴다고 하는데……."

"죄송하지만 솔직히 저는 무슨 뜻인지 알 수가……."

조운이 그러거나 말거나 정평구는 무슨 마법에 걸린 사람처럼 제 할 소리만 계속해서 늘어놓았다.

"방금 내가 말한 유체 말이오."

"……."

"그것에 닿은 물체를 밀어 내리려고 하는 힘에 대한 반작용, 바로 그것이야말로 우리가 만들려고 하는 비차를……."

"반작용……."

조운은 머릿속에서 무언가가 울렁울렁하는 소리를 내는 것 같았고, 비차가 그의 몸을 겨냥해 쓰러지는 듯한 아찔함에 허우적거렸다. 그런 조운을 본 정평구는 비로소 제정신이 든 듯,

"나도 처음에 천문을 연구한다는 그 기인에게서 이런 이야기를 듣고 그랬던 것처럼, 강형도 내 말이 잘 이해되지 않는 모양인데……."

그리고 나서 정평구는 잠시 주변을 두리번거리더니 비차 재료를 모아

놓은 곳으로 가서, 거기 네모진 화선지 한 장을 집어 들고 다시 조운 가까이로 왔다. 그런 다음 그는 화선지를 조운 눈앞에 펼쳐 보이며 말했다.

"이걸 잘 보시오, 강형."

그러면서 정평구는 화선지의 네 모서리 중 두 모서리 끝을 양손으로 잡고 화선지 위로 '후' 하고 입으로 바람을 불어넣었다. 그것은 실로 알 수 없는 기이한 행동이 아닐 수 없었다.

조운은 더욱 멍해지고 말았다. 도대체 그가 지금 무슨 짓을 하는 건지 정말이지 누가 때려죽인다고 해도 모르겠다. 그런 조운의 귀에 정평구의 이런 말이 들렸다.

"자세히 보시오. 내가 바람을 불어넣으니 이 화선지가 어떻게 되는지……."

조운은 그 황망한 중에도 정평구의 손에 들린 화선지를 유심히 바라보았다. 하지만 그것은 그냥 지금까지 보아 오던 그 화선지일 뿐 달라진 건 아무것도 없었다.

"허, 그래도 잘 모르겠소?"

정평구가 채근하듯 했지만 조운은 오히려 더 바보가 되는 기분이었다. 그러자 정평구는 연이어 아까 같은 행동을 해 보이며 말했다.

"밑으로 처져 있는 화선지가 바람을 받으니 어떻게 변하고 있는지를 보시오."

조운은 눈을 크게 뜨고 화선지를 관찰해 보다가 이렇게 말했다.

"제가 볼 때는 화선지가 약간 위로 들리는 것밖에는……."

그 순간, 정평구 입에서 환호와도 같은 소리가 터져 나왔다.

"바로 그것이오, 그것!"

조운은 여전히 수수께끼를 풀지 못한 사람처럼,

"예? 그것이라뇨? 그것이 뭔데요?"

정평구가 손에 든 화선지를 들여다보며 대답했다.

"이렇게 화선지를 들어 올리는 힘, 그것이 바로 양력이다, 그 말이오."

그러나 조운은 머릿속이 환해지기는커녕 복잡하기가 이를 데 없었다. 그렇다면 양력이라는 것이 비차를 하늘로 뜨게 하는 것과 무슨 관계가 있다는 얘긴데, 그로선 막 어둠이 걷히고 있는 하늘처럼 까마득하기만 할 뿐이었다. 아무리 중력을 이길 수 있는 힘이라지만, 대나무와 소나무 등으로 조립한 비차는 새털같이 가벼운 화선지 한 장과는 다른 것이다.

"제가 너무나 불민한 탓에 아직도……."

조운은 쥐구멍이라도 들어가고 싶었다. 돌 같은 이 머리통을 가지고 무슨 일을 할 거라고 설쳐대고 있는지.

"너무 그렇게 혼란스러워하지 마시오, 강형."

그렇게 말하고 난 정평구가 이번에 눈길을 돌린 곳은 일찍 깬 새 한 마리가 막 날아오르고 있는 동편 능선 쪽이었다.

"아무래도 내 설명이 부족한 탓일 게요. 그렇다면……."

정평구는 그 멧새를 보면서 말을 이어 갔다.

"천체에서 일어나는 온갖 현상을 연구한다는 그 기인 말에 의하면, 지금 저렇게 날개를 펴고 활공(滑空)하는 새는, 그 체중을 받치고 있는 힘을 공기로부터 받고 있다고 하는데……."

거기까지 이야기하던 정평구는 입을 다물고 잠시 기억을 더듬는 눈치였다. 산속에서 천문을 연구한다는 그 기인에게서 들었던 말을 되살리려고 애쓰는 듯했다.

"날개는 양력을 만드는 중요한 구실도 하지만, 동시에 큰 저항이 되기도 한다면서……."

하지만 그도 더는 자신이 없는지,

"또 뭐가 있더라? 들을 때는 좀 알 것 같았는데……."

조운은 그게 당연하다고 생각했다. 정평구가 만난 그 기인이라는 사람이 아무리 출중한 자라고 할지라도 하늘을 나는 일까지도 정통할 수는 없을 것이다.

'천체에서 일어나는 온갖 현상을 연구하는 사람이라고 하니, 그가 혹시 하늘을 날 수 있는 비결에 관해서도 알고 있지 않을까 싶어, 정평구 저분이 억지로 물어보았을 것이고, 그러니 그 기인 역시 자신 있는 답변은 해 주었을 리가 없을 것이나…….'

그때 정평구가 계속 명확하지도 않은 그런 얘기만 하며 시간을 허비할 수는 없다고 생각했는지,

"어쨌거나 결론적으로, 양력이 중력보다 세면 인간은 하늘을 날 수 있다는 이야기가 아니겠소."

그런 사실을 알았다는 것만으로도 조운은 힘이 났다. 같이 지내는 시간이 늘어날수록 조운은 정평구가 결코 범상한 인물이 아니라는 것을 알았다.

'만약 저분을 만나지 못했다면 나는 벌써 이 일을 포기했을지도 모른다. 그리하여 어쩌면, 아니 틀림없이…….'

조운은 부르르 몸을 떨었다. 나뭇가지에 목을 맨 채 대롱대롱 매달려 있는 자신의 시체, 남강에서 익사체로 발견된 자신의 시체, 미완성의 비차에 올라타고 불을 질러 비차와 함께 까맣게 타들어 간 자신의 시체, 그런 모습들이 눈에 선명히 나타나 보이는 것이다.

'그러고 보니 내 생명의 은인들이 참으로 많구나!'

그랬다. 정평구뿐만 아니라 그가 자살하기 직전에 나타나 죽음의 문

턱에서 돌아서게 한 광녀 도원도 있다. 둘님도 마찬가지고 부모님과 동생들도 그렇다. 산적 소굴에서 살아남을 수 있게 해 준 백정 상돌도 빠뜨릴 수 없고, 그리고 김시민 목사.

나 조운은 위기에 빠진 조선을 건질 귀인을 구하라는 하늘과 부처의 계시를 받은 운명이라고 생각하지 않았다면 이미 이 세상에 존재하지 못할 것이다.

동녘에서 서서히 빛의 씨앗이 돋아나기 시작했다. 이날 하루도 또 얼마나 많은 아군과 적군이 서로 죽이고 죽을는지 모른다. 모쪼록 수성장 시민을 중심으로 하나로 뭉친 조선군이 성을 지켜주길 빌고 또 빌 뿐이었다. 그리고 하루라도 빨리 비차를 완성하는 게 그들에게 주어진 하늘의 뜻이자 애국하는 길이었다.

"자, 우리가 그동안 비차의 다른 부대물은 그런대로 조립했으니, 오늘은 비차의 추진장치에 대해 집중적으로 연구해 보도록 합시다."

정평구는 겉으로는 여유를 보였지만 그의 말 속에는 시간에 쫓기는 사람의 심정이 그대로 묻어나고 있었다. 하루하루가 살이 빠지고 피를 말리는 날들이 아닐 수 없었다. 이건 기필코 성공해야 할 일이지만 그에 못잖게 중요한 게 시간 싸움인 것이다. 성이 적의 수중에 들어가고 나면 무용지물이 되어 버릴 수도 있었다.

"비차의 추진장치라고 하셨습니까?"

추진장치, 그 말도 조운의 귀에는 생경하게 들렸다. 그러자 정평구는 그전에 조운과 상돌이 그랬던 것처럼 손으로 자기 배를 두드리며 이렇게 말했다.

"그렇소. 우리가 처음 만나던 날 강형이 내게 물었던, 비차의 배를 두드리는 일이 될 것이오."

조운은 소스라치듯,

"아, 배를 두드리는……?"

그들은 비차의 몸체에 눈을 박았다. 그때쯤 막 떠오른 해가 비춰 주는 새날의 빛살을 받고 우뚝 서 있는 비차는 천하무적 거인 같아 보였다. 북해(北海)에 살던 곤(鯤)이라는 물고기가 변해서 되었다는, 하루에 9만 리나 난다는 상상 속의 새인 대붕(大鵬)을 연상시키기도 했다.

그들은 나란히 비차에 올랐다. 이제 그것은 몇 사람이 타도 끄떡없을 정도로 튼튼했다. 작은 바람만 불어도 술 취한 사람처럼 비칠비칠 굴러가 확 뒤집히거나 맥없이 픽 거꾸러지던 예전과는 전혀 딴판이었다.

그들은 비차 안에 사람이 앉도록 설치된 틀에 각각 몸을 내려놓았다. 그들 그림자도 따라했다. 그 좌석에 엉덩이를 붙이니 온몸으로 안정감이 전해졌다. 마치 비차의 일부분이 된 것 같은 일체감마저 느껴졌다.

"여기, 이 줄……."

정평구가 거기 줄을 잡으며 말했다. 그것은 날개를 움직이게 하는 줄이었다. 말하자면 비차에 탄 사람들이 날개를 움직이는 그 줄과 연결된 기계장치를 움직이면, 비차의 양쪽 날개는 위아래로 움직이게 되고, 그리 되면 비차는 땅 위에서 떠오르면서 앞으로 나아가게 되어 있는 것이다.

"생명의 줄이 아니겠소."

생명의 줄. 정평구의 그 말이 조운의 귀에는 어쩔 수 없이 불안하게 들렸다. 만에 하나, 그 줄이 끊어지기라도 하면 그것으로 끝이었다. 하긴 그 줄만이 아닐 것이다. 비차에 장착되어 있는 어느 것 한 가지라도 잘못되면, 비차를 타고 있는 사람은 그대로 머리 위에 있는 하늘나라로 직행할 것이었다.

"그건 그렇고, 저 가죽 주머니 말입니다."

조운은 방정맞고 불길한 생각을 머리에서 내몰기 위해 목소리에 힘을 주어 말했다. 정평구의 눈도 조운처럼 비차 동체에 있는 그 가죽 주머니를 향했다. 조운은 심각하다 못해 딱딱해 보이는 표정으로 물었다.

"그 아래쪽에 뚫려 있는 구멍을 열면, 압축공기가 밑으로 뿜어져 나오는 데는 별 이상이 없겠지요?"

"압축공기?"

"예."

"잘 지적했소. 그것도 아주 중요한 거지요."

얼굴 가득 싱싱하면서도 아직은 서늘한 느낌으로 와 닿는 아침 햇살을 정면으로 받으며 정평구가 대답했다.

"하지만 그 점은 크게 걱정하지 않아도 되리라 보오."

조운이 조금이나마 가슴을 쓸어내리는데,

"다만……."

정평구는 빛이 들어가 약간 갈색을 띠고 있는 조운의 눈동자를 들여다보면서 떨리는 목소리로 말을 이었다.

"그 반작용과 함께 공기 방석작용으로 이륙할 수 있는 힘, 그 힘이 과연 우리가 원하는 만큼 생길 수 있을까 하는 게 더 신경 쓰이는 부분이오."

조운 귀에는 하나같이 낯선 소리들이었다. 반작용이니 공기 방석작용이니 하는 말들은 마치 먼 외계인들이 쓰는 용어같이 느껴졌다. 아니, 정평구가 같은 이 세상 사람이 아니라 다른 우주에서 날아온 생명체처럼 비쳤다.

"물론 하늘을 날다가 나중에 착륙하는 것도 이륙 못지않게 신경 쓸

일이지만 말이오. 아니, 어쩌면 이륙보다도 착륙하는 순간이 더 힘들고 위험할 수도 있소."

"정말 여러 가지로 어렵군요. 시간이 없는데……."

조운의 눈이 자신도 모르게 저 남쪽 방향의 성을 향했다. 지금쯤 이미 전투가 벌어지고 있을지도 모른다. 그러자 왜군이 쏘는 조총 소리가 들리는 것도 같았다. 군사를 격려하는 시민의 목소리도 그 속에 섞인 듯했다.

'제발 비차가 완성될 때까지 아무 일이 없어야 할 텐데…….'

그때 정평구의 이런 놀라운 말이 들려왔다.

"이제 우리도 더 이상 시간이 필요 없는 순간이 왔으니 너무 상심하지 마시오."

조운은 자신도 모르게 비차에서 벌떡 몸을 일으킬 것같이 하며,

"예? 그럼 드, 드디어……?"

정평구가 팔을 뻗어 조운의 어깨 위에 손을 얹으며,

"강형, 그동안 정말 수고가 많았소. 이 정평구도 그렇고."

조운은 숨이 막혀 말이 잘 되지를 않았다. 정평구는 절대 일이 성사되기 전에 앞서 이야기하거나 헛말을 할 사람이 아니었다. 물론 조운 자신도 이제는 거의 완성 단계에 왔으니 한번 시도해 볼 수는 있겠구나 하는 기대는 걸고 있었지만 그래도 확정까지는 하지 못했다. 그런데 그가 그렇다면 틀림없는 것이다. 얼마나 이런 순간이 오기를…… 눈을 감고 하늘에 기도하는 모습을 보이는 조운에게 정평구는,

"그리고 보니 우리 두 사람, 충분히 이 세상에 태어날 만한 가치가 있는 사람들 아니오? 하하."

그것은 비록 겸손의 말로라도 아니라고 할 수 없었다. 적어도 이 순간

만은 그랬다. 조운은 그 말을 듣자 지금까지 고생해 왔던 일들이 아직도 채 아물지 않은 상처같이 되살아나면서 일시에 피로감이 밀려들었다. 비차 제작에 무엇 하나 쉬운 게 없었지만, 특히 그들을 괴롭힌 것은 지금 살펴보고 있는 비차의 추진장치였다. 그런데 마침내, 마침내…….

'지금은 그곳도 왜놈들이 설치고 있겠지.'

조운의 눈앞에 옥봉리 말티고개 근처에 있는 대장간이 나타나 보였다. 그날, 정평구와 그는 그 앞에 서서 대장장이들이 풀무질을 하고 있는 광경을 오랫동안 지켜보고 있었다. 불꽃 모자를 쓰고 배까지 드러난 웃옷 그리고 잘라먹은 옷소매가 우습기도 하고 안되어 보이기도 했다. 엉덩이를 뒤로 쭉 뺀 엉거주춤한 자세로 쇳덩이를 내리치는 사람은 아예 웃통을 벗어제쳤다.

"비차의 배를 두드리기 위해서는 기존의 것에다 새로운 것을 달아야만 하오. 바로 추진장치 말이오."

"또 새로운 것, 추진장치……."

정평구에게서 처음 그런 말을 들었을 때만 해도 조운은 무슨 뜻인지 전혀 알 수가 없었다. 그러자 정평구 입에서 불쑥 나온 소리가, 이 고을에서 제일 큰 대장간이 어다냐는 것이었고, 그래 조운은 그를 데리고 자신이 가장 큰 대장간이라고 생각하는 그곳에 왔던 것이다.

"저것을 잘 봐 두시오, 강형."

정평구는 거기 풀무를 가리키며 말했다.

"저것에 하늘을 날 수 있는 비법이 숨겨져 있소."

"예? 풀무에……?"

조운은 갈수록 그야말로 '여우가 두레박 쓰고 삼밭에 든 것 같은' 기분이었다. 저 흔하게 볼 수 있는 풀무에 하늘을 날 수 있는 비법이 숨겨져 있다니? 하지만 갈팡질팡 헤매는 마음을 추스르며 그가 시키는 대로 그것을 유심히 바라보았다.

쇠를 달구거나 녹이기 위해 화덕에 뜨거운 공기를 불어넣는 그것은 상자 모양이었는데, 잘 살펴보니 막연히 생각하고 있었던 것처럼 그렇게 단순한 기구는 아니었다. 네모난 통에 한쪽은 가죽으로 막은 손잡이와 공기흡입구를 두고, 다른 한쪽은 풍로를 끼워 화덕의 밑부분과 연결했다. 화덕 가운데에는 흑연으로 만든 도가니가 놓였다.

'그러고 보니 내가 지금까지 풀무라는 것을 너무 간단하고 별 가치 없는 것으로 잘못 받아들이고 있었던 것 같아.'

그런 생각을 하고 있는 조운 귀에 정평구 말이 들려왔다.

"우리 전라도에서는 저것을 '불메'라고 부르기도 하지요."

불메. 잘 어울리는 이름 같기도 했다.

"아주 예전에는 좁고 긴 관을 통해 입으로 바람을 불어넣도록 만들어져 있었다고 하오. 그것이 지금은 저런 모습으로 발전했지만……."

"대단히 큰 발전이군요."

정평구는 풀무에 대해서 오랫동안 연구해 온 모양이었다. 그의 눈은 끊임없이 건장한 사내들의 풀무질을 지켜보면서도, 입으로는 쉬지 않고 이런저런 설명들을 덧붙여 주기에 바빴다.

"우리가 보다시피, 지금 저 풀무는 발로 밟아서 바람을 내는 발풀무지만, 손잡이를 밀고 당기는 손풀무도 있소."

"풀무도 여러 가지 종류가 있다는 말씀이군요."

"인간도 마찬가지요. 왜놈들 같은 종족이 있는 걸 보면……."

정평구는 말티고개 위로 천천히 흘러가고 있는 구름장을 한번 올려다보고 나서 조운이 신기해할 이야기를 계속했다.

"손풀무는 발풀무보다 크기가 작아 소규모 대장간이나 금속공예품을 만드는 장인들이 주로 사용하지요."

그러면서, 이 대장간은 커서 쟁기도 만들 만한 능력이 있을 것으로 보인다며, 정말 더 큰 대장간에서는 장정 16명과 너울꾼 8명씩 짝을 지어 선거리와 후거리로 교대 작업을 밤낮으로 한다는 것이다.

"너울꾼이라면……?"

조운의 의문을 정평구가 풀어 주었다.

"잡역부라고 할 수 있소."

"여러 가지 자질구레한 일에 종사하는 인부……."

"그렇소. 일이 진행되는 기간에만 고용하지요."

조운은 궁금한 게 많았다.

"그러면 다른 때는요?"

"보통 땐 그 동네에 살면서 농사를 짓는 사람들인데, 떠돌아다니는 유민들 중에도 너울꾼이 많아요."

그러고는 거기 작업 중인 사람들을 일일이 눈으로 가리켜 보이며 정평구는 계속 들려주었다.

"집게로 시뻘건 쇳덩이를 잡고 있는 나이 지긋한 사람이 보이지요?"

조운은 자신도 모르게 몸을 뒤로 빼며,

"아, 보기만 해도 아슬아슬하고 위험한……."

정평구가 무게 담긴 목소리로 말했다.

"그가 대장이오."

조운 머리에 당장 떠오르는 사람이 김시민 목사였다. 수성장으로서 장졸들을 거느리고 성을 지켜야 하는 최고 책임자.

"그리고 큰메로 내리치는 저 사람을 야장(冶匠), 대장 뒤로 보이는 어린 풀무꾼 녀석은 하품을 하고 있군요."

정평구는 혹시 예전에 대장간에 있지 않았나 싶을 정도로 그것에 해박한 지식을 지닌 것 같았다. 그러자 조운은 또다시 그의 정체가 궁금해졌다. 여러 날 동안 비차에 달라붙어 둘이 공동 작업을 하고 있지만 그가 전라도 김제 출신이란 사실 말고는 아는 게 거의 없었다.

"대장이 되기가 어려운가요?"

조운은 어쩐지 그 어린 사내 녀석이 가엾다는 생각이 들어 그렇게 물었다. 그 아이에게서 어릴 적부터 오로지 비차 제작 하나에만 운명적으로 매달렸던 자신의 모습을 발견했던 것이다.

'그런 내가 다른 사람들 눈에는 어떻게 비쳤을지 조금은 짐작이 가는구나. 부모님과 둘님이 나로 인해 겪어야 했을 고통과 번민을 생각하니 내가 참으로 죄가 많다.'

그러자 아직 한창 뛰어놀 나이에 네 운명도 애처롭고 더럽구나 싶었다. 그렇지만 정평구는 그런 감상적인 쪽보다는 인간들의 냉정한 승부 세계를 떠올린 듯했다.

"어렵고 말고요. 저 세계에서는 최고의 자리니까."

이어지는 정평구의 이야기는 조운의 몸을 졸아붙게 만들었다.

"불다루기 십 년, 메질 십 년, 거기에다 뜨거운 불길에 살을 익히고 뼈를 태우는 지독한 담금질의 과정을 거쳐야만 가능한 것이오."

"아……!"

조운은 내가 지금까지 비차에 쏟았던 세월이 얼마나 되며, 또 최고의 자리에 오르기 위해 노력하는 대장장이들만큼 혼신의 힘을 기울여 왔던가를 되짚어 보며,

"그렇게 어렵고 힘든 과정을……."

하다가 전율을 느꼈다.

'저, 저……?'

그의 눈앞에 나타나 보이는 것은 거기 대장간 불길 같은 화염에 휩싸여 미완성의 비차와 함께 재로 화해 가는 자신의 모습이었다.

잠시 후 대장간 사람들이 이번에는 널빤지의 두 끝을 두 발로 번갈아 가며 디뎌 대기 시작했다. 땅바닥에 직사각형의 굴을 파서 중간에 굴대를 가로 박고 그 위에 걸쳐 놓은 널빤지였다.

"저렇게 하면 바람이 일어나는가요?"

조운이 또 묻자, 고개를 갸웃하며 뭔가 고민하는 모습이던 정평구 답변이 이랬다.

"그렇소. 그런데 방금 내 계획이 좀 바뀌었소."

조운은 예상치 못했던 정평구 그 말에,

"예? 계획이……."

그만큼 또 시간이 지체되는 게 아닌가 하는 우려가 솟았다. 정말이지 더 늦어지면 안 되는데, 지금 당장 완성시킨다 해도 빠른 게 아닌데. 어쨌거나 정평구는 조심스러워하는 빛으로,

"물론 강형과 상의해 봐야겠지만 말이오."

대장간 불꽃만큼이나 활활 타오르는 정평구의 눈빛이었다.

"애당초 여기 올 때만 해도 발풀무를 생각했는데, 아무래도 손풀무 쪽으로 방향을 돌리는 게 나을 듯하오."

"발풀무가 아니고 손풀무를……."

"예, 그러는 게……."

풀무를 다른 것으로 바꾸는 일이라면 크게 지연될 것 같지는 않구나 싶어 조운은 가슴을 쓸어내리며,

"그것은 어떻게 조작하는 것인데요?"

정평구는 그곳 메질꾼처럼 어금니에 힘을 주며 말했다.

"뭐, 기본원리는 별 차이가 없는데……."

"……."

조운은 또 머릿속이 하얗게 비는 느낌이었다. 정평구가 구사하는 말들은 하나같이 퍽 생경하고 사람을 잔뜩 주눅 들게 하는 것이었다. 조운은 자꾸만 혼미해지려는 정신을 가다듬고 이어지는 정평구 설명에 잔뜩 귀를 기울였다.

"풀무 손잡이를 잡아당기면 공기가 흡입구를 통해 들어가고, 손잡이를 밀게 되면 가죽막이에 의해 압축된 공기가 풍로를 따라 화덕으로 들어가지요."

"흡입구와 풍로를……."

직사각형의 굴 중간에 가로 박은 굴대 위에 걸쳐 놓은 널빤지는, 대장간 사람들이 두 발로 디뎌 댈 때마다 살아 있는 생명체처럼 무슨 소리를 질러 대고 있었다.

"그렇게 밀고 당기는 작업을 되풀이하여 화덕의 불 온도를 조절하게 되는 것이오."

조운은 다시 한 번 정평구의 신분에 생각이 미쳤다. 도무지 그의 정확한 정체를 짚어 내기가 어려웠다. 어찌 보면 장인바치 출신 같고, 또 달리 보면 과거시험 보기를 포기한 선비 같고, 아니면 아예 과거를 볼 수 없는, 역적으로 몰려 몰락해 버린 양반 가문의 후예 같기도 하였다. 아무튼 농사를 짓던 사람은 아닌 게 확실했다.

조운의 마음이 말티고개 대장간에서 다시 거기 분지로 돌아온 것은, 그때 들려온 정평구의 이런 말 때문이었다.

"무슨 생각을 그리 혼자 골똘히 하고 있는 게요?"

"예? 아, 예. 아무것도……."

정평구는 예리했다.

"말해 보시오. 무슨 이야기라도 상관없으니……."

"그렇게 말씀하시니……."

조운은 속내를 털어놓기 시작했다.

"솔직히 비차의 추진장치에 대해서는 저는 처음부터 자신이 없었습니다."

"나도 똑같았소."

조운은 지금 우리가 처해 있는 상황은 상대방 기분에 맞춰 가며 듣기 좋은 소리만 할 계제가 아니라고 스스로를 다잡으며,

"그것이 풀무의 원리를 이용해 비차를 날게 할 수 있을 정도의 추진력을 내게 할 수 있을는지 여전히 의문이고요."

정평구는 동감한다는 듯,

"만사 신중한 게 좋지요."

조운은 더는 발을 내디딜 데가 없는 벼랑 끝에 선 사람처럼,

"하지만 저것보다 더 나은 것을 만든다는 건 현재로선 어렵다고 봅니다."

정평구가 고개를 떨구며 말했다.

"나도 마찬가지요. 미흡한 게 많지만 달리 방도가 없으니 어쩌겠소?"

두 사람 눈이 마주쳤다.

"여하간 저 추진장치를 가지고 해 볼밖에."

"안 되면 죽기밖에 더 하겠습니까?"

두 사람이 동시에 말했다.

"해 봅시다!"

어쨌든 불 피울 때 바람을 일으키기 위한 제구로서 풀무를 사용하듯이, 공기를 일으켜 비차를 날 수 있게 하는 데는 그보다 좋은 게 없다는 생각에는 그들 사이에 이견이 없었다. 하지만 그것만으로는 부족할지 모른다는 조바심과 우려를 조운은 갖고 있었다.

"이 풀무장치뿐만 아니라 비차의 양쪽 날개를 움직여 풍력을 얻고, 거기에다 자연 바람까지 이용하면 더 확실한 추진장치가 될 수 있지 않을까 싶습니다만……."

"역시 강형은 대단하오. 그런 발상까지 해 내다니……."

자연 바람도 호응이라도 하듯 삼면의 능선으로부터 동시에 불어왔다. 비차도 풍력을 얻기 위해 두 날개를 움직이는 것같이 보였다.

"그렇게 되면……."

정평구는 기대에 넘치는 얼굴로,

"저 풀무장치의 모자라는 점을 보완할 수도 있을 것 같소."

"그게 가능할까요?"

동네 쪽에서는 개 짖는 소리도 닭 울음소리도 그밖의 어떤 소리도 들려오지 않았다. 사람이고 동물이고 간에 목숨이 붙어 있는 것들은 모조리 피신하고 없었다.

"우리가 살아 있는 건 맞지요?"

문득 정평구가 물었다. 조운이 곧 대답했다.

"예, 여기 비차가 있으니까요."

"비차가 있으니 우리가 살아 있다……."

조운의 말을 되뇌는 정평구 얼굴이 묘하게 일그러져 있었다. 조운은 남동쪽 방향으로 고개를 돌리며,

"전쟁 때문에 그 대장간이 문을 닫지만 않았다면, 한번 더 그곳에 가보고 싶습니다."

"나도 거기 뜨겁게 활활 타오르던 불꽃을 다시 보고 싶소."

해는 점점 높이 떠오르고 있었다. 조금 있으면 둘님이 아침밥이 담긴 대나무 광주리를 머리에 이고 나타날 것이었다. 제발하고 비차가 완성될 때까지만이라도 왜군이 그곳에 오지만 않으면 더 바랄 게 없겠다.

그들은 몰랐다. 그다음에 일어날 사태를.

"헉! 저, 저, 저기……?"

정평구가 숨넘어가는 소리를 내었다.

"왜, 왜요?"

조운도 크게 소스라치며 정평구가 손가락으로 가리키는 북쪽 능선 쪽을 쳐다보았다. 정평구는 그들이 타고 있는 비차가 흔들릴 정도로 온몸을 떨며,

"저, 저게 뭐, 뭐요?"

조운도 벼락을 맞은 사람같이,

"예? 무얼 말씀입니까?"

"저, 저것 말이오. 가, 강형 눈에는 아, 안 보이요?"

조운의 눈에 정평구가 말하는 그 물체가 들어온 것은 그때였다. 그렇지만 거리가 멀어 그게 무엇인지 자세히 보이지는 않았다.

"호, 혹시 왜, 왜군이 아닐까?"

마구 떨리는 정평구의 그 말에 조운은 심장이 멎는 듯했다. 마침내 왜놈들이 비차를 발견하고 말았는가. 그러면 이제 모든 게 끝장이다.

정평구는 여차하면 비차에서 뛰어내려 달아날 태세였다. 하지만 조운은 비차에 불을 질러 버릴 생각을 했다. 놈들에게 빼앗기기보다는 차라

리 없애 버리는 길을 택할 것이다. 이게 저놈들 손에 들어가게 되면 어떻게 악용될지 모른다. 아깝지만 어쩔 수 없었다.

그런데 그런 각오를 하며 능선 위에 나타난 그 물체를 무섭게 노려보고 있던 조운의 입술 사이로 안도의 한숨 소리가 흘러나온 것은 다음 순간이었다.

"아, 왜군이 아닙니다. 걱정하지 마십시오."

"그, 그럼 누, 누구요?"

조운은 잠시 망설이다가 어쩔 수 없이 대답했다.

"저희 동네에 살고 있는 미친 여잡니다."

"미친 여자?"

도원에 대해 아무것도 모르는 정평구는, 왜군만큼은 아니지만 여전히 충격과 공포에서 벗어나지 못하는 모습이었다.

"괜찮습니다. 제 아닌 다른 사람이 있으면 가까이 오지 않으니까요."

"……."

조운의 말이 얼른 이해되지 않은 듯 정평구는 그저 눈만 끔벅거렸다. 사실 이해가 되지 않기는 조운도 마찬가지였다. 물론 왜군이 아니어서 그보다 더 큰 다행이 없긴 하지만, 지금쯤 가족들을 따라서 멀리로 피란을 가 있는 줄 알았던 광녀의 갑작스러운 출현은, 그를 적잖은 혼란과 근심으로 몰아넣기에 충분했다.

'아무것도 모르고 함부로 돌아다니다가 왜놈들 눈에 띄게 되면…….'

그 이후에 벌어질 일은 상상도 하기 싫었다. 섬나라 오랑캐 놈들 새끼를 배지 말란 법이 없다. 그 더러운 놈들의 씨가 들어 불룩해진 배를 안고 돌아다닐 광녀의 모습을 떠올리니, 조운은 머리털이 죄다 빠져나가고 심장이 터져 그대로 죽어 넘어지고 말 것만 같았다. 그런데 정평구가 조운의 팔을 잡아 흔들며 이렇게 물었다.

"저 미친 여자가 지금 뭘 하고 있는 게요?"

"저 여자는……."

조운은 그만 가슴이 뻐근해지면서 비차와 더불어 몸이 공중으로 붕 떠오르는 느낌에 빠져 버렸다. 분명히 광녀는 능선 위에 서서 춤을 추면서 노래를 부르고 있었던 것이다.

> 난다 난다 비, 비차
> 진주성에 가 보자
> 비차 비차 비차다
> 진주성에 가 보자…….

그즈음 적진 가운데 포로로 잡힌 조선 아이들이 적지 않았다.

왜군은 비열하고 악랄했다. 아무것도 모르는 그 아이들을 이용하려 들었다. 아이들로 하여금 혹은 한양말로, 혹은 시골말로 성 밖에서 외치게 하였다.

"한양이 이미 함락되었고 팔도가 다 무너졌으니, 새장 같은 진주성을 너희가 어찌 지키리. 일찌감치 나와서 항복하는 것이 나을 것이다. 오늘 밤에 개산(介山)아비가 오면, 너희 세 장수 목을 당장 깃대 위에 매달 것이다!"

세 장수란 진주목사 김시민, 곤양군수 이광악 그리고 진주판관 성수경을 이르는 것일 게다.

망우당집(忘憂堂集)에 나와 있는 이광악의 인물됨은 가히 대인(大人)답다. 그가 의병 부장으로 있을 때였다. 김덕령과 홍계남이 좌우영(左右營)이 되어 동래에 이르렀는데, 날랜 김덕령과 용맹스러운 홍계남으로 하여금 적진으로 돌격케 하니, 기겁을 한 왜적은 멀리서 바라보고 바람같이 흩어졌다.

하루는 이광악이 배를 타고 있었는데, 왜적이 쏜 거위 알 만한 포탄이 뱃전에 맞아 배 안으로 물이 새어 들어오자 모두들 어쩔 줄을 몰라 했다. 하지만 그는 전혀 아무렇지 않은 낯빛으로 담소하자 성안의 왜적이 끝내 나오지를 못했다는 것이다.

성수경은 왜군이 쳐들어오자 격문을 돌려 충의지사를 불러 군세를 불리고 전투에 대비하였다. 특히 피란갔던 백성들을 다시 모아 끝까지 항전한 그의 전공이 돋보였다.

한편, 개산은 김해 사람이었다. 그 아비가 조일전쟁 초부터 왜적에게 빌붙어 성을 함락시키는 계책을 도운 인물이었다.

그런데 왜군 강압에 의해 조선 아이들이 계속 성안을 향해 소리치고 있을 그때였다. 마구 화를 내며 금방이라도 성 밖으로 달려 나가려는 사람이 있었다.

"저, 저놈을 내 당장……!"

"어디로 가려는 거요, 지금?"

다른 사람들이 급히 그를 붙들었다. 그가 몸을 빼내려고 애쓰며 외쳤다.

"어서 이 손들 놓으시오! 놓으란 말이오!"

성가퀴를 넘어온 세찬 강바람에 잎이 몇 개 남아 있지 못한 나뭇가지들이 속절없이 흔들거렸다.

"허, 왜적들에게 죽지 못해 환장한 거요?"

성내 공동우물터가 있는 곳으로부터 날아온 까마귀 한 쌍이 나목에 올라앉아 묵묵히 사람들을 내려다보고 있었다.

"내 이렇게 사느니 차라리 저놈들 하나라도 더 죽이고……."

그와 다른 사람들 사이에 실랑이가 벌어졌다.

"멈춰라! 무슨 일이냐?"

마침 전투태세를 점검하면서 지나가다 그 광경을 본 시민이 큰소리로 물었다. 그러자 사람들에게 두 팔을 잡힌 그가 울부짖듯 고했다.

"장군! 이놈을 죽여 주십시오."

시민은 근엄한 목소리로,

"내 칼에 동족의 피를 묻히라는 것이더냐?"

얼굴이 네모지고 얇은 입술이 부르튼 그가 고개를 조아리며,

"지금 성문 가장 가까이 와서 소리 지르고 있는 아이놈이 제 자식놈입니다."

놀라운 말이 아닐 수 없었다. 아무튼 그렇게 실토한 그는 간했다.

"장군께서 차고 계시는 그 칼을 뽑아, 자식을 잘못 키운 이놈 목을 당장 베시옵소서! 베어 주시옵소서!"

"아니다, 아니니라."

잠자코 그를 바라보던 시민이 젖은 목소리로 말했다.

"네 마음이 얼마나 아프겠느냐?"

낙엽이 또 하나 졌다. 이제 몇 개 남지도 않은 잎새였다. 조만간 나무에 달린 잎을 구경하기는 어려운 날이 올 것이다. 바람에 가랑잎 굴러가는 듯한 소리로 시민이 천천히 말했다.

"조금만 참고 기다려라. 내 기어이 너의 자식을 네 품안에 안도록 해 주마."

"장군!"

그 사람뿐만 아니라 성내 사람들 모두가 오열했다. 나목에 앉아 있던

까마귀들이 '카악!' 하고 한번 울고는 성가퀴를 넘어 강 쪽으로 날아갔다. 시민도 고개를 뒤로 젖혀 흘러 내리려는 눈물을 가까스로 참아 냈다.

바로 그때 성안의 분노와 고통을 더욱 부추기려는 듯 성 밖으로부터 한층 큰소리가 들려왔다.

"한양이 이미 함락되었고 팔도가 다 무너졌으니……."

성내 사람들이 더 이상 참지 못하고 목청을 높여 꾸짖으려 하였다. 그러자 시민이 손을 들어 막으며 차분한 음성으로 명했다.

"상대하지 말라. 절대 말을 하지 말라. 괜한 데 힘을 쓸 필요가 없으니. 지금은 모든 걸 아껴야 할 때이다."

왜군이 또다시 싸움을 걸어왔다. 수성군은 어리고 순진한 조선 아이들까지 전투에 이용하는 적을 향해 이빨을 갈며 화살을 날렸다. 세상에서 저주와 분노보다 위력이 있는 무서운 무기는 없었다.

─겁먹지 말라!

─우리에게 패전은 없다!

─오직 승전만이 있을 뿐!

오늘도 어김없이 해는 서산머리에 지친 듯 걸리는가 했더니 이내 꼴각 넘어가고 날이 어두워졌다. 인간들이야 무엇을 어떻게 하든 무심한 시간은 그렇게 곁을 스쳐 갔다.

해가 진 하늘에서 임무 교대처럼 달이 뜨고 있었다. 몹시 창백한 얼굴이었다. 공성군과 수성군 모두가 일단 손에서 무기를 놓았다.

"오늘 밤은 야간 공격을 할 기미가 보이지 않습니다."

진주판관 성수경이 굵은 목을 젖혀 하늘에 총총한 별을 올려다보며 말했다. 별들이 내는 소리가 와르르 쏟아져 내릴 것만 같은 밤이었다.

"아무래도 수비하는 쪽보다는 공격하는 쪽이 피해가 더 많고 지치기 쉬운 법, 저놈들도 신의 군대가 아닌 이상 그럴 기력이 없겠지요."

곤양군수 이광악이 칼집에서 칼을 뽑아 날을 점검하면서 말했다. 적의 간담을 서늘케 하는 장검이었다. 그 칼끝에 묻힌 왜적의 피를 그러모으면 몇 동이는 될 것이었다. 시민은 적진을 노려보며 말이 없었다.

"우리 군사 수가 적의 절반만 돼도 당장 성문을 열고 달려 나가 모조리 참살해 버릴 것을!"

허리에 찬 칼집을 두드리며 하는 이광악 말에, 화살통에 든 화살 숫자를 헤아리고 있던 성수경이 호응했다.

"그렇게 하지 못하는 게 두고두고 한이 될 것 같소이다."

그러자 그때까지 잠자코 듣고만 있던 시민이 입을 열었는데, 그 소리가 두 장수 귀에는 왠지 모르게 불길한 여운으로 남았다.

"여하튼 적도 우리가 결코 만만치 않다는 사실을 깨닫고 많이 힘들어하고 있을 터, 이대로만 가면 수성은 가능하리라 보오만, 전쟁이란 늘 돌발 변수가 생기는 법인지라 그게 가장 염려가 되오."

"돌발 변수……."

개산아비가 그 목을 깃대에 매달 것이라는 세 장수의 크고 긴 그림자가 적진 쪽을 향해 칼이나 창처럼 드리워져 있었다.

그 시각, 왜군은 삼삼오오 피곤한 몸뚱이를 땅바닥에 눕힌 채 향수에 젖어 있었다. 흐릿한 달빛 아래 진주성은 낮에 본 성곽이 아닌 것처럼 비쳤다. 성벽이 아니라 천 길이나 되는 낭떠러지 같았다.

"고향에 있으면 지금쯤 뜨뜻한 방에 드러누워, 오리궁둥이 같은 마누라 궁둥이나 두드리고 있을 텐데……."

"꽥꽥거리는 자식새끼들 울음소리라도 듣고 싶구먼."

"삼나무 아래서 사랑을 속삭이던 그 처녀가 그리워요."

"우리 집 개도 저 달을 보며 짖고 있을 거야."

왜군들 마음이 그렇게 바다 건너 그네들 고국 땅으로 달려가고 있을 때였다. 잠방이 비슷한 그네들 짧은 아래 속옷인 '사루마다' 속을 뒤집어 이를 잡고 있던 얼굴 새카만 자가 귀를 쫑긋 세우며 물었다.

"어, 저게 무슨 소리야?"

일본 특산종인 삼나무 밑에서의 사랑에 대한 추억을 들먹이던 그중 젊고 야윈 자도 벌떡 몸을 일으켜 앉으며,

"조선군이 내는 소리 같아요."

그러자 혹은 눕고 혹은 앉아서,

"혹시 조선 장수가 죽어 울리는 장송곡이 아닐까?"

"희망사항 같은 소리 하지 마."

"그럼, 절망사항 같은 소리 할까?"

"주둥이는 살아갖고. 아직도 무슨 소린지 모르겠어?"

어디선가 바람결에 실려 오는 것은 분명히 피리 소리와 거문고 소리였다. 왜군들 눈이 자신도 모르게 일제히 소리 나는 곳을 향했다. 종소리도 크게 들렸다. 연지사종에 새겨 놓은 비천상이 세상 밖으로 나와 악기를 켜고 있는지도 몰랐다.

그건 천상이나 지하에서 들려오는 소리가 아니었다. 분명 이날 낮에도 그렇게 혈전을 벌였던 진주성 쪽이었다. 탄알과 화살이 죽음의 사자(使者)처럼 오가던 진주성. 아직도 피비린내가 가시지 않은 전쟁터 중심인 진주성에서 음악이 흘러나오다니.

"조선 수성군 중위장 김시민은 요술을 부리는 신인(神人)이 아닐까?"

'사루마다'에서 잡아 낸 이를 손톱으로 꾹 눌러 죽이며 말하는 자의 음성이 그의 얼굴만큼이나 어둡게 들렸다.

"맞아, 맞는다고. 불사신이야, 불사신."

야무진 몸매가 강인한 인상을 풍기는 자가 말버릇인 양 같은 말을 되풀이하고 나서 가래침을 돋우어 탁 뱉었다.

"우리가 고국에 있을 때 얼마나 숱한 전쟁을 치렀냔 말이야."

음악 소리를 듣고 놀라 일어나 앉았다가 맥없이 도로 드러누우며 구시렁거리는 자의 얼굴이 썩은 고구마를 연상케 했다.

"하지만 저 진주성 같은 난공불락의 성은 없었어."

왜병들 가운데 가장 나이가 많아 보이는 자가 주름진 목을 절레절레 흔들며 하는 소리에 저마다 한마디씩 늘어놓기 시작했다.

"우리가 이러다가 영원히 타국 땅에 몸을 파묻는 거 아냐?"

"그런 소리 마라고. 기분 나쁘다."

"제발 주둥이들 좀 다물어. 안 그래도 오싹해지는 판에……."

"누군 입 놀리고 싶어 이러는 줄 알아?"

그러던 왜군들은 갑자기 들려오는 높고 거친 고함 소리를 듣고 소스라쳐 하나같이 벌떡 몸들을 일으켰다.

"야! 이것들이 지금 여행 온 줄 알아? 어디서 그따위 되지도 않은 소리들을 나불거리고 있는 거야, 엉?"

"칼로 주둥이를 싹 도려내 버려?"

왜장 장강충홍과 소야목중승이었다. 둘 다 얼굴이 원숭이 볼기짝같이 붉었다.

"이 봐, 오노기 시게카쓰!"

장강충홍이 집어 삼킬 듯이 부하들을 노려보고 나서 소야목중승을 불렀다. 소야목중승, 그는 훗날 일본 본토에서 세키가하라 전투가 벌어졌을 때, 1만 5천의 서군을 거느리고 다나베 성을 포위, 수성하던 호소카와 후지타카가 성문을 열게 하여 승리를 거두는 인물이다.

소야목중승에게는 이런 일화도 전해진다. 그가 충주성 공략을 할 때 휘하 군사들에게 소위 '오노기 카사(小野木笠)'라고 불리는 철제의 전립을 쓰게 하였는데, 나중에 덕천가강이 그것을 보고 편리하다고 생각하여 '급할 때 뒤집어서 솥으로 사용해도 되겠다.'고 했다는 것이다.

"하이, 나가오카 다다오키!"

소야목중승이 장강충흥의 얼굴을 빤히 바라보았다. 호소카와 다다오키라고도 불리는 장강충흥의 이름 다다오키(忠興)의 '다다(忠)'는, 오다 노부나가의 적자인 오다 노부타다(織田信忠)의 이름 글자 중의 하나인 '다다(忠)'에서 물려받은 것으로 알려져 있다. 또한 그자는 지조가 없고 약삭빠른 인물이다. 이른바 쇼군인 아시카가 요시아키가 오다 노부나가에게 추방당한 후에는 나가오카 씨(氏)를 칭하다가, 나중에는 도요토미 히데요시에게서 하시바 씨를 하사받았으며, 오사카 전투 이후에는 호소카와 씨로 돌아오기도 한다. 그렇게 간에 붙었다 쓸개에 붙었다 하듯, 당대의 권력자를 번갈아 섬기며 호소카와 가문의 기초를 다져 간 것이다.

훗날의 일이지만, 그 장강충흥에 비하면 소야목중승의 최후는 비참한 것으로 알려져 있다. 풍신수길의 직신(直臣)으로 전투에서 패하자 천수각에서 할복하고 마는 것이다. 그러자 그 소식을 들은 그의 아내는 '새가 울어 이제 가는 저승의 산, 혹시 산 자와 죽은 자를 가리는 관문이 있어도 나를 나무라지 마라.'는 내용의, 일본 전통시인 '와카(和歌)' 가운데 하나인 짧고 구슬픈 '단카(短歌)'를 남기고 자결했다고 전해진다.

"조금 전에 하세가와 히데카즈와 상의했는데……"

소야목중승에게 낮은 소리로 그렇게 말하면서 장강충홍은 장곡천수일이 있는 막사 쪽을 돌아보았다. 역시 그쪽을 바라보는 소야목중승 얼굴에 긴장의 빛이 번져 났다.

"어떻게 하기로……?"

예하 병력이 3천 500인 장강충홍과 1천인 소야목중승보다도 훨씬 많은 5천을 통솔하는 장곡천수일은, 그들에게는 부러움과 동시에 질투의 대상이기도 했다.

어쨌든 두 왜장은 부하들이 알아듣지 못하게 서로 무어라 귓속말을 주고받더니, 이윽고 장강충홍이 흡족하면서도 음흉한 미소를 띤 귀신 같은 얼굴로 명했다.

"모두들 자리에서 일어나라."

그러나 온종일 전투에 지친 왜군들은 꿈쩍도 하지 않았다. 장강충홍의 안색이 노랗게 바뀌었다. 그는 버럭 고함을 내질렀다.

"이것들 봐라? 내 말이 안 들려?"

그래도 반응이 없자 장강충홍은 발길질을 해대며,

"지금부터 할 일이 있다니까?"

소야목중승도 가까운 곳에 퍼질고 앉아 있는 부하 둘의 목덜미를 크고 투박한 두 손으로 우악스럽게 낚아 들어 올리며 고함쳤다.

"요 모가지들을 그냥 콱!"

마침내 마지못한 듯 왜군들이 부스스 몸들을 움직이기 시작했다. 하지만 그런 속에서도 투덜거리는 소리가 멈추지 않았다.

"이런 시각에 무슨 일을 하라고……."

"어디 조선의 밤귀신이라도 나타난 거야?"

"처녀 귀신이면 좋겠다. 무덤까지 따라가서 눕고 싶어."

달이 막 진 뒤였다. 언제 나타났는지 소야목중승과 같은 1천의 병력을 지휘하는 가등광태와, 제일 적은 숫자인 120명을 휘하에 거느린 태전일길 등, 다른 왜장들 모습도 보였다. 장강충흥이 목 쉰 귀신이 내는 듯한 소리로,

"자, 그러면 모두 지금부터……"

왜군이 어둠 속에서 도둑고양이같이 한 일은, 수성군 모르게 대나무로 엮은 발을 동쪽 성 밖에 세우는 것이었는데, 그 길이가 무려 수백 보에 뻗었다. 그들은 그 안에 판자를 벌려 세우고는, 빈 가마니에다가 흙을 가득 담아 여러 층으로 겹쳐 쌓았다. 그것은 마치 언덕 같았다.

"이제 우리가 성을 내려다보면서 총을 쏠 수 있게 되었다."

인공 언덕을 올려다보며 가등광태가 말했다.

"조선군 화살도 능히 피할 수 있을 것이다."

태전일길이 만면에 이기죽거리는 듯한 표정을 드러내었다.

"흐흐흐."

장강충흥과 소야목중승은 어둠 속에서 마주 보며 허연 이빨을 드러내고 음흉한 웃음을 지었다. 박쥐 같은 눈빛들이었다.

"공사가 거의 마무리되었다, 그 말이지? 이제 이 전투는 끝났다. 으하하핫!"

지휘부 막사 안에서 보고를 받은 장곡천수일은 김해를 떠나 창원을 향해 진군할 때의 그 의기양양한 모습을 보이며 팔뚝을 뽐내었다.

"하늘은 우리 편이다. 저 흙 언덕이야말로 하늘이 우리를 지켜 줄 최고의 방패가 될 것이다."

그곳에 같이 있던 왜장 목촌중자와 조옥무칙도 얼굴이 빨갛게 되도록 웃어 댔다. 거기로 막 들어오던 다른 왜장 강본중정과 목촌정현 역시 이

상한 귀신 웃음소리를 내었다.

그러나 조선군은 전혀 깨닫지 못하고 있었다. 간사한 꾀가 많은 왜군은 대나무 발을 높이 세워 수성군 시야를 철저히 막아 놓고 은밀히 그 작업을 진행했던 것이다.

비차의 기본 골격을 이루는 재료로 없어서는 안 될 대나무가, 왜군들 손에서는 되레 조선군을 해치기 위한 은폐물로 둔갑을 하고 만 것이다.

시험비행

동녘이 희끄무레하게 터 왔다.

조선군은 그만 깜짝 놀랐다. 밤새 토성(土城)이 만들어져 있었던 것이다. 총지휘소인 촉석루에 모든 장수들이 모였다. 그날따라 저 아래 남강 물소리가 유난히 크게 들리는 속에 긴급회의가 열렸다.

"왜적이 만든 대나무 사다리가 수천 개는 되는 것 같습니다."

성수경이 적진을 노려보며 무겁게 입을 떼었다. 수성의 급소이자 적의 공세가 가장 치열한 동문을 지키는 그는, 수성군 장수 가운데 가장 예민한 반응을 보였다.

"이건 예사 일이 아닙니다. 우리에게 저 사다리는……."

다른 장수도 말했다.

"그렇습니다. 치명적인 무기가 될 수도 있습니다."

기실 조선군에겐 너무나 위협적인 구조물이 아닐 수 없었다. 넓은 사다리를 만든 다음 그 사이를 대나무로 아주 조밀하게 엮었는데 너비가 한 칸이나 되었다. 그 위에다가 명석을 덮어 비늘처럼 잇달아 배치하여 여러 군사들이 곧장 올라갈 수 있는 길을 만들었다.

"아, 저길 보십시오. 삼 층으로 된 산대(山臺)입니다."

전 만호 최덕량이 초조한 목소리로 말했다.

"거기에 바퀴를 달아 빙빙 돌리며 밀고 들어올 계획인 듯합니다."

그러자 그와 함께 구북문을 지키는 영장 이눌도 불안한 표정을 지우지 못했다. 모두 범 같은 장수들이지만 해괴망측한 적의 무기 앞에서는 질리지 않을 수 없었던 것이다.

학자이자 의병장인 낙의재 이눌. 왜군이 침략하여 동래가 함락되었다는 소식을 들은 지 나흘 만에 거주지 경주에서 '천사장(天使將)'을 칭하면서 의병을 일으켰던 인물이다. 몇 년 후 통제사 원균이 싸움에서 패하자 월성으로 부대를 옮겨 대구에서 격전을 펼치다가 부상을 입게 되고, 전쟁이 끝난 뒤 서실(書室)을 중건하여 학문에 힘쓰지만 부상당한 부위가 악화되어 숨을 거두게 된다.

"저 무기는 우리에게 상당한 압박이 될 것입니다."

남문을 책임 진 율포권관 이찬종이 불안과 걱정이 섞인 얼굴로 시민을 바라보며 다급한 목소리로 물었다.

"이대로 앉아 당할 수만은 없지 않습니까?"

하지만 웬일인지 시민은 가타부타 얼른 대답이 없었다.

"……!?"

그러자 모두는 더욱 굳은 표정들이 되었다. 시민의 그런 반응은 무엇 때문이었을까? 거기 누구도 몰랐지만 그는 왜군이 만든 대나무 사다리 위로 겹쳐 나타나는 무언가를 보고 있었던 것이다.

……비차였다. 아직 뚜렷한 형상을 그려 낼 수는 없었지만, 대나무만 보면 그는 언제나 조운이 만들고 있을 그 비행기구를 떠올렸다. 모르긴

해도, 왜놈들이 만든 어설프고 조잡하기 그지없는 저런 것들보다는 훨씬 더 훌륭할 것이었다.

'가증스러운 놈들 같으니라고! 어디서 함부로 저 신성한 나무를 가지고 저런 형편없는 장난질이란 말이더냐?'

그렇게 곧고 깨끗한 조선의 대나무를 왜군들이 제멋대로 베어 내어, 그것도 조선 백성을 해치려고 저따위 것을 만들었다는 사실에, 시민은 분노가 치솟고 치가 떨렸다. 조운이 저것을 보면 어떤 반응을 보일지 기가 차기도 했다.

"장군, 어서 무슨 대책을 세워야지요."

다급해진 장수들을 대표하여 성수경이 또 재촉했다. 금방이라도 적의 공격이 시작되고 꼼짝없이 당하고 말 것 같은 위기감이 촉석루를 휘감았다.

"백번 당연한 소리요. 이대로 당할 수는 없지."

비로소 시민이 자리에서 일어서며 말했다. 장수들 눈에는 촉석루 기둥같이 굵고 튼튼해 보이는 그의 다리였다.

"그러잖아도 내가 생각해 놓은 게 있소."

하늘로 치솟은 그 누각의 팔작지붕이 시민의 평소 몸놀림처럼 날렵하게 느껴졌다. 지붕 위까지 까치 박공이 달려 용마루 부분이 삼각형의 벽을 이루고, 처마끝은 사방으로 경사를 짓고 있는 우진각지붕과 똑같았다.

"아, 무슨……?"

장수들이 하나같이 기대와 희망에 찬 얼굴을 했다.

"저 산대를 물리칠 좋은 방안이라도 갖고 계신다는 말씀입니까?"

다락 난간 위에 와서 앉으려던 까치 한 마리가 몸을 돌려 내수문(內水

門) 쪽으로 급히 선회하고 있었다. 시민은 어느새 거기 나무 바닥이 삐걱 거릴 정도로 성큼 힘차게 발을 떼 놓으며 빠른 목소리로 말했다.

"자, 모두들 이리로……."

"예."

모두 시민의 뒤를 급히 따랐다. 그들은 왜군이 만든 산대가 정면으로 보이는 성벽으로 갔다. 그리고 곧,

"저, 저건……?"

장수들이 한 곳을 보고 놀란 얼굴을 했다. 시민의 투구와 갑옷이 황 금처럼 빛나 보이는 순간이었다.

"그렇소이다. 저것이 적을 물리쳐 줄 것이오."

그곳에는 현자총통(玄字銃筒)이 늠름한 자태를 한껏 뽐내고 있었다. 푸 르퉁퉁한 청동으로 만들어진 포신이 보기에도 믿음직스러웠다. 발사할 때 총통이 튀어나오는 것을 방지하기 위해 총통을 당차의 쇠고리에 밧 줄로 묶어 놓았다.

젊고 건장한 소총수들은 벌써 만반의 태세를 갖추고 시민의 명령만 기 다리고 있었다. 차대전(次大箭)이라는 화살 끝에 화약 주머니를 매달아 놓 았다. 그 현자총통은 화살은 물론이고 철환과 은장차중전(隱藏次中箭)도 사용할 수 있는 무기였다. 그리고 차대전을 쓰면 사정거리가 800보 정 도이지만 은장차중전을 쓰면 무려 1,500보는 너끈히 될 정도였다.

총통 가운데 크기가 세 번째인 현자총통. 거북선 용머리의 입구에 장 착하여 적선을 향해 철환을 발사하는 용도로도 가능했다. 전함이나 거 북선 등에서 발사할 때는 총통 당차에 묶여 있는 당기는 밧줄을 배의 기둥에 달린 고리에 걸어 총통 당차가 뒤로 물러나는 것을 바로잡아 준다.

이윽고 시민은 호랑이나 사자가 포효하듯 호령하였다.

"저 산대를 향해 쏘아라!"

"옛! 장군!"

그 명령이 떨어지기 무섭게 소총수들은 신속하고 정확한 동작으로 현자총통을 발사하기 시작했다. 모두가 마른침을 삼키는데 기적과도 같은 일이 바로 눈앞에서 벌어졌다. 첫 번째 대포알이 한 치 어김없이 산대에 적중한 것이다.

"와아! 명중, 명중이다아!"

수성군 사이에 엄청난 환호성이 터져 나왔다. 왜군들이 밤을 새워 가며 은밀하게 만든 산대가 순식간에 절단이 나 버렸다.

"두 번째 발사를 하라!"

시민의 자신감 넘치는 명령에 따라 그다음 대포알도 허공을 가르며 날아갔다.

"또 맞혔다아!"

이번에도 정확히 산대에 가 꽂혔다. 눈이 밝은 소총수들은 목표물과의 거리에 따라 고각(高角, 올려본각)을 조정하는 막대를 받쳐 총통 앞쪽의 높이를 조정하기도 하였다. 그러니까 왜군이 쌓은 토성이 진주성보다도 오히려 더 높다는 말이 되겠고, 그래서 상대적으로 낮아진 성에서 높은 곳에 있는 적의 목표물을 올려다보는 양상이 되어, 소총수들의 시선과 지평선이 이루는 각도가 잘 조정되어야만 산대를 쳐부술 수가 있었던 것이다.

그리하여 신이 내린 무기 같은 현자총통의 놀라운 위력 앞에서 기세등등하던 왜군이 우왕좌왕 어쩔 줄 몰라 하는 모습이 조선군 눈에 또렷이 잡혀들었다. 그 장면은 졸지에 불벼락을 맞고 혼비백산 흩어지는 개미 떼를 방불케 했다. 실로 통쾌하고 자신감을 주는 광경이 아닐 수 없었다.

"한 번 더 발사한다!"

시민의 세 번째 명령이 채 떨어지기도 전에 청동 포신의 현자총통에서 발사된 대포알이 앞의 대포알들에 질세라 적의 산대를 뚫었다.

신기(神技)에 가까운 사격술이었다. 급기야 산대를 만들던 왜군들이 겁을 집어먹고 황급히 물러가기 시작했다. 그 광경을 지켜본 수성군이 칼이며 창, 화살을 높이 치켜들고 함성을 질러 댔다. 하늘을 찌르는 사기란 소리는 지금 이 순간을 위해서 생긴 말 같았다. 이제는 왜군이 어떤 무기로 공격해 와도 모조리 격파할 용기와 자신이 쑥쑥 솟아났다.

"언제든지 와라, 이놈들아!"

"다음에는 더 맛있는 것을 먹여 주마!"

왜군이 회심의 미소를 품고 제작한 바퀴 달린 산대, 곧 윤전산대(輪轉山臺)는 그렇게 무너져 갔다. 축석문 옆의 성가퀴 위로 꽂아 놓은 용대기를 비롯한 무수한 깃발들도 신이 난 듯 춤을 추는 것처럼 바람에 너울거렸다.

뿐만이 아니었다. 가장 흔한 형태의 여장(女牆)인 거기 '평(平)여장'과는 달리 계단 방식으로 축조한 서장대 쪽의 '층단(層段)여장' 위에는, 성안 숲에 사는 다람쥐 몇 마리가 여유롭게 올라앉아 무슨 나무 열매를 까먹고 있는 모습도 발견되었다. 그것은 이제 동물들도 왜군을 깔보고 있다는 증거라고, 수성군은 통쾌하게 웃었다.

잠시 휴전이 이어졌다. 그런데 이번에는 왜군이 산같이 쌓아 놓은 솔가지들이 마음에 걸렸다. 군관 윤사복이 모두를 둘러보며 물었다.

"놈들이 솔가지를 저렇게 많이 가져다 놓은 이유가 무엇이라고 보십니까?"

파평 윤씨인 그는 첨정 벼슬에 있다가 전쟁이 나자 의병을 일으켜 진주성에 입성한 인물로서, 훗날 영조 때 병조참의에 추증되기도 한다.

"그야 뻔한 속셈 아니겠소?"

이광악이 가소롭다는 듯 대답했다.

"성을 넘어오기 위한 술책이겠지요."

땔감으로 쓰려고 꺾어서 말리는 저런 소나무 가지는 한번 불이 붙으면 활활 잘도 타오른다는 생각과 함께, 지금 당장이라도 달려 나가 거기 불을 놓고 싶은 충동이 이는 수성군이었다.

"그 앞에다가 대로 엮은 발을 막아 놓은 것은요?"

이번에는 상주의 함창현감 강덕룡이 입을 뗐다. 본관(本貫)이 진주인 그는, 임진년 1년간 12회의 대소 전투에 참여하여 모두 승리를 거둔 공으로, 정3품 서반(西班) 무관에게 주는 절충장군에 오르기도 한다.

일찍이 무예를 익혀 정기룡, 주몽룡과 더불어 '삼룡(三龍)'으로 불리는 강덕룡.

그는 군민을 계몽시켜 단합케 했을 뿐만 아니라 양곡 관리와 군량 조달을 효율적으로 하여 군사들이 무척 기뻐하였고 특히 명나라 군대의 존경을 받았다. 하지만 말년에 그가 소유했던 것은 장검 한 자루와 단검 하나였을 정도로 청렴결백한 사람이었다.

그의 의문에는 시민이 입을 열었다.

"솔가지와 비슷하다고 보면 되오. 성에 가까이 다가오려는 것이오."

"아, 그러면……?"

모든 이들 얼굴에 두려운 빛이 떠올랐다. 금방이라도 대군의 왜군이 짐승 같은 함성을 내지르며 성벽을 넘어올 것만 같았다.

"어쩌면 좋겠습니까?"

이광악이 장검의 손잡이를 꽉 쥐며 물었다.

"화구(火具)를 준비해야 할 것 같소."

그렇게 대답하는 시민의 눈이 불같이 타올랐다. 조운과 정평구가 비차의 추진장치를 고안해 내기 위해 찾아간 저 말티고개 근처 대장간의 그 불꽃 같았다.

하지만 그러면서 왜군이 숱하게 엮은 대발과 잔뜩 쌓아 놓은 솔가지들을 한참 바라보던 시민이 홀연 난감한 표정을 지었다. 그 모습이 보는 사람들을 불안하고 긴장케 했다. 수성장의 저런 태도는 여간 심상치 않은 일이었다.

"장군! 갑자기 왜 그러십니까?"

진주판관 성수경이 놀라 물었다. 훗날 진주 충렬사, 창녕 물계서원에 제향되는 그였다.

"이거 상황이 안 좋게 되어 버렸소."

"상황이……?"

시민의 대답에 휘하 장수들 안색이 무척 창백해졌다. 다른 사람도 아닌 중위장(中衛將) 시민의 입에서 나오는 말인지라 그것은 각별한 무게를 던져 주고 있었다.

중위장이란 보직이 무엇인가. 병력을 거느리고 전투를 할 때 좌위와 우위, 중위, 전위와 후위, 그렇게 구성하여 진(陣)과 제대(梯隊)를 만드는 바, 그중 중심이 되는 가운데 위(衛)인 것이다.

"이런 절망적인 소리는 꺼내지 않고 싶소만……"

그래도 어쩔 수 없다는 듯, 시민은 자기에게서 눈을 떼지 않고 있는 장수들을 향해 걱정스런 목소리로 입을 열었다.

"축축한 생나무라 불이 잘 붙지 않을 것 같아서 말이외다."

전 만호 최덕량이 안타깝다는 듯 말했다.

"큰일입니다. 놈들도 그 점을 살려 공격 무기로 삼은 듯합니다."

그 말은 수성군 장수들을 의기소침케 하였다. 왜군이 그런 계략을 세웠다면 속수무책일 수밖에 없었다. 이번에는 어떻게 하면 좋겠느냐고 물어 오는 장수도 없었다.

'불보다 강한 것이 물이라니, 이제는 꼼짝없이 당할 수밖에 없는 지경에 이르고 말았단 말인가?'

속으로 그렇게 한탄하던 시민이 고개를 저으며 말했다.

"그렇다고 이대로 당할 수만은 없는 노릇 아니오."

장수들이 얼굴을 마주 보며,

"하지만 방법이……."

"아, 이렇게 난감할 수가?"

촉석루 아래 남강 북안(北岸)에 붙어 자라는 나무들이 바람이 불자 일제히 왜군들 진영 쪽으로 쏠리고 있었다. 바람 부는 방향이 그래서 그렇겠지만 수성군들 눈에는 그게 마치 왜적에게 허리를 굽혀 항복하는 자세를 보이는 것같이 느껴지는 순간이었다.

시민이 피가 배일 정도로 입술을 꾹 깨물며,

"무슨 수든 찾아야지. 없으면 새로 만들어서라도……."

"아, 대체 무슨 수로……?"

범 같은 장수들이 저마다 탈기하는 모습을 보였다. 현자총통으로 적의 산대를 까부수던 때의 기백은 찾을래야 찾을 수가 없었다. 이제 끝까지 오고 말았는가, 끝까지. 분위기는 숙연하다 못해 찬물을 끼얹은 것 같았다. 성 안팎으로 까마귀 울음소리만 낭자했다. 놈들이 벌써 조선인 피 냄새를 맡았다는 것인가.

'참으로 허무한 일이로다. 저놈들이 엮은 대발과 쌓아 놓은 솔가지, 저따위 것들 때문에 철옹성 같은 이 성이 쑥대밭으로 변해야 한다는 말인가?'

왜적에게 짓밟혀 폐허로 화해 버린 진주성이 자꾸만 눈앞에 떠올라 세차게 내젓던 시민의 머릿속에, 언젠가 조운과 함께 비차에 대한 이야기를 나누며 거닐던 남강변에서 보았던 쑥이 떠올랐다. 흙이 있는 곳이면 어디든 볼 수 있는 게 쑥이라지만, 참 '쑥쑥' 잘도 자라고 있었다.

"쑥의 종류는 한두 가지가 아니더군요. 참쑥, 덤불쑥, 산쑥, 물쑥, 황새쑥……."

그날, 평생을 두고 오로지 비차 제작에만 골몰하는 나머지 제대로 손질조차 하지 못한 조운의 쑥대머리는 왜 그리도 시민의 마음을 슬프고 아프게 만들었던가.

"저 쑥을 보니, 가장 흔한 것이 가장 귀하다는 말이 생각나는구려. 백성도 마찬가지가 아닐까 싶고……."

그런 말을 해 주었더니 조운이 그만 몸 둘 곳을 몰라 했던 기억도 났다. 하지만 시민은 그로부터 150여 년이 흐른 후 바로 거기 남강변에서 벌어질 일은 꿈속에서라도 몰랐을 것이다.

그것은 영조 23년 정월에 있었던 일이다. 당시 경상우병영에 속해 있던 귀동(貴同)과 득손(得孫)이란 두 관노(官奴)가 그곳 남강변에 쑥을 캐러 왔다. 그런데 그들은 강물 속에서 이상한 것을 발견하였다.

"어, 저게 뭐야? 무슨 도장 같은데……?"

그들이 물에서 건져낸 것, 그것은 오래된 관인(官印)이었다. 그것은 곧 경상우병사에게 바쳐졌고, 거기에 전서(篆書)로 뚜렷이 남아 있는 글자의 획이 밝혀졌다. 한자의 5개 서체인 전, 예, 해, 행, 초서체 가운데 먼저 생긴 서체였다. 그 서체로 새겨져 있는 것은 놀랍게도 '경상우도병사절도사인(印)'이라는 글자였던 것이다. 또한 그 배면(背面)에도 '만력십년삼월일조래사월십일일위시행용'이라는 해서체가 그 획이 닳아 없어지지 않은 상태로 남아 있었다.

"만력(萬曆) 10년이면 선조 15년, 그러니까 1582년이 되거늘, 그해 3월에 만들어 4월 11일까지 관인으로 사용했다는 얘기가 아니더냐?"

"저 계사년 진주성 전투 때 남강에 투신한 경상우병사 최경회가 지니고 있었던 그 관인이 틀림없사옵니다."

"여봐라! 어서 장계를 올려 이 귀한 것을 상감께 바치도록 하라!"

진실로 역사(歷史)는 '거짓이 없고 무섭고도 두려운 얼굴'이었다. 시민이 수성장으로 있는 진주성을 도와주기 위한 외원군(外援軍)으로서, 군사 2천여를 거느리고 지금 성 서쪽 방면에 와 있는 전라우의병장 최경회 그 자신조차도, 그런 훗날의 일을 어찌 내다볼 수 있었으리요.

경상도에서 올라온 관인을 살펴본 영조의 용안이 사뭇 떨렸다.

"옛날 도장을 가져다 보니, 이는 바로 그가 바치는 듯하도다. 또한 도장 위에 새겨져 있는 연월(年月)을 보자니, 짐의 마음이 갑절로 숙연해지는 것을!"

영조는 즉시 하교하기를,

"창렬사(彰烈祠)에 치제(致祭)하도록 할지어다!"

그뿐만이 아니었다. 왕은 이조(吏曹)에 하명하여 최경회 후손을 등용토록 하였으며, 인갑(印匣)을 만들어 관인과 함께 경상우병영에 내려보냈다. 특히 인갑 위에 새기게 한, 최경회의 충절을 기리는 명(銘)은 왕이 친히 지은 것이었다.

그러한 사연을 간직하고 유유히 흘러갈 강물을 보듬은 남강변. 그러나 지금 그곳은 왜군이 성을 함락하기 위해 엮은 대발과 쌓아 놓은 솔가지로 인해 숨 막힐 듯한 긴장과 침묵이 지배하고 있을 뿐이었다.

　'아, 김시민 장군마저 어떻게 할 방도를 찾아내지 못한다면 수성은 더 이상 불가능한 일이 되지 않을까?'

　'어쩌면 애당초 저 많은 왜적을 상대로 성을 지키겠다는 결심부터가 한없이 어리석고 잘못된 처사였는지도 모른다.'

　장수들은 점점 전의(戰意)를 상실해 갔다. 지금까지 버텨 온 것만도 다행스럽고 대견한 전공(戰功)을 세웠다는 생각도 들 정도였다. 그만큼 모두가 지치고 힘든 탓이리라.

　그런데 그런 침통하고 무거운 공기 속에서였다. 한참이나 혼자서 주먹을 거머쥐거나 이맛살까지 찌푸려 가며 궁리하던 시민의 두 눈이 반짝 빛나더니 홀연 이렇게 소리쳤다.

　"아, 좋은 수가 있도다!"

　장수들이 큰소리로 묻고 재촉했다.

　"방법을 찾으셨습니까?"

　"어서 말씀을 해 보십시오."

　그러자 시민이 다시 기력을 되찾은 목소리로 하는 말이,

　"화약을 종이에 싸서, 섶을 묶은 속에다 넣도록 하시오."

　"섶을 묶은 속에다, 종이에 싼 화약을……?"

　그렇게 되뇌는 장수들을 향해 시민이 근엄한 낯빛으로,

　"내 말이 무슨 뜻인지 모르시겠소?"

　곰곰 헤아려 보던 모든 장수들 얼굴이 일시에 환해졌다.

　"오호, 그런 수가 있었군요? 정말 대단한 생각을 해내셨습니다. 하

하.”

"어찌 그렇게 기발한 발상을……?"

"귀신도 울고 갈 것입니다."

당장 성 위에 병사들을 모았다. 그러고는 미리 준비한 화약 뭉치를 일제히 성 밖으로 집어던지게 했다.

"성공입니다, 장군! 저 왜놈들 꼴 좀 보십시오."

"참으로, 참으로 통쾌합니다."

수성군은 온 세상이 떠나가라 환호성을 질렀다.

"와, 와아!"

왜군은 어쩔 줄 몰라 했다.

"어이쿠!"

그렇게 애써 이루어 놓은 대밭이며 솔가지가 순식간에 활활 타오르기 시작한 것이다. 조선군을 호락호락하게 여긴 것은 아니지만 저런 식으로 대응해 올 줄이야.

'보시오, 조운. 나는 이렇게 끝까지 성을 지켜 낼 것이니, 그대도 그대가 하는 그 일을 반드시 이루길 바라겠소.'

시민의 눈에는 불타는 그 나무들 위로, 조운과 그가 지금 그 순간에도 한창 제작하고 있을 비차의 재료인 대나무와 소나무가 겹쳐 보였다.

불길은 맛난 음식 먹듯 왜군 무기를 남김없이 집어삼켰다. 왜군은 그만 입만 벌렸다. 눈으로 보면서도 도시 믿을 수 없었다. 그런 식으로 자기들 무기를 무력화시킬 줄이야. 그러나 그렇다고 공성작전을 포기할 그들이 아니었다. 화가 치밀고 악이 받친 그들은 무작정 계속 성을 향해 다가오기 시작했다.

"지금 조선군은 무기도, 군량도 바닥이 났을 것이다!"

그네들 본토의 후지산을 형상화한 투구를 쓴 장곡천수일이 악을 써 댔다.

"저 성이 우리 손 안에 떨어지는 것은 시간문제다! 그러니 돌격 앞으로!"

어떻게 보면, 지난날 이 땅의 백제군이 입었던 갑옷과 비슷한 갑옷을 입은 그들이었다. 그런 복장으로 소리치는 장강충홍은 발정 난 오랑우탄을 방불케 했다.

"향기로운 술과 기름진 고기가 우리를 기다린다!"

"저 안에 여자도 있다! '사루마다'가 거추장스러울 것이다. 무슨 말인지 알겠느냐?"

소야목중승과 강본중정은 흡사 짐승몰이 하듯 부하들을 성 쪽으로 내몰았다. 예하 병력 수가 그중 적은 장수인 조옥무칙과 태전일길은 앞장서서 싸우는 척하다가는 슬쩍 뒤로 몸을 빼기도 하였다.

한편, 장수들처럼 전투복을 제대로 갖추지 못한 채 기껏 '사루마다' 정도로 신체 주요 부위만 가린 왜병들은, 장수들 눈치를 보며 진격은 하고 있었지만 벌써 여러 차례나 혼쭐이 난 탓에 여간 몸들을 사리는 게 아니었다. 그렇지만 조선군에 비해 우수한 무기와 여러 곱절이나 되는 군사 수인지라 결코 녹록치 않은 공성이었다.

어쨌든 대대적인 적의 공세에 시민은 새로운 명을 내렸다. 성 위에 진천뢰(震天雷)와 질려포(疾藜砲)를 배치하라는. 그 무쇠로 만들어진 무기를 내세우는 조선 군사들 동작이 자신감에 넘치고 빨랐다.

"저 진천뢰가 우리를 지켜 줄 것이니 마음 놓고 싸워라!"

시민은 군사들 사기를 돋우느라 턱이 빠지도록 외치고 목에 시퍼런 힘줄을 세웠다.

"목표물을 향해 폭탄을 날려라! 적진의 모든 것들이 한순간에 폭발하는 것을 지켜보는 것도 참으로 재미있을 것이다!"

진주판관 성수경의 지시에 따라 진천뢰를 다루는 군사들은 잽싸게 화약을 넣은 후 중완구(中碗口)로 발사하기 시작했다.

"쾅!"

왜군을 향해 300보를 날아간 금속제 폭탄은 땅에 떨어지면서 점화선이 타 들어가서 요란한 굉음을 내었다. 대나무를 심지로 사용하는 그것은 적의 간담을 서늘케 하였다.

진천뢰는 비격진천뢰라고도 하는데, 군기시(軍器寺)의 화포장(火砲匠) 이장손이 발명한 것으로 전해진다. 이것은 대완구(大碗口)라는 중화기로 쏜 포탄으로, 조일전쟁 당시 공성화기(攻城火器)로서 대단한 위력을 발휘했다.

위아래는 둥글고, 허리는 퍼진 모양이며, 위 한가운데는 뚜껑인 개철을 덮을 수 있도록 방형으로 되어 있었다. 내부에는 신관(信管)과 같은 발화장치인 죽통을 넣을 수 있도록 구경 5.5센티미터 정도의 구멍이 있었다. 허리에는 화약을 넣고 격목(檄木, 뇌관)을 박는 화약혈이 있었다. 그리고 정교한 부분은 또 있었으니 실로 경악할 무기였다.

진천뢰의 발화장치인 죽통 속에는 도화선인 약선(藥線)을 감는 나선형의 목곡(木谷)이 들어가는데, 빨리 폭발시키려면, 즉 근거리 발사 시에는 10곡(曲), 원거리 발사, 곧 늦게 폭발시키려면 15곡으로 약선을 감아서 죽통에 넣었다.

이와 같이 해서 만들어진 죽통을 빙철(憑鐵)과 함께 진천뢰 속에 넣고, 죽통의 도화선 끝을 개철 구멍을 통하여 밖으로 빼내어 발사할 때 불을 댕기도록 되어 있었다. 훗날, 이 화기는 현존하는 같은 종류의 유물 중 공정 과정이 가장 우수하고 보존 상태가 좋아 국방과학기술 문화재로서의 가치를 높이 평가받게 된다.

"저 질려포야말로 하늘이 내리신 무기다!"

군관 이눌과 윤사복도 목숨을 아끼지 않았다.

"하늘이 우리를 보호하시니 아무 염려하지 말라!"

질려포는 진천뢰와 마찬가지로 화약을 사용하는 폭발형 무기의 일종이었다.

"어서 탄환을 넣어라!"

장수의 지시에 따라 질려포를 다루는 군사들이 질려포의 속이 빈 나무통에 마름쇠와 철편(鐵片)을 많이 넣었다.

"발사!"

명령이 떨어지기 무섭게 완구로 쏘아 댔다. '꽝!' 포탄이 폭발하면서 무수한 파편들이 허공으로 날아올랐다.

"으윽!"

"어이쿠!"

그 파편에 맞은 왜군들이 얼굴이나 가슴팍을 감싸 쥐고 픽픽 쓰러지거나 엄청난 고통을 이기지 못해 땅바닥을 데굴데굴 구르기도 하였다.

"이놈들! 보았느냐? 우리 조선군 무기의 놀라운 살상효과를 말이다!"

시민은 우뚝 서서 적진을 향해 일갈을 터뜨리곤 하였다.

"한 놈도 살아서 돌아갈 생각은 하지 마라!"

질려포는 당시 전략적으로 제일 신경을 쏟아야 할 길, 가령 적병이 진격하는 가장 긴요한 길 같은 곳에, 마름쇠나 철편을 뿌려서 적의 공격을 막아 내는 화포였다.

특히 한자로는 능철(菱鐵)이라고 하는 마름쇠는, 어느 곳이든 아무렇게나 던져 놓아도 언제나 뾰족하고 날카로운 쇠붙이 끝이 돌기를 길게 뻗친 불가사리 같은 모양이 되므로, 적군의 인마(人馬)에 커다란 타격을 줄 수 있는 훌륭한 병기였다.

"훗날 역사는, 오늘 우리가 사용한 진천뢰와 질려포에 대해 대단한 평가를 아끼지 않을 것이다."

그 모두가 일단 시민이 중심이 되어 준비한 무기와 전술이었는데, 그의 입을 통해 나오는 병법은 그뿐만이 아니었다. 가히 수성장군의 태두라 할 만했다.

"큰 바윗돌도 많이 모아라. 땅속에 묻혀 있는 것이라도 파내도록 하라."

그야말로 무덤에 누워 있는 시체도 일어나 움직여야 할 판이었다.

"적군에 비해 턱없이 부족한 무기를 대체할 수 있는 방법은 모두 동원해야 할 것이야. 알겠느냐?"

실제로 바윗덩이는 진천뢰나 질려포 못지않은 무기 역할을 해내었다. 하지만 부서져도 계속해서 만들어 대는, 왜군들의 빙빙 도는 윤전산대는 가히 위협적이었다. 바퀴를 달아 밀고 들어오는 3층 산대는 조선군을 공포로 몰아넣었다.

그러나 조선군은 그것을 쳐부수었다. 더욱이 왜군의 그 가공할 무기를 물리친 것은 최신식 무기도, 무슨 각별한 병기도 아니었다. 그렇다면 그것은 무엇이었나? 바로 자루가 긴 도끼와 낫이었다. 천지신명도 감탄할 노릇이었다.

"조선 도끼와 낫에는 도깨비 혼이 붙어 조화를 부리는 모양이야."

왜군은 진주성의 탁월한 전술에 혀를 내둘렀다. 그런 구식 무기에 무참히 당하리라고는 상상도 못했다.

"저 성에 있는 놈들은 사람이 아닐지도 몰라."

"귀신이 만든 성이지 뭐야."

왜군을 전율케 한 건 그뿐만이 아니었다. 시민은 가장 원시적이고 손쉬운 방법으로 가장 효율적인 방어력을 구사할 줄 아는 장수였다.

"사루마다 하나 걸치고 추울 텐데, 따뜻하게 목욕이나 시켜 주도록 하라."

성가퀴 안에 가마솥을 많이 걸어 놓고 물을 끓였다. 그리하여 성벽을 타고 오르는 왜군은 펄펄 끓인 그 물세례를 받고 얼굴 살갗이 벗겨지고 손이 빨갛게 덴 채 아래로 굴러 내렸다. 궁둥이가 빨간 원숭이 무리 같았다. 특히 온몸에 불이 붙은 채 어쩔 줄 몰라 이리저리 뛰거나 땅바닥을 구르는 모습들은 영락없이 재주 부리는 원숭이였다. 가마솥이 그런 훌륭한 병장기로 둔갑한 것이다.

"힘들더라도 조금만 더 참아라. 내가 너희를 곧 전쟁의 공포와 고통으로부터 벗어나게 해 주마."

시민은 부하를 아끼는 마음이 극진하고 위장전술에도 뛰어났다. 군사들로 하여금 낮 동안에는 성가퀴 안에 엎드려 있게 했다. 일어서서 성 밖을 내다보다가 왜군들이 가장 자랑삼는 조총에 맞을 위험을 막기 위해서였다. 그것은 한편으로 휴식을 취하는 효과도 있었다. 하지만 전쟁이 길어질수록 불리한 쪽은 성안에 갇혀 있는 조선군일 것이라는 위기의식은 시민을 끝없이 괴롭혔다.

'과연 내가 이광악의 의견을 따른 것이 잘한 일일까?'

군사를 진두지휘하면서도 내내 시민의 머릿속을 떠나지 않는 생각이었다. 얼마 전 그 일을 떠올리면 혹시 수성장의 그릇된 판단 하나로 수많은 조선 백성이 생명을 잃게 되지 않을까 가슴이 더없이 답답해져 오곤 하였다.

"아무래도 안 되겠소. 성을 온전하게 지키기는 어려울 듯하니······."

시민의 말을 끝까지 듣지도 않고 곤양군수 이광악은,

"지금 무슨 뜻으로 그런 말씀을 하시오니까?"

하였지만 벌써 시민의 마음을 읽었다는 빛이었다. 시민은 아주 조심스럽게, 그렇지만 단호한 어투로,

"적들이 눈치 채지 못하게 수문(水門)을 열어 노약자들을 성에서 내보내야 할 것 같소이다."

"그것은 아니 될 처사입니다. 만약 그같이 하게 되면······."

이번에는 시민이 이광악의 말을 끊었다.

"늙고 병든 백성들이 개죽음을 당하게 할 수는 없소."

하지만 이광악은 한 치도 물러설 기색이 아니었다.

"그러면 크게 변하게 될 군사들 마음은 어떡하고요?"

점점 물의 양이 줄어들고 있는 성내 우물처럼 시민의 입속이 말라붙기 시작했다.

"나중에는 그러고 싶어도 그럴 수 없을 지경에 이를지도 모르는데······."

이광악은 완강한 자세를 조금도 누그러뜨리지 않고,

"그때는 그때 일이고, 지금은 아니라고 봅니다."

시민은 주먹으로 가슴팍을 치며 말했다.

"수성장은 이 시민이오. 알겠소?"

그러자 이광악 또한 왜군이 가장 겁내는 허리춤에 찬 그의 장검에 손을 가져 가며,

"이 사람을 믿고 여기까지 따라온 나의 휘하 병사들 목숨도 소중하오이다."

"누가 그것을 모르오?"

두 사람 모두 음색이 붉었다. 수성전을 펼치면서 아직 한번도 의견 충돌을 일으킨 적이 없던 그들이었다. 오히려 지나친 의기투합이 우려될 정도였다.

"아신다면서 그런 말씀을 하시는 겁니까?"

홀연 그들 사이에 아주 위험한 기운이 흐르기 시작했다. 그러자 그때까지 그 설전을 듣고 있던 장수들이 그 분위기가 거북한 듯 총지휘소인 거기 촉석루에서 나가기 시작했다. 왜군과 접전을 펼칠 때는 그렇게 기운 넘쳐 보이던 장수의 어깨들이 하나같이 축 처져 보였다.

'어쩔 수 없겠구나. 이광악이 우려하는 대로라면 장수들이라고 다르지 않겠지.'

그리하여 결국 수문 열기를 포기한 시민이었다. 하지만 그 일로 말미암아 시민은 더욱 수성에 달라붙었고 이광악을 다시 보게 되었다.

'혹시라도 내가 수성장을 맡지 못할 경우가 생기면, 지금 여기 있는 장수들 가운데서 이광악을 따라갈 만한 적임자가 없을 게야.'

시민의 전술 중에 또 매우 기발하고 놀라운 게 있었다. 바로 꼭두각시놀음에 나오는, 사람의 형상으로 만든 인형을 이용하는 것이었다. 그것도 아이들이 그냥 가지고 노는 장난감으로서의 인형이 아니라 최고의 효과를 얻을 수 있는 독특한 창작물이었다.

"짚으로 인형을 만들되, 활시위를 잡아당기고 있는 모습으로 만들어라."

장졸들이 하나같이 감탄해 마지않았다.

"아, 그런 놀라운 착상을 하시다니?"

수성군 중에는 농사를 짓다가 군인을 자원해 온 이들도 많았는데, 그런 사람들은 짚을 아주 능수능란하게 다루는 솜씨가 있었다. 그래서 그들이 만든 인형은 멀리서 보면 누구 눈에도 영락없이 활을 쏘고 있는 궁수(弓手)로 보일 것이었다.

시민은 군사들로 하여금 그렇게 만들어진 인형을 성가퀴 위로 들어 올렸다 내렸다 하게 했다. 왜군은 수성군이 머리를 성가퀴 위로 들어 올릴 때를 기다려 탄알과 화살을 날렸다. 허수아비 몸에 탄알과 화살이 박혔다. 시민은 그것들을 뽑아 아군의 무기로 활용하였다. 적에게 포위된 성안에서 무기 확보는 식량 비축과 함께 필수적이었다.

"화살 한 개라도 헛되이 날리지 말라."

새들도 깃털을 함부로 흩날리지 않는 듯했다.

"적이 성 가까이 오면 물을 붓고 돌을 던져라."

왜군은 뜨거운 물과 단단한 돌에 완전히 질려 버릴 판이었다. 진주목사 김시민의 이름은 왜군에게 널리 알려졌다.

그러나…… 그만큼 시민의 목숨은 위험해지기 시작했다.

한편, 이곳은 비봉산 서편 자락의 가마못 안쪽 분지.

드디어 비차 제작장인 거기 공터에서는 조선군은 물론 교활한 왜군도 상상조차 하지 못할 전대미문의 광경이 펼쳐지고 있었다.

"아, 꼭 따오기 같아요."

조운과 정평구가 완성시켜 놓은 비차를 본 둘님의 입에서 나온 소리였다. 듣고 보니 정말 그런 것 같았다.

"따오기, '따옥따옥' 하고 우는 따오기 말예요!"

마치 따오기 노래를 부르는 듯한 둘님의 밝고 명랑한 모습을 보고 조운은 눈을 끔벅거렸다. 그녀의 뒤에서 언제나 비치던 광녀 그림자가 지금은 보이지 않았던 것이다. 봄날 보리밭 위에서 지저귀는 종달새 같은 지난날의 둘님을 다시 보는 듯했다.

"풀무가 제 임무를 잘해 주어야 할 텐데……"

정평구가 비차 동체에 장착된 풀무장치를 보며 잔뜩 긴장한 목소리로 말했다. 그것은 정확히 말해 풀무는 아니었지만 정평구는 그것을 풀무라고 불렀다. 세상에서 처음으로 만들어진 것이었고, 따라서 아직은 마땅히 부를 이름도 없었지만, 말티고개 근처 대장간 풀무를 보고 결정적으로 제작한 장치였기에 그런 이름을 붙이는 것도 괜찮을 만했다.

조운도 정평구와 똑같은 심정이었다. 지금까지 어떻게 하면 풀무의 원리를 이용해 비차를 날게 할 추진장치를 만들 것인가가 최대 관건이기도 했다. 비행(飛行)의 성패가 좌우되는 만큼 그것은 사람의 애를 바짝바짝 태웠다.

'뒤돌아보면 우리 사람이 할 수 있는 별의별 궁리를 다 했어. 정평구 저 사람이 오지 않았다면 나 혼자서는 도저히 불가능할 시도까지도……'

살점이 떨어져 나가고 피가 마를 것 같은 오랜 연구 끝에 그들이 또 착안한 것이 저 '쥐불놀이'였다. 정월 첫 쥐날[上子日]이나 열나흗날이나 대보름날 저녁에 어른, 아이 할 것 없이 논둑이나 밭둑에 불을 붙이고 돌아다니며 노는 놀이. '논두렁 태우기', 혹은 '쥐불놓기'라고도 하는 우리의 그 오랜 민속놀이가 비차 제작에 크나큰 도움을 주게 될 줄이야.

특히 밤에 아이들이 기다란 막대기나 줄에 불을 달고 빙빙 돌리며 놀던 광경을 수백 수천 번 생각했다. 줄을 빠르게 빙빙 돌리면 줄 끝에 매달린 깡통 속 불이 쏟아지지 않는다는 사실도 그냥 넘기지 않았다. 그리하여 그 놀이를 활용하여 일단은 성공할 수 있었으니, 정말 지금 와서 돌아봐도 어떻게 그런 놀라운 원리를 동원했을까 자신들 스스로도 대견스럽고 믿어지지 않았다.

'나는 정월 대보름날 달집에 불이 붙는 것을 신호로 밭둑에 놓던 불을 가장 좋아했지.'

그러나 비차의 추진장치는 누가 뭐래도, 대장간 사람들이 풀무를 사용하는 방법에서 터득한 바가 제일 컸다. 그래 누가 그 원리에 대해 물으면, 대장간에 가서 풀무질하는 것을 잘 보면 알 수 있을 거라고 답할 것이었다. 비차에 장착된 저것은 '이동 풀무'라고 보면 된다고. '하늘을 나는 풀무'라고 할 수 있다고.

하지만 실패하여 추락, 불이 붙게 되면, 사람도, 비차도 쥐불놀이에서 태운 잡초의 재처럼 그렇게 형체도 없이 스러져 버리고 말게 될 것이다.

"우선 간단한 시험비행(飛行)을 할 만한 장소가 없겠소?"

"아, 드디어 시험비행을……!"

정평구의 물음에 조운의 심장이 거칠게 뛰놀았다. 시험비행. 얼마나 기다리고 기다리던 일인가. 타지 사람인 정평구는 자신이 그곳 지리에 어두운 게 답답한 듯,

"장소 선정도 굉장히 중요하다는 건, 강형도 잘 아실 테고……."

조운은 가슴 벅찬 모습으로 한참 생각하다가,

"비봉산 뒤쪽이 좋을 것 같습니다."

"저기가……."

정평구의 고개는 벌써 그쪽 방향으로 돌려지고 있었다.

"거긴 남의 눈에 띌 염려도 적고, 경사도 그렇게 급하지 않고요."

어릴 적부터 대나무를 찾아 헤매던 조운이 수백 수천 번도 갔던 곳이어서 눈을 감고도 훤히 그려 보일 수 있을 지형이었다.

"또 골짜기 아래로 꽤 넓은 들판도 펼쳐져 있습니다."

그게 언제였던가. 가을빛이 한창 깊어 가는 어느 날이었는데, 자신의 등장을 알릴 때는 늘 그렇게 하듯 광녀가 조운의 등을 탁 치고 난 뒤 무언가를 불쑥 내밀었다.

"이, 이건……?"

비차 제작에 정신없이 빠져 있던 조운은 그만 입을 쩍 벌렸다. 하지만 광녀는 젖가슴을 내밀어 보였던 그때처럼 손에 든 것을 계속 조운의 코앞에 들이밀며,

"빨리 먹어. 진짜 맛있다?"

조운은 뒷걸음질을 치며,

"어, 어서 이, 이것 치우지 못해?"

그래도 광녀는 행여 누가 와서 그것을 빼앗아 가기라도 할 것같이 뒤를 힐끔힐끔 돌아보며 줄기차게 먹을 것을 강요해 왔다.

"이걸 어, 어디서 잡았어?"

조운이 묻자 광녀는 비봉산 뒤쪽 밑을 가리키며,

"저기, 논에서."

그것은 메뚜기였다. 긴 지푸라기에 촘촘히 많이도 주렁주렁 꿴 그것은 흡사 작은 굴비 두름같이 보이기도 했다.

'아, 그렇구나!'

조운은 그 와중에도 깨달았다. 광녀는 남자들이 굽거나 튀긴 메뚜기를 안주로 술을 마시는 것을 보고 그에게 주려고 잡아 왔다는 사실을. 그러자 조운은 그만 가슴이 더없이 먹먹해졌다. 성의라고 하기에는 내가 그녀에게 해 준 것도 없다는 생각이 들고, 사랑의 표시라고 하기에는 스스로 낯이 붉어지는 일이었다.

'아무리 정신이 온전치 못한 여자라고 해도 이런 걸 가지고……'

그때쯤 광녀는 잔뜩 실망한 표정이었다. 그녀는 조운이 좋아라고 자기 선물을 덥석 받아들일 거라고 믿었던 것일까.

'그렇다면 내가 잘못이다. 큰 잘못이다.'

조운은 자신도 모르게 광녀 손에서 메뚜기를 낚아채듯 했다. 성의든 사랑이든 그게 뭐 중요하랴. 그런 건 정신이 온전하다고 자신하는 인간들의 이해타산에서 비롯된 극히 '비인간적인' 계산속인 것을.

그런데 자기가 가져온 것을 조운이 받자 그때부터 광녀의 행동은 또 다른 방향으로 급변하기 시작했으니…… 광녀는 조운의 손에 들린 메뚜기를 꿴 지푸라기 아래쪽을 잡더니,

"난다 난다 비, 비차. 진주성에 가 보자……."

하면서 어깨춤과 함께 노래를 불러 대는 게 아닌가?

"어? 어?"

조운은 지푸라기 위쪽 끝을 그대로 쥔 채,

"끄, 끊어진다, 줄 끊어진다!"

그러나 광녀는 몹시 당황하고 있는 조운을 보는 게 그렇게 신나고 재미있을 수 없다는 듯, 더욱 몸동작을 크게 해 가며,

"비차 비차 비차다. 진주성에 가 보자……."

조운은 광녀가 흔드는 대로 따라 흔들렸다. 그것은 지푸라기에 꿴 메뚜기들과 별 다를 바가 없었다. 저고리 옷고름이 떨어져 나가고 없는 탓에 고스란히 드러나 보이는 광녀의 뽀얀 두 젖가슴도 물결치듯 출렁거리고 있었다. 어쨌거나 두 사람은 줄의 양쪽 끝을 잡고 가무(歌舞)를 즐기는 남녀의 모습들로 변해 버렸다.

조운의 정신이 돌아온 건 그때 들려온 정평구의 이런 말 때문이었다.

"그러면 그곳으로 정합시다."

조운은 내가 미쳐도 너무나 미쳤지 싶었다. 차라리 남강 백사장에 헛바닥을 콱 처박고 죽어야지 했다. 가마못에 뛰어들어 세상에서 가장 고통스러워하는 모습으로 마지막을 맞아야 싸다고 자책했다. 아무리 광녀의 그늘에서 벗어나지 못하고 있다고 해도, 드디어 비차의 시험비행을 하려는 이 중요한 때에 그 기억을 되살리고 있다니.

"우리의 비차가 최초로 시험비행을 하는 그곳은, 비록 세상 사람 누구도 모르겠지만, 우리들 가슴에는 진정 성스럽고 아름다운 장소로 남아 있을 것이오."

조운이 지금 무슨 생각을 하고 있는지도 모르는 정평구는 아이처럼 들뜬 모습을 감추지 않았다. 그런 정평구를 보자 조운도 마음을 다잡았고 다시 비차에만 전념할 수 있었다.

"비차의 고향이라고 할 수 있겠지요."

비차의 최초 시험비행 장소—좋은 위치였다. 그곳은 인가도 드물 뿐만 아니라, 마침 지금은 그 마을과 인근 마을 사람들 거의가 피란을 가고 집을 비운 상태여서 거기 오는 이도 찾아보기 어려울 것이다. 그래서 은밀한 일을 하기에는 상황과 장소 등 모두가 안성맞춤이었다.

"자, 그러면 지금부터……."

정평구가 시작을 알렸다.

"너무 떨립니다. 최선을 다하려면 마음이 안정되어야 하는데……."

조운은 마구 뛰노는 심장에 손바닥을 가져갔다.

"우리는 신이 아니고 인간이란 사실을 잊었소?"

"하긴 아무렇지 않다면, 그건 사람이 아니겠지만……."

정평구가 억지로 여유를 찾기 위한 듯 웃음을 씩 지으며,

"어쨌든 오늘만은 우리가 신이 되었다고 봅시다."

약간 이른 오후 무렵이었다. 짙푸른 늦가을의 하늘은 차가워 보였지만 쌀가루같이 뿌얀 빛살이 살아 있어 그런대로 온기를 느낄 만하였다.

"강형은 그쪽을 잡으시오. 나는……"

조금 전 말은 그렇게 했지만 정평구의 얼굴은 너무나 긴장되어 있어 보는 조운이 숨이 막힐 지경이었다. 그의 얼굴도 마찬가지일 것이다.

"일단……"

그들은 천천히 비차를 밀어 미리 정해 놓은 곳으로 가기 시작했다. 쌀쌀한 날씨임에도 온몸은 벌써 땀에 젖어 흥건했다.

"자, 조심, 조심."

"헉! 하, 하마터면……?"

"괜찮소. 강형이나 나나 손이 너무 떨리고 있는 탓이오."

"아, 하느님, 부처님, 제발……"

"자, 잠깐! 바로 요 앞에……"

"크, 큰일 날 뻔했군요. 전, 미처 발견하지 못했는데……"

때로는 튀어나온 바윗돌이나 함부로 뒤엉키고 질긴 나무뿌리가 복병처럼 나타나 사람을 아찔하게 하는 방해물이 되기도 했지만, 소나무로 만든 바퀴는 그런대로 잘 굴러가 주었다. 완만하기는 해도 비스듬한 경사면과 골짜기가 있는 구릉지(丘陵地)를 가까스로 통과할 때는 등골이 서늘해지기도 했다. 고나나 따오기, 어떻게 보면 가오리 같기도 한 비차는, 이제 막 아장아장 걸음을 떼 놓는 어린아이처럼 위태위태한 동작을 계속하고 있었다.

"자연은 저토록 아름답기만 하건만……"

잠시 발을 멈추고 서서 휴식을 취하고 있을 때였다. 사방을 둘러보고 있던 정평구가 가쁜 숨을 몰아쉬며 말했다. 그랬다. 작금의 난리통에도 무심한 표정을 짓고 있는 듯한 하늘 아래 모든 것들은 거짓말같이 한가롭고 평화로워 보였다. 하지만 지금 그 고을, 아니 조선 전역에는 생사가 엇갈리고 있었다.

"장소 선택은 잘한 것 같지요?"

"그렇소. 생각했던 것보다 더 좋아요."

조운이 말하고 있는 대로 그곳은 어지간해선 외부에 드러날 위험이 없어 보였다. 다시 비차를 옮기기 시작하면서 조운이 물었다.

"될 수 있는 한 고지대가 좋지 않을까요?"

조운의 시선은 저만큼 능선 위를 향하고 있었다. 행여 이동시키는 도중 망가져 버릴 수도 있는 위험을 감안하면 여기쯤 아무 데서나 시작하고 싶지만 그럴 일은 아니었다.

"옳으신 말씀이오."

산등을 따라 죽 이어진 봉우리의 선을 유심히 훑어보는 정평구의 눈빛이 형형했다.

"최대한 기류(氣流)를 이용하여 공중을 날려면 저지대보다는 조금이라도 더 높은 지점이 유리하겠지요. 물론 이륙만 생각하면 그렇다는 얘기겠고, 착륙까지를 계산한다면 그만큼 위험 부담이 더 클 수밖에 없겠소만……."

조운이 거기까지 오느라 몹시 지치고 힘들어하는 것같이 보이는 비차의 몸체를 손으로 가만히 쓰다듬으며,

"어차피 목숨을 담보로 하고 시작한 일, 죽어도 이 비차와 함께 죽는 것이 마땅하지 않겠습니까?"

그 말을 들은 정평구 눈에 얼핏 내비치는 것은 분명히 물기였다. 그는

비차 바퀴에 묻어 있는 검불을 떼 내며,

"강형! 전라도에 사는 내가 이 먼 경상도까지 오는 도중에 혼자서 무슨 생각을 했는지 아시오?"

조운이 물끄러미 바라보자,

"내가 태어난 곳은 전라도 땅이지만, 내가 묻힐 곳은 경상도 땅이다……"

"……!"

가슴이 뻐근해지는 조운에게 정평구가 계속 말했다.

"그런 각오와 결의가 없었다면, 강형과 나와의 이런 인연도 없을 것이오."

그 순간, 조운은 들었다. 비차가 내는 웃음소리와 울음소리를.

비차가 다시 움직이기 시작했다. 비봉산이 조선 여인네 치맛자락같이 넉넉한 산자락을 펼쳐 어서 내게 와서 안기라고 속삭이는 것 같았다.

"자, 이제 거의 다 올라온 것 같소."

"아, 가슴이 탁 트이는 듯합니다."

그들은 가쁜 숨을 몰아쉬며 말했다. 저 아래로 광녀가 조운에게 줄 메뚜기를 잡았다는 들판이 펼쳐져 있었다. 조운의 눈에 금방이라도 그곳 어딘가에 광녀가 나타나 덩실덩실 춤을 추면서 비차 노래를 부르는 모습이 보일 것만 같았다.

"여기까지 오느라 너도 고생 많았다."

정평구는 비차를 향해 마치 사람에게 말하듯,

"하지만 진짜 고생은 이제부터란다."

정평구가 비차를 애무하듯 만지며 하는 그 소리에, 조운은 자기 속에서 터져 나오는 소리를 들었다. 난다 난다 비, 비차…….

"지금부터 정말 시작이다!"

"날자, 비차야!"

이윽고 그런 함성과 함께 그들은 비차에 올라탔다. 그러고는 비차의 배를 두드리기 시작했다. 정확히 말하자면, 풀무장치가 가동되는 가운데, 날개를 움직이는 줄과 연결된 장치를 움직여 양쪽 날개가 위아래로 움직이게 하는 것이었다. 물론 동체의 가죽 주머니 아래쪽에 뚫려 있는 구멍을 통해 압축공기도 밑으로 분출되고 있었다.

실로 숨막히는 순간이었다. 서쪽 하늘로 향하던 해도 걸음을 멈추고 내려다보는 듯했다. 비봉산도 허리를 굽혀 지켜보는 것 같았다. 나무도 풀도, 거기 있는 벌레들마저도 그 움직임을 딱 멈추는 느낌이었다.

얼마나 비차의 배를 두드렸을까? 드디어 바람이 일어났고, 그리고, 그리고 마침내 기적처럼, 비차는 아주 조금씩 조금씩 몸을 일으켜 세우기 시작했다. 마치 살아 있는 새, 따오기나 고니인 양. 바닷속을 헤엄치는 가오리처럼. 거인이 천년 동안 깊은 잠에 빠졌다가 비로소 눈을 뜨고 기지개를 켜듯이.

"아, 뜨, 뜹니다!"

"가, 가라앉지 말아야 할 텐데……?"

"안 그렇습니다! 더, 더 자꾸 날아오르고 있어요! 보세요! 보십시오!"

"정말! 오! 서, 성공이오!"

그랬다. 그대로 내려앉아 버리지 않고 비차는 계속 몸을 솟구치고 있었다. 조운은 꿈만 같았다. 하늘 높이 띄운 커다란 연 위에 올라앉아 있던 꿈이 현실의 꿈이 되었다.

나는 수레, 비차가 탄생하는 순간이었다. 조선 최초의 비행기, 아니 이 세상 최초의…….

그들은 흥분과 감격에 싸여 어쩔 줄을 몰라 했다. 마침내 이루어 낸 것이다. 해내었다. 비차는 무명천 날개를 움직여 능선을 거슬러 하늘 높이 날아올랐다가 북쪽 산자락 밑 들판에 무사히 착륙하였다. 골격의 전방과 후방에 설치한 지지대는 착륙하는 데 따르는 충격을 흡수하여 사뿐히 내려앉게 했다.

비차에서 내린 두 사람은 얼싸안고 떨어질 줄 몰랐다. 그들 눈에는 하나같이 눈물이 줄줄 흘러내리고 있었다. 노을이 그 눈물을 붉게 물들이고 있었다. 비차도 한 마리 붉은 따오기나 고니, 가오리같이 보였다. 세상에서 가장 훌륭하고 용감한 전사(戰士)같이 비치기도 했다.

첫 번째 비행은 성공한 셈이었다. 그때 멀리서 가슴을 졸여 가며 지켜보고 있던 둘님이 엎어질 듯 꼬꾸라질 듯 마구 달려오고 있었다. 그녀의 얼굴도 기쁨으로 터질 것같이 보였다. 조운은 들었다, 그와 광녀가 함께 부르던 저 '비차의 노래'를.

칼춤, 그 붉은 마음

이윽고 조운에게서 몸을 떼 내며 정평구가 말했다.

"지금부터는 본격적인 시험비행으로 들어가야겠소."

조운도 온몸에서 팽팽한 긴장을 늦추지 않으며,

"시간이 없으니 당장 시작하는 게 좋겠습니다."

둘 다 작은 성공에 만족하는 사람들이 아니었다. 그들이 바라는 것은 완벽한 비차였다. 사실 어설프게 만들었다간, 몸은 땅으로, 혼은 하늘로 직행하기 십상이었다.

"그렇소. 시간싸움이란 걸 절대 잊어서는 아니 되오."

정평구의 그 말에 조운의 눈길은 자신도 모르게 저 남쪽 방향의 진주성을 향했다. 위기에 빠진 조선을 건질 귀인, 그가 군사를 지휘하는 목소리가 생생히 들리는 듯했다.

'내가 다른 세상을 살고 있는 건 아니겠지?'

조운은 좀체 현실을 믿기 어려웠다. 같은 한 고을 안인데, 한쪽에서는 피를 부르는 전투가 벌어지고 있고, 한쪽에서는 하늘을 날기 위한 작업이 행해지고 있고.

'역시 하늘과 부처의 영험함이 빚어 낸 조화속이런가!'

조운은 다시 한 번 비차를 눈에 담았다. 너무나 어렵고 힘든 과업을 이루어 낸 그것은, 정평구와 조운 자신 같은 인간이 만들어 낸 창작품이 아니라 전지전능한 하늘과 부처의 피조물(被造物)이 아닌가 싶었다.

그때 정평구가 흥분의 빛이 많이 가셔진 얼굴로 일깨워 주듯,

"네 사람을 태울 수 있으니, 우선 그 네 사람부터 정해야 할 것 같소."

조운은 새득새득 마른 풀이 시들어 가는 땅바닥에 비친 자신들의 그림자를 내려다보았다. 그들 둘 그리고 그들의 그림자 둘. 이 넷으로도 가능하다면 정말 좋을 텐데.

그랬다. 네 사람의 무게를 견뎌 낼 수 있어야 그들이 원래 설계했던 완성품이 되는 것이었다. 물론 더 많은 인원을 탑승시킬 수 있다면 그보다 바람직한 게 없겠지만, 그것은 차후에 다시 연구해 볼 일이고, 지금 당장은 네 사람이 목표였다.

"꼭 비밀을 지켜 줄 수 있는 사람이라야 하오."

정평구는 그런 사람을 구하는 것도 수월한 일이 아니란 듯 어두운 낯빛이 되었다. 그런 그에게서는 최초의 시험비행이 가져다 준 성공의 기쁨이나 열광은 더 찾아볼 수 없었다.

'지독한 사람이구나! 천하를 얻어도 만족할 사람 같지가 않아.'

조운은 그런 정평구가 존경스러우면서도 무척이나 두렵게 느껴졌다. 다시 한 번 그가 아니었다면 비차 제작은 불가능했을 거라는 자각이 일었다.

"저와 의형제를 맺은 상돌이라는 백정이 있습니다."

조운의 입에서 당장 나온 이름이 상돌이었다. 그러자 그와 함께 충청

도 노성 땅에 살고 있는 윤달규를 찾아갔던 일이 어젠 양 또렷이 되살아 났다. 비차라는 이름과, 비차의 배를 두드리라는 말을 해 주었던 고집불통의 그 사내. 아직도 과연 그가 비차를 가지고 있는지 알 수 없었다.

'어쨌든 상돌이가 없었다면 나도 없고 비차도 없을 것이다.'

정백이라고 하는 산적 두목이 앉아 있던 호랑이 가죽을 씌운 의자도 눈에 선했다. 산적패들 앞에서 단 한칼에 소를 처치하던 상돌이었다. 조운은 망설이기 시작했다.

함께 살자는 산적들의 권유를 뿌리치고 끝까지 조운 자신과 동행해 준 상돌의 우정에 눈시울이 붉어졌다. 산적이 되면 백정이라는 조선 최하위의 신분으로 온갖 멸시와 천대 속에 살아가지 않아도 될 것을. 어쩌면 상돌은 정백으로부터 산적 두목 자리를 물려받을 수 있을지도 몰랐다. 그 당시 정백과 그의 수하들이 보이던 언동을 본다면.

'그런 고마운 상돌을 다시 이렇게 위험한 일에 끌어들이는 게 과연 인간으로서 할 수 있는 도리일까?'

그런 회의도 일었지만 어쩔 수 없다고 마음을 다잡으며,

"지금 남강 건너 망진산 아래 섭천이라는 백정들 거주지에 살고 있는데, 그 사람이라면 믿어도 될 것 같습니다."

"백정이라고 했소?"

정평구는 크게 놀란 기색을 감추지 못했다. 언젠가 조운에게서 광녀 도원 처녀에 대해 들었던 그때만큼이나 경악스러워하는 모습이었다.

"그럼, 그 노래를 그 미친 처녀가 지었다는 게요?"

그날, 저 '비차의 노래'를 들려주자 그는 좀체 못 미더워하는 빛이었다.

"그 처녀 혼자는 아니고요, 저하고 둘이서……."

그러자 정평구는 조운을 꼭 미친 사람 대하듯 하며,

"강형이 미친 여자하고⋯⋯?"

"예, 그렇습니다."

"혹시 강형도 미⋯⋯?"

"⋯⋯."

조운은 그만 할 말을 잃었다. 그것은 누가 들어도 이해되지 않을 소리였다. 그때부터 정평구는 죽자꾸나 하고 달라붙던 일손을 놓아 버린 채 조운을 멀거니 바라보기만 했다. 저런 자와 무슨 일을 할 수 있겠느냐고, 공동작업을 포기하고 돌아가야겠다고, 내심 결심하는 빛이 역력했다. 조운은 그가 금방이라도 자리를 박차고 일어나 휑하니 등을 돌려세우고 말 것만 같아 그야말로 미치기 직전이었다.

그리하여 만약 그때 광녀가 나타나 그런 장면을 보이지 않았다면, 어쩌면, 아니 분명히, 정평구는 짐을 싸들고 자기 고향으로 돌아가 버렸을 것이다.

"어? 저, 저기 웬 여자가⋯⋯!"

어쨌든 그런 아슬아슬한 순간에 정평구가 놀란 듯 말했다. 조운은 반사적으로 정평구의 눈이 간 방향을 바라보았다. 그곳 분지로 통하는 구부러진 길목 저편에 파수꾼처럼 우뚝 서 있는 커다란 팽나무 밑을 막 지나 이쪽으로 오고 있는 광녀가 보였다.

그런데 조운의 정신이 반짝 든 것은 여느 때와는 다른 광녀의 행동 때문이었다. 그녀는 조운이 혼자 있을 때만 접근해 왔고 다른 사람이 옆에 있으면(심지어 둘남까지도) 멀리서 언저리를 맴돌 뿐이었는데, 어쩐 일인지 그날은 아랑곳하지 않고 회색 저고리와 검정 치마를 휘날리며 달려오고 있었던 것이다.

"언젠가 저 뒤쪽 산등성이에서 춤을 추고 있던 미쳤다는 그 처녀 맞지요?"

정평구는 북쪽 능선 위에서 보았던 광녀를 기억하고 있었다. 조운은 잠자코 고개를 끄덕이며 점점 가까이 다가오는 광녀를 불안한 눈으로 지켜보았다. 혹시라도 무방비 상태로 있는 정평구에게 갑자기 달려들어 해코지라도 하지 않을까 두려웠다. 미친 사람은 힘이 세다더니, 둘님의 머리채를 단숨에 낚아채 땅바닥에 패대기쳤던 광녀였다.

이윽고 두 사람 앞에 와 선 광녀는 연신 가쁜 숨부터 몰아쉬었다. 어머니가 새로 달아 주었는지 저고리 옷고름이 잘 여며져 있어 조운은 그나마 안도했다.

광녀의 시선이 정평구는 안중에도 없는 듯 조운만 한참 가만히 바라보았는데, 그 눈길이 어떤 면에서는 정신이 온전한 사람보다도 깊고 그윽하여 조운은 또 다른 면에서 허둥거려야 했다. 두고 보면 볼수록 알수 없는 여자였다.

그런데 정평구가 조운에게 무슨 말인가를 하려는 그 찰나였다. 홀연광녀가 비차 쪽으로 휙 몸을 틀더니만 또다시 예의 그 언동을 해 보이기 시작한 것은.

"난다 난다 비, 비차. 진주성에 가 보자."

춤사위와 더불어 흘러나오는 노랫소리. 그러자 그때까지 꿈쩍도 하지 않고 있던 비차가 얼핏 몸을 움직이는 것같이 보였다.

"비차 비차 비차다. 진주성에 가 보자."

비록 간단하고 쉬운 노랫말(그걸 노래라고 해도 좋을지 조운은 아직도 판단이 서지를 않았다.)이긴 하지만, 정신이 온전치 못한 처녀가 한마디도 틀리지 않고 그렇게 정확하게 기억하고 있다는 사실 또한 기적에 가까운 일이 아닐 수 없었다. 한결같은 몸놀림도 마찬가지였지만.

그런데 그야말로 조운을 엄청난 경악과 혼란으로 몰아넣은 것은 돌변한 정평구의 모습이었다. 정신질환도 일종의 돌림병일까? 정평구의 몸에 광녀의 광기가 고스란히 옮아붙은 듯, 광녀가 하는 짓을 정평구가 그대로 따라하기 시작한 것이다.

세상에, 정평구까지도! 조운이 그 자신의 정신까지도 의심한 것은, 그 순간에는 비차도 생명체를 가진 것처럼 광녀와 정평구와 어울려 춤추고 노래하는 것처럼 비쳐들었던 것이다. 그래, 모두가 하나였다. 그리하여 그때 그곳에서 조운은 '이방인(異邦人)'에 지나지 않았을 뿐이었다.

조운이 그날의 낯선 기억의 틈바구니에서 풀려난 것은, 문득 귀를 때리는 정평구의 이런 소리 때문이었다.

"하긴 섬나라 오랑캐나 북방의 야인이라도 필요하다면……."

지금은 그런 신분 따위를 따지고 있을 때가 아니라는 판단을 내렸으리라. 정평구는 마치 거기 누군가가 있는 것처럼 주위를 두리번거리며,

"그러면 한 사람만 더 찾으면 되겠군."

"그래도 한 사람 더……."

조운이 곤혹스러운 표정을 지었다. 오랫동안 비차 하나만을 벗 삼아 살아온 그였기에, 그 비밀스럽고도 중차대한 일에 가담시킬 사람을 얼른 더 떠올릴 수가 없었던 것이다. 그렇다고 나이 많은 양가 부모에게 맡길 수도 없었다. 그들은 비차가 조금만 날아올라도 당장 심한 어지럼증을 느껴 굴러 내릴지도 모르고, 자칫 심장 발작 증세를 보여 한순간에 목숨을 잃을 위험이 너무나 컸다.

정평구가 걱정스럽게 물었다.

"더 없는 것이오?"

조운의 고개가 절로 수그러들었다. 바로 그때였다. 잠자코 옆에서 듣고 있던 둘님이 조심스럽게 끼어들었다.

　"저도 같이 타면 안 될까요?"

　"……!"

　순간, 조운과 정평구의 눈이 허공에서 마주쳤다.

　"다른 사람보다는……."

　둘님이 또 입을 열려는데 조운이 큰일 날 소리란 듯 말했다.

　"아니 되오, 당신은. 이건 엄청 위험한 일이오."

　그리고 둘님의 아랫배를 보면서,

　"더구나 당신은 지금 홑몸도 아니고……."

　그러나 정평구는 은근히 둘님의 뜻을 받아들이고 싶은 눈치였다.

　"그러면 네 사람이 딱 맞기는 한데……."

　둘님이 고집을 피웠다.

　"위험하다니 더 함께 타고 싶어요."

　지금 둘님에게서 광녀는 찾을 수 없었다. 봄날 보리밭 위에서 지저귀는 종달새 같은 목소리를 내던 둘님만 있었다.

　"당신 혼자 잘못되면, 전 살아갈 수가……."

　조운이 세차게 고개를 내젓는데 정평구가 말했다.

　"광풍만 불지 않는다면 위험하진 않을 겁니다. 광풍이 불면 추락하겠지만……."

　말끝을 흐리고 나서,

　"양각풍(羊角風), 그러니까 회오리바람이 일면 앞으로 나아갈 수 없는 게 비차이긴 하고요."

　난감한 빛을 지우지 못하고 있는 조운을 슬쩍 바라보고 나서,

"하지만 그런 바람에는 아예 비차를 띄울 수가 없으니 아무 문제가 될 것도 없고, 그 밖에는 뭐 별로……."

"여보."

둘님이 남편을 불렀다. 조운은 아내를 외면해 버렸다. 그러자 고개를 돌린 그쪽에 또 다른 아내가 보였다. 그녀 뱃속에 든 아이도 투명한 물고기 뱃속에 든 것처럼 보였다.

"시간이 없소. 지금 전쟁이 한창이니 빨리 결정을 내리도록 합시다."

정평구가 매몰찬 빚쟁이처럼 독촉했다.

"입에 올리기도 싫은 소리지만, 행여 이러다가 성이 함락되어 버리기라도 하면, 그때는 비차도 아무 쓸모가 없을 게 아니겠소?"

"비차도 아무 쓸모가 없……."

정평구의 그 마지막 말이 조운의 가슴 한복판을 비수처럼 강하게 찔렀다. 사실 그의 말대로 왜군에게 언제 성이 무너질지 모르고, 그렇게 되면 시민의 목숨이 위태로운 지경에 이를 것이니, 한시라도 빨리 비차를 타고 가서 그를 구해 내야 하는 것이다.

'하지만 아직도 완전한 비차는 아니지 않은가?'

그랬다. 애초에 설계한 대로 네 사람을 태우고 안전한 이륙과 비행 그리고 착륙까지를 완벽하게 성공해야만 실행에 나설 수 있는 것이다.

'결국 임신한 둘님을 태울 수밖에 없는 형편이라면 차라리 이대로…….'

조운 자신과 정평구 두 사람이 동승하여 성공을 했으니, 그들 중 한 사람만 비차를 타고 가서 성주(城主)를 태우고 탈출시킬 수도 있었다. 그러면 두 사람만 타게 되니까. 아니다. 단 한 번의 시험비행 결과만 믿고 위기에 빠진 조선을 건질 소중한 귀인을 섣불리 태웠다가 실패하게 되면 모든 게 끝이다. 넷이 타고 안전성을 확인해야 된다.

아니다. 그것도 아니다. 또 한 번 더 시험비행을 해 보면 결과가 어떻게 나올지는 몰라도 일단 두 사람의 동승은 성공을 했으니, 좀 더 믿을 수 있고 안전한 것은 두 사람이 타고 나는 것일 수도 있다. 꼭 처음 설계를 고수해야 할 생각을 하는 건 맹목적이고 비합리적인 처사일 수도 있는 것이다. 상식적으로 생각해 봐도 오히려 적은 인원을 태우는 것이 더 비차에 무리를 주지 않을 것이니 한층 안전하지 않을까. 하지만 잘못된 판단이라면? 아, 어쩌면 좋으냐?

탑승 인원이 많다고 해서 반드시 위험성이 높다고 할 수는 없을 것 같다. 가벼우면 공중에 떠 있는 데는 유리할지 몰라도 그만큼 바람의 영향을 많이 받을 소지도 있다. 그러면 거꾸로 뒤집히거나 아주 엉뚱한 방향으로 날아갈 수도 있는 것이다.

어떡한다? 어쩔 수 없다. 섣부른 결론일지는 모르겠지만 이론보다 실제에서 온 결과를 더 믿는 게 타당하지 않을까. 지금까지 살아 보니 그랬지. 그렇다면? 성공한 대로 하자. 그게 좋을 것 같다.

하지만 누가 그 일을 할 것인가? 정평구더러 혼자만 그 위험한 일을 하라고 해 놓고, 그 자신은 뒷전에 물러앉아 구경만 할 것인가. 아니면, 나 혼자 갈 것이니 정평구 당신은 손맺고 기다리라고 할 것인가. 그러라고 하면, 우리 둘이서 같이 머리를 맞대고 만든 비차인데, 혹시 공을 너만 차지하려고 그러느냐고 반박하지는 않을는지.

그러나 그런 것을 떠나 가장 마음에 걸리는 것은, 뭐니 뭐니 해도 원래 설계했던 대로 네 사람이 타도 아무 이상이 없는지는 아직 시험해 보지 않았다는 사실이었다. 성급한 마음에 두 사람만 타서 성공한 비차를 믿고 섣불리 몰고갔다가는, 시민을 구해 내기는 고사하고 자칫 비차에 탑승한 모두가 한꺼번에 공중 원혼이 될 수도 있는 것이다. 누가 가는가가 중요한 게 아니었다.

"내가 이곳 성의 지리에 어두워서 하는 소린데……."

정평구도 조운 자신과 비슷한 생각을 한 것 같았다. 그가 먼저 이런 제안을 해 왔다.

"일단 네 사람이 타서 성공하게 되면, 어느 정도 비차를 믿어도 될 것이니, 그때 가서 누가 어떤 식으로 성주를 구하는 일을 할 것인지 결정하면 어떻겠소?"

맞는 말이었다. 사실 두 사람이 아니라 한 사람이 타서 날아올랐다고 해도 대성공이긴 했다. 그렇지만 두 명의 탑승 인원으로 비차의 완벽성 여부를 가늠하기에는 아무래도 불안했다.

되풀이하는 생각이지만, 애당초 설계도는 네 명을 목표로 만들어진 것이라는 사실을 간과해서는 절대 안 될 일이었다. 네 사람이 동시에 양쪽 날개를 움직여야 전후좌우로 쏠리지 않고 제대로 된 비행이 될 것이었다. 자칫 비차는 한쪽 날개가 꺾인 불구의 새가 될 위험도 높았다.

물론 첫 번째 시험비행에서 어느 정도 자신감을 얻었듯, 앞쪽 틀에 탄 두 사람만 조종을 해도 충분히 제 기능을 다할 수 있는 비차 제작도 계획하고 있었다.

조운은 바람기가 서서히 묻어 오기 시작하는 들판을 보며,

"좋습니다. 일단 비차의 안전성에 문제가 없어야, 나라를 위기에서 건질 귀인을 태워 구해 낼 수 있을 것이라고 봅니다. 다급한 마음에 미처 완성되지 못한 비차에 경솔하게 그런 분을 태웠다가 도리어 잘못되면 더 큰일이니까요."

조운에게서 시민에 대한 이야기를 모두 들었던 정평구는,

"내 생각도 그렇소. 이건 급하면서도 절대적으로 신중을 요하는 일이오."

그러면서 정평구는 둘님 쪽을 바라보았다. 조운은 그 눈빛에서 읽었다. 그는 이미 아내 둘님을 탑승자로 점찍어 놓고 있다는 것을. 할 수 없다는 생각이 들었다. 지금 이런 난리통에는 어딜 가도 마땅한 사람을 구할 수가 없을 것이다.

인간들이 생사를 다투는 때에도 시간은 수초 사이를 오가는 물고기처럼 무심히 인간들 사이를 빠져나갔다.

이날도 밤은 어김없이 찾아왔다. 어둠은 공수(攻守) 모두에게 힘들었다. 왜군은 무식할 정도로 끈질겼다. 그렇게 당했음에도 대나무로 엮은 발을 이용해 야귀(夜鬼)같이 서서히 접근했다. 어디서 파 왔는지 흙을 점점 높이 쌓았다.

두 곳에 있는 산대는 4층으로 얽어매었다. 그 전면에는 판자를 매달아 수성군의 화살과 돌을 막으면서 조총을 쏘는 곳으로 삼았다. 나름대로 지형지물을 잘 활용했다. 그들도 이곳 지리에 점점 밝아 간다는 나쁜 징조였다.

이경 무렵이었다. 고성 임시현령 조응도가 진주복병장 정유경 등과 더불어 군사 500명을 거느리고 왔다. 훗날 거제 기문포해전에서 맹활약을 펼치지만 정유재란 때 전사하고 마는 조응도였다. 외원군은 저마다 십자(十字) 횃불을 들고 남강 밖 진현 위에 늘어서서 뿔피리(날라리)를 불었다.

"야아! 구원병이 왔다아!"

"북을 쳐라! 큰종을 울려라! 날라리를 불어라!"

"한 놈도 살려 보내지 말라!"

성 안팎에서 호응하는 조선군 사기는 밤하늘에 뜬 별도 떨어뜨릴 만

하였다. 불어오던 강바람도 흠칫 도로 몸을 돌려세우는 듯했다.

하지만 더 큰 난장판이 벌어진 곳은 적진이었다. 왜군은 하도 놀라고 두려운 나머지 함부로 날뛰며 마구 떠들어 대기 시작했다. 급히 막사를 불태웠다. 뿐만 아니라 촉석루 건너편 '섭천 소'가 웃을 소동도 벌였다. 그들은 복병을 나눠 보내 강변을 막아 구원병이 오는 길을 끊느라 야단법석을 떨었던 것이다. 큰 손실을 입은 왜군 진지 위로 별똥별이 떨어져 내렸다.

그러나 산을 넘으면 또 산이었다. 왜군과의 전투가 치열해짐에 따라 조선군이 보유하고 있던 궁시(弓矢)가 크게 소모되었다. 병기 부족은 수성군에게 절체절명의 위기감을 갖다 안겼다. 전세가 역전될 기미마저 엿보였다. 세찬 바람도 성 쪽으로만 불어와 성벽 위에 세워 놓은 기치(旗幟)도 뒤로 펄럭이는 게 후퇴하려는 것같이 보였다.

'전쟁터에서 군사들 사기란 것은 한번 꺾이기 시작하면 다시 세운다는 게 쉬운 일이 아니거늘 어쩌면 좋단 말인가?'

긴 고민을 거듭하던 시민은 연락병을 뽑아 야간에 몰래 성 밖으로 내보냈다. 쥐도 눈치 채지 못했을 밀명을 받은 그들은 감사 김성일에게로 곧장 달려갔다.

지난날 문정왕후가 승려 보우의 말을 듣고 희릉(禧陵)을 옮기려고 했을 때였다. 당시 유생의 신분이었던 김성일은 그것을 반대하는 상소문을 지어 올리기도 했다. 또한 그는 통신부사로 대마도에 머문 적이 있는데, 그때 그를 영접한 왜승 겐쇼[玄蘇]와 주고받은 시를 적은 시비(詩碑)가, 오늘날 일본 나가사키현 쓰시마 이즈하라의 서산사(西山寺)에 세워져 있다고 한다.

"역시 김시민이다. 용케 버텨 주고 있구나!"

저간의 전투상황에 대한 보고를 받은 김성일은 치하부터 한 후,

"무기가 모자랄 수밖에 없겠지. 이를 어쩐다?"

눈을 감고 생각에 잠기는 그에게,

"더 이상 버티는 건 무리일 것 같습니다."

연락병이 다급한 목소리로 독촉했다.

"한시가 급합니다. 무기를 보급 받지 못하면 진주성은 곧 적의 수중에 떨어지고 말 것입니다."

"흠."

"목사께서는 그 점을 가장 걱정하고 계십니다."

김성일이 눈을 뜨면서 안타깝다는 듯 말했다.

"문제는, 어떻게 성안까지 무기를 반입하느냐 하는 것이야."

당시 전황은 공성군과 수성군이 하나같이 두 눈을 시뻘겋게 치뜨고 금방 터질 줄처럼 팽팽하게 대치하고 있는 긴박한 정세였다. 적의 눈을 속여 은밀한 무슨 일을 한다는 건 거의 불가능했다. 하지만 앉아서 당하게 할 수는 없었다. 일단 시도는 해 봐야 했다.

"무기를 안전하게 성내로 운반할 수 있는 사람이 필요하다. 자원자를 구하도록 해야겠다."

김성일은 곧 방(榜)을 내걸고 임무 수행자에게 후한 포상을 내리겠노라 했다. 그러나 금방 나서는 자가 없었다. 돈도 좋지만 하나뿐인 목숨을 걸어야 하는 일이었다. 겹겹이 에워싸고 있는 왜군 진지를 뚫고 성안까지 잠입한다는 건 실로 위험천만한 대모험이 아닐 수 없었다. 파리나 개미라도 수월찮을 것이었다.

"아, 이리도 사람이 없더란 말이냐?"

김성일은 실망하고 괴로워했다.

"역시 사람이, 사람이 있어야 하는데……."

그러는 중에도 무심한 시간은 자꾸만 흘러가고 있었다. 도움을 청하러 온 쪽이나 도움을 주려는 쪽이나 조급하고 초조하긴 마찬가지였다. 지금쯤 무기고가 완전히 바닥난 수성군은 맨손으로 적의 조총을 상대하고 있을지도 모른다. 이미 함락되고 있는 것은 아닐까. 그런데 신불의 가호가 내렸다.

"무어라? 이, 있어?"

그렇게도 애타게 기다리던 자원자가 드디어 나타났던 것이다.

"자네는……."

"예, 저는……."

그는 영리(營吏) 하경해라는 사람이었다. 조선 시대 감영이나 군영, 수영에 소속되어 있으면서 말단 행정 실무에 종사하던 서리(胥吏)가 영리였다. 아무튼 캄캄한 동굴 속에서 한 줄기 빛을 발견한 느낌이었다.

"진주성은 네 손에 달려 있다고 해도 지나친 말이 아니다. 기필코 임무를 완수해야 할 것이야."

김성일은 몇 번을 신신당부했다. 하경해는 자신감 넘치는 소리로,

"왜놈들이 모르는 진주성 주변 지리를, 저는 자다가 일어나서 그려 보일 수 있습니다. 조금도 염려 마십시오. 감쪽같이 성안으로 숨어 들어가 무기를 전하겠습니다."

"오, 그래. 말만 들어도 안심이 되는구나!"

하경해는 장전(長箭) 100부(部)를 가지고 길을 떠났다. 그는 야간을 이용해 진주성 밑까지 무사히 다다랐다. 그리고 성내에 들어갈 때까지 왜군은 전혀 눈치를 채지 못했다. 참으로 신출귀몰, 바람 같은 행동이었다. 하늘이 돕고 있었다.

"긴 화살이 백 개나 생겼으니 백 년은 성을 지킬 수 있겠거니. 참으로 장한 일을 하였도다."

시민은 하경해의 전공을 치하해 마지않았다. 바닥까지 떨어지려던 수성군 사기는 봄날 새싹 돋듯 다시 살아났다. 바람의 방향도 거짓말같이 바뀌었다. 시민은 마음속으로 감격의 눈물을 흘렸다. 마지막까지 생사고락을 함께할 결심을 하고 있는 진주성이었다.

'조운이 그 사람을 봐서라도 무너질 수는 없어. 그가 비차라는 것을 만들어 타고 성안으로 날아들어 왔을 때, 내가 죽었거나 없으면 얼마나 낙담하고 슬퍼할까?'

처음 부임할 때부터 시민은 그 고을이 고향 못지않게 마음에 들었다. 그가 벼슬길로 나아가는 데 가장 큰 도움을 준 숙부 김제갑도 거쳐 간 거기를 제2의 고향으로 삼고 싶었다.

그 고장에는 전해 오는 이야기들이 참으로 많았다. 시민이 또 흥미롭게 들은 이야기는, 이곳에도 유명한 저 검무(劍舞)가 생긴 유래였다.

"아, 우리 칼춤에 그런 슬픈 사연이 있었다고?"

"예, 목사 영감."

그곳 교방(敎坊)에서 가장 검무를 잘 춘다는 관기인 홍여는, 벌써부터 은근히 시민을 마음 깊이 두고 있었다.

"정말 가슴 아픈 사연이 아니옵니까?"

시민으로 인해 제 가슴도 아픈 홍여는 재색을 겸한 관기였다. 특히 검무에 관한한 그녀를 따라갈 사람이 없어 보였다. 그녀는 시민에게 들려주었다.

신라 화랑 관창은 검무를 아주 잘 추었다. 하지만 백제군 정찰을 나갔다가 그만 계백에게 사로잡혀 죽었다. 그래 신라 병사들에게 관창의

탈을 써서 칼춤을 추게 했더니 사기가 높아졌다. 황산벌 전투에서의 신라 승리는 그 덕분이었다.

또, 고서(古書)에 따르자면, 역시 신라 소년인 황창랑이 일곱 살 때 백제 궁중에 들어가 칼춤을 추는 척하다가 백제왕을 찔러 죽이고 그 자신도 죽었다. 슬프고 가슴 아파한 신라인들이 황창랑의 얼굴을 본떠 탈을 쓰고 그의 영혼을 위로했다. 그게 검무의 시초였다.

"그런 칼춤이니 더 잘 춰야 하지 않겠사옵니까?"

"당연한 말이로다."

연정을 품은 떨리는 가슴으로 무언가 총애의 말이 내리길 기대하고 있던 홍여의 귀에 떨어진 소리는 그뿐이었다. 그것도 아주 건조한 음색이었다.

"차라리 이 몸도 그렇게 죽고 싶사옵니다. 남자로 태어나지 못한 게 한이 되옵니다."

홍여의 말에 시민은 약간 뜨악한 표정으로,

"남자로 말이더냐?"

"예, 장군."

시민은 고개를 끄덕이며,

"물론 전쟁이 일어나면 더 큰 피해자는 남자보다 여자라는 말이 있기는 하다."

홍여는 그의 입에서 여자 이야기가 더 나오기를 기대하고 있는데, 시민은 철저히 다른 이야기로 넘어갔다.

"그러나 사내대장부로 태어나 조국을 넘보는 외적을 물리치지 못할 때의 그 고통과 갈등은 무슨 말로도 표현하지 못할 것이다."

"장⋯⋯군⋯⋯."

홍여 가슴이 끌로 파듯 쓰라렸다. 그때 시민의 얼굴은 살아 있는 사람의 그것 같지가 않았다. 지독한 자기혐오와 무기력감 그리고 안타까움으로 뒤범벅이 된, 손만 갖다 대면 오래되어 삭은 창호지같이 금방 부스러지고 말 듯한 얼굴이었다.

"검무를 춰 보이오리까?"

그때 홍여가 해 보일 수 있는 말은 그 한 가지뿐이었다. 그런데 돌아오는 말 또한 여전했다.

"아니다. 그럴 힘이 있으면 오직 왜놈의 목을 베는 데 써야 마땅할 터, 본관 하나의 흥취를 위해 허비해 버릴 수는 없느니."

홍여는 푸슬푸슬 부서져 내리는 그녀의 얼굴을 보았다.

"장군께서 남자가 아니고 여자로 태어나셨다면……."

홍여는 부서져 내린 자신의 얼굴 가루를 발로 뭉개 버리는 심정으로 말했다.

"오직 한 사내만을 흠모하실 수도 있다는 생각은 해 보지 않으셨는지요?"

시민이 감았던 눈을 떴다. 끝 간 데를 알 수 없는 동굴같이 깊은 눈길이었다. 그렇지만 그 눈은 여자를 보고 있지 않았다.

"내가 여자로 태어난다는 것도 생각해 본 적이 없어."

일순, 홍여가 발작처럼 외쳤다.

"이 몸은 간밤 꿈에도 남자가 되어 있었사옵니다! 신라 화랑 말이옵니다!"

"원래 화랑은 여자였지."

시민의 얼굴에 처음으로 미세한 떨림이 일어났다.

"어머니가 없으면 아들도 없느니. 그러한즉, 남녀를 구분한다는 것부터가 무의미한 일일 게야."

그러는 시민의 눈에 엷은 물기가 번져 나고 있는 것을 홍여는 미처 보지 못했다. 시민은 어머니 이씨 부인을 떠올리고 있다는 사실은 더더욱 알지 못했다.

'천하의 이 불효막심한 놈을 용서해 주십시오.'

자식이 위험한 병장기를 잡는 무인이 아니라 서책 속에 파묻혀 편안하게 사는 문인이 되기를 원했던 어머니였다. 결국 어머니 뜻을 거슬렀고 더 나아가 이제 목숨이 경각에 달린 처지에까지 이르고 말았으니 이 불효를 무엇으로 씻을 수 있겠는가.

"지금 장군께서 하시는 그 말씀에 담긴 뜻은 결국……."

홍여는 급기야 오열을 터뜨리기 시작했다. 시민은 관기들을 가까이하지 않는 깨끗한 관리였다. 언제나 백성과 나라를 위하는 일에만 신경을 쓰는 목민관이라는 것을 홍여도 알고 있었다. 하지만 그것이 결코 그녀의 위안이 되지는 못했다.

그녀는 홀로 교방 뜰 오동나무 밑에 나와 서서 남모르는 눈물을 뿌렸다. 그 눈물방울 속에서 아득히 멀어져 가는 시민의 뒷모습을 보았다.

아아, 이 모든 것이 꿈이라면. 어쩌다가 천한 관기의 신분이 되어 이런 고통과 번뇌의 사슬에 묶인 채 죽은 것 같은 삶을 이어 가야 하는지 하늘에 대고 저주라도 퍼붓고 싶은 심정이었다. 더 크고 심한 벌이 내려진들 이보다야 더 하랴.

'아, 목사 영감! 어찌 그리도 매정하실 수가 있으신지요?'

홍여는 그날 밤만 떠올리면 가슴이 갈래갈래 찢어지는 듯했다. 남강에 뛰어들어 죽고 싶었다. 시민더러 차라리 장군의 칼로 나를 죽여 달라고 간청하고 싶은 마음을 가까스로 억눌렀다. 그밤따라 달은 왜 그리도 강한 빛살을 내뿜고 있었던고? 어쩌면 해보다도 더 밝았다.

홍여는 시민이 혼자 앉아 있는 누각 마루 끝에 서 있었다.

"장군!"

피 맺힌 목소리였다. 시민은 아무 말이 없었다. 고개를 돌리지도 않았다. 그런 시민의 모습은 바위나 나무를 깎아 만든 사람 같았다.

"목사 영감!"

한 번 더 그를 불렀다. 이번에는 더욱 처절한 목소리였다. 그렇지만 시민은 여전히 꼼짝도 하지 않았다. 홍여는 그 자리에 무너질 여자 같았다.

"어쩌면 이 마음을 그다지도……?"

마침내 시민이 입을 열었다. 그러나 단 한마디뿐이었다.

"돌아가라!"

홍여는 오열했다.

"오늘 밤 한 번만이라도……."

얼음덩어리 같은 소리가 나왔다.

"혼자 있고 싶다."

"장……군…… 장군 눈에는 저 달이 보이지 않으신지요?"

달빛같이 그윽하고 아름다운 홍여의 음성이었다. 시민이 말했다.

"지금 내게는 나 자신도 보이지 않는다."

"어찌 그런……?"

홍여는 차마 말끝을 맺지 못했다. 시민의 그 말은, 자기 눈에 보이는 것은 오직 왜적뿐이라는 뜻을 담고 있음을 깨달았기 때문이었다.

"천한 이 몸도 마찬가지이옵니다. 오직 장군밖에는……."

"……."

"비록 관기의 몸으로 살아왔지만, 아직 어느 누구에게도 마음을 연 적이 없사옵니다."

"……."

달그림자도 아무 말 없이 걸음을 옮겨 가고 있었다.

"마지막으로 청하옵니다, 장군. 그래도 아니 되겠사옵니까?"

"난, 마지막으로 할 말도 없느니."

누각의 난간과 단청을 적시던 풀벌레 울음소리가 뚝 그쳤다.

"참으로, 참으로 모지십니다. 독하십니다. 왜놈들보다도 더 심하십니다. 흐흑."

끝내 홍여 입에서는 이런 소리가 나왔다.

"쇤네, 돌아가옵니다."

그녀는 등을 돌려세웠다. 비틀, 했다. 누각 마룻바닥에 흐르는 달빛에 미끄러질 것같이 보였다. 그렇지만 시민은 설사 온 세상이 기울어진다고 해도 그 꼿꼿한 자세를 허물어뜨리지 않을 사람 같았다.

"두 번 다시는 나를 찾지 말라."

시민의 말이 비수처럼 홍여의 가슴을 향해 날아왔다. 홍여는 동이째 피를 내쏟는 심정으로 그 비수를 정면으로 받으며 말했다.

"저도 저를 찾지 않을 것이옵니다."

그날 이후로 홍여는 자기 연정을 몰라 주는 시민을 향한 붉은 마음을 검무를 통해 불살랐다. 북, 장고, 대금, 해금, 한 쌍의 피리도 그런 그녀의 마음을 아는 듯 신명을 내어주었다. 그것은 사람과 칼과 악기가 하나가 되는 순간이었다.

검무를 끝낸 홍여는 칼을 자기 목에 가져갔다. 시민은 홍여에게 닥쳐올 일을 알지 못했다. 삶과 죽음의 경계를 놓고 볼 때 그것은 당연했다. 시민의 시간이 홍여의 시간보다 짧았으니. 하지만 홍여 자신도 몰랐다.

성안에 희소식 하나가 날아들었다. 고성의병장 최강이 그 주인공이었다. 그는 야음을 틈타 휘하 병사들을 이끌고 진주에 도착했다. 그러고는 왜군이 성에만 신경을 쓰고 있는 허점을 노려 성 남서쪽에 위치한 망진산정을 단번에 차지해 버렸다.

그곳에서는 진주성이 잘 내려다보였다. 그들은 큰소리로 자신들의 존재를 알렸고, 성내 사람들은 굉장한 용기를 얻었다. 시민은 최강을 칭송했다.

"다른 곳도 아닌 저곳을! 지금 진주성 주변 상황을 볼 때 망진산정을 점령했다는 것은, 진정 용감무쌍한 활약이 아닐 수 없다."

성가퀴 너머로 불어오는 강바람 속에 비차의 기본 골격을 이루는 대나무 향기가 날개 달린 듯 묻어 오고 있었다.

"아무나 할 수 없는 일을 그가 해내었다."

진주판관 성수경이 칼집에서 뽑아낸 칼날을 닦으며 말했다.

"엄청난 위험이 따르는 일을 최강 장군이 수행해 냈습니다. 정말 그는 이름 그대로 최강입니다."

화살 상태를 점검하고 있던 영장 이눌도 감탄했다.

"망진산 일대는 왜적의 세력권 안에 있는데, 저 어마어마한 병력을 모조리 따돌리고 탈환했다는 게 믿어지지 않습니다. 이게 틀림없는 현실이겠지요?"

그것은 성 아래 포진하여 함락 기회만을 노리던 왜군에게 큰 타격이 아닐 수 없었다. 최강 부대가 신경 쓰여 공성에만 전력하기가 힘들었다. 더욱이 최강은 갖가지 형태의 작전을 구사하여 소수 병력으로 몇 배의 효과를 과시하였다.

"각자 횃불을 너더댓 개씩 들어라. 그리고 전후좌우로 나아감과 물러

섬을 거듭하라."

그는 인간의 감성과 동포애에 호소하는 말도 잊지 않았다.

"그 횃불 하나가 아군의 목숨 수백, 수천을 살리는 기적을 이루어 낼 것이다."

또는 의병들에게 이런 명도 내렸다.

"북을 치면서 함성을 지르도록 하라."

북소리를 타고 불꽃이 너울너울 춤을 추었고, 산의 나무들은 사람들 고함 소리에 일제히 고개를 들고 바라보는 듯했다. 호령하는 소리는 맹수가 포효하는 것 같았다.

"성안에 있는 우리 군사들과 성 밖 왜적들 가운데 그 소리를 듣지 못하는 자가 없게 하라."

의병들이 켜든 횃불은, 조선군에게는 희망과 용기의 빛이었고, 왜군에게는 공포와 절망 그 자체였다. 북과 함성 소리는 왜군으로 하여금 경기 든 아이처럼 깜짝깜짝 놀라게 하였다.

그즈음 같은 고성의병장 이달의 눈부신 활약상도 들려왔다. 그는 고성, 사천, 창원, 웅천, 진양 등 여러 곳에서 왜적을 물리쳐 선무원종2등공신에 녹훈되기도 한다.

"두골평에서 왜적의 측면을 공격하여, 많은 왜적을 참살하는 혁혁한 전공을 세웠다고 합니다."

"정규훈련을 받은 군인도 아닌 의병들이 어떻게……?"

수성군은 의병의 중요성과 고마움을 새삼 깨달았다. 나라를 위하여 스스로 일어난 군사, 의병.

희붐한 첫새벽이었다.

숲에서 자다가 깬 새들이 놀라 날개를 푸드덕거렸다. 차가운 이슬방울은 마른 풀잎에서 또르르 굴러 내렸다. 조심성 없는 거친 발소리가 대지를 쿵쿵 울렸다.

"호호. 오늘은 먹을 것보다 여자가 더 좋겠는데 말이야."

"오늘만 그런감? 늘 입에 달고 있는 게 조선 여자면서……."

"좋아. 우리가 못할 게 뭐가 있겠어?"

2천을 넘는 왜적 무리가 단성(丹城)으로 통하는 길을 가다가 갑자기 사방팔방 흩어져 온갖 분탕질을 자행하였다. 민가 곳곳에서 사람 비명 소리가 나고, 개 짖는 소리, 닭 날갯짓 소리, 소가 우는 소리도 요란했다. 말 그대로 아비규환이었다.

젖먹이를 들쳐 업고 달아나는 여인을 밭머리에서 쓰러뜨리고 '사루마다'를 벗어던졌다. 거동도 불편한 늙은이가 방 안에 앉아 호통을 치자 발로 얼굴을 차서 온통 피범벅으로 만들었다. 낫을 들고 강하게 저항하는 중년의 사내는 아주 단단하고 잘 들기로 알려져 있는 저들의 '니뽄도'로 사지를 잘랐다. 아직 완전히 죽지 않고 숨이 붙어 있는 조선인 부상자들을 무슨 폐기물 쓰레기처럼 한 곳에 모아 놓고는 기름을 들이붓고 불을 질러 살 타는 냄새가 천지를 진동했다.

난폭하고 가증스러운 침공군에게는 하늘도 없는 듯했다. 무자비한 학살과 방화, 강간, 탈취만이 난무하는 세상을 만들었다. 일찍이 이 땅에서 볼 수 없었던 지옥의 한 장면이었다. 누구든 온갖 병장기로 무장한 그 침략자들과 대적하려는 것은, 사마귀가 앞발을 들어 쇠수레바퀴를 막으려는 것과 다를 바 없어 보였다.

그런데 그자들 가운데 한 부대가 단계현(丹溪縣)을 향해 가고 있을 때였다. 단성 북동 28리 지점에 있는 단계현은 신라 전기의 적촌현이었다가 고려 시대에 그렇게 개명했다.

불시에 그 왜군들 앞을 가로막는 이들이 있었다. 바로 합천 임시의병장 김준민이 이끄는 군사였다. 처음에는 난데없이 나타난 조선군을 보고 당황했던 왜군은, 조선군 병력이 자기들과는 비교가 아니게 열세인 것을 알고는 코웃음을 쳤다.

"그러잖아도 그냥 길을 가니 지루하고 심심했던 참이었는데 잘됐다. 덕분에 몸이나 좀 풀어 볼까?"

왜장은 노략질할 대상물을 찾기 위해 혈안이 되어 있는 부하들에게 즉시 공격 명령을 내렸다. 하루아침 해장거리도 안 되는 조선군이라고 잔뜩 얕본 그들이었다. 김준민의 탁월한 지략을 몰랐다.

"흔들리지 말고 조금만 더 기다려라, 조금만 더."

"적이 산모롱이를 완전히 돌아가기 전에 공격한다."

"돌아서서 뛰어라. 정지명령을 내릴 때까지 뒤돌아볼 필요도 없다."

김준민 군대는 손금 보듯 익숙한 지형을 십분 활용하였다. 쫓기듯 달아나다가는 일단 유리한 접전장이라고 판단되면 번개 치듯 되돌아오며 적을 격퇴시켰다.

"얼마 되지도 않는 저놈들에게 또 당했단 말이냐?"

"하, 하도 다람쥐 같은 것들이라……."

김준민 군대는 소수 정예부대로서 적의 대군을 완전히 제압했다.

일찍이 무과에 급제한 후, 함북병마절도사 이제신과 더불어 군관으로 출정, 북쪽 야인을 물리치기도 했던 김준민.

이듬해 벌어진 제2차 진주성 전투에서 동문의 지휘 장수가 되어 마지막까지 항전하다가 전사한 그. 그의 아들 김봉승 또한 정유재란 때 진주 발재(鉢峴)에서 숨을 거두게 되니, 부자가 나란히 순국을 한 집안인 것이다.

한편, 그날 김준민에게 아주 혼쭐이 난 것은 모리휘원이 이끄는 주력 부대였다. 저 일본 전국(戰國)시대 모리(毛利) 가문의 당주로서 풍신수길 정권 고다이로[五大老] 가운데 하나였던 모리 데루모토, 모리휘원.

10년 전, 풍신수길의 군사를 상대로 싸우다가 괴멸할 뻔했던 그는, 혼노지[本能寺]의 변으로 항복, 그때부터 풍신수길에게 그야말로 온갖 충성을 다한다. 그러다가 훗날, 풍신수길이 죽고 미쓰나리[三成]에 의해 서군(西軍)의 총대장이 되었다가 패배, 머리를 깎고 중이 된다.

모리휘원에 대해서는 전해지고 있는 이야기가 꽤 많은 편인데, 그중에는 서로 엇갈리는 내용도 적지 않다.

윗대가 술로 말미암아 모두 빨리 죽은 탓에, 그의 할아버지는 손자의 주량이 많은 것을 염려하여 모리휘원의 아내로 하여금 쓴소리를 하게 했으며, 현재 일본의 시대극에서는 우유부단한 성격의 그를 평범한 인물로 묘사하고 있다고 한다. 하지만 가신(家臣)인 스기 모토노부를 죽이고 그의 아내를 취한 걸로 봐서는 짐승 같기도 한 인물이다.

그런가 하면, 다른 쪽으로 눈길을 끄는 이런 부분도 있다. 정유재란 당시 일본으로 잡혀갔던 강항(姜沆)이 쓴 '간양록(看羊錄)'이 그것이다. 거기에 기록되어 있기를, '모리휘원은 조심성이 많고 성질이 느긋하여 우리나라(조선) 사람과 비슷하다.'고 하고, 조선에 건너간 왜군이 전과(戰果) 보고를 위해 보내온 조선인의 코를 보면, '가여운 일이다', '어떻게 이것에 손을 댄단 말인가?' 하는 말을 했다는 것이다.

어쨌거나 모리휘원을 격파하고 사기가 크게 오른 조선군은 곧장 단성 읍내를 향해 내달렸다. 승전의 기분에 취해 있을 때가 아니었다. 지금 왜군 한 부대가 그곳에서 분탕질을 하고 있다는 정보를 입수한 것이다.

"이놈들! 여기가 어딘 줄 알고 감히……?"

"민간인을 상대하지 말고 우리하고 겨뤄 보자!"

자기 집 안방에 깔아 놓은 이부자리 속에서 네 활개 치듯 마음 놓고 조선 땅을 유린하고 있던 왜군은, 갑자기 나타난 김준민 군대에게 크게 쫓기는 신세가 되었다.

"헉! 저, 저것들이 누, 누구야?"

"여기 조선군들이 있다는 말을 듣지 못했는데……."

왜군은 갈팡질팡, 제대로 전투태세를 갖출 틈도 없이 목숨을 잃거나 달아나기 바빴다. 지금까지 천하무적같이 굴던 그들 두 개 부대가 김준민의 한 부대에게 여지없이 무너진 것이다.

"군복도 병기도 제대로 갖추지 않은 저런 것들에게……?"

"우리보다 키가 크긴 해도, 거인과 싸우는 기분이야."

"군사 수가 적다고 깔본 게 실수였어."

왜군은 조선의 정규군보다 비정규군인 의병을 더 두려워하게 되었다. 구국 민병의 아름답고 숭고한 이름은 이 나라 산하의 꽃으로 피어났다.

왜군 한 부대가 덕천강으로 가고 있었다.

지리산 여러 골의 물을 한데 모아 흐르는 '덕천(德川)'은 큰 내를 뜻하는 이름이다. 산청군 시천면의 '덕천서원'이란 이름도 여기에서 나왔다.

대동여지도에는 덕천강이 남강과 합쳐지기 전의 하류를 금성강이라고 적어 놓고 있다. 사천시 곤명면 금성리의 강변에 금성이라는 성터가 있었던 데서 유래된 것으로 보기도 하는데, 옛날 그곳에는 금성나루터도 있었다고 한다.

어쨌든 덕천강은 금성강이라는 이칭(異稱) 외에도 시천, 살천, 청천강(靑川江)

등 여러 이름으로 불리고 있는데, 바로 그 하천가에서 왜군들은 졸지에 불벼락을 맞게 된 것이다.

"아, 조선 매복군이다!"

"누가 겁도 없이 우리에게 싸움을 걸어오는 거야?"

도대체 거칠 것이라곤 없어 보이는 그들을 습격한 것은, 저 정기룡과 조경형이 이끄는 군사들이었다.

송시열이 쓴 정기룡의 신도비문(神道碑文)에 의하면, 중국의 성천자(聖天子)까지 그의 성명을 듣고 백부(百夫)의 장(長)으로 삼기에 이르렀다는 정기룡. 금산(錦山) 싸움에서 왜군 포로가 된 우방어사 조경을 구하고 곤양 수성장이 된 정기룡.

경남 하동(河東)의 구전설화에서 엿볼 수 있는 '정기룡 장군의 탄생과 명마(名馬)' 이야기는 애틋하면서도 흥미를 끈다.

……정기룡의 어머니는 홍역을 앓아 아이를 낳던 중 그만 죽고 만다. 그런데 유족들이 염습을 하다가 그녀 뱃속에 아이가 들어 있는 것을 알고 어쩔 줄 몰라 하지만, 다행히 아이는 세상 빛을 보게 된다. 아이는 태어날 때부터 울음소리가 아주 우렁차고 하늘에는 무지개가 떠 있어 마을 사람들은 영웅이 탄생했다고 하였다.

정기룡에게는 두 부인이 있는데, 진주성 전투에서 첫째 부인인 강씨를 잃었고, 명마와 관련된 인물은 둘째 부인인 권씨다. 세상 모든 사내들을 멀리하는 노처녀였던 권씨가 정기룡을 보자 혼인할 뜻을 굳힌 것인데, 그녀가 키운 날래고 힘센 말이 정기룡 장군을 태우고 전장을 누비면서 큰공을 세우게 했던 것이다.

"모조리 죽여라! 단 한 놈도 살려 보내서는 안 된다!"

정기룡과 조경형은 목이 터져라 선두지휘하였다.

"안 되겠다. 전멸당하기 전에 도망쳐라."

왜장이 자기 먼저 도주하면서 소리를 질렀다.

"이놈들아! 어디로 달아나느냐?"

조선군에게 쫓긴 왜군은 그들이 진을 치고 있던 진주로 되돌아왔다. 산마루가 홍시빛으로 물드는 석양 무렵이었다. 왜군은 노을빛에서 피냄새를 맡았다. 이번에 전사한 자기들 전우가 흘린 피였다.

"으악! 저것들은 또 뭐냐?"

왜군 사기를 땅에 떨어뜨리는 일이 또 일어났다. 전라우의병장 최경회와 전라좌의병장 임계영이 2천여 명의 구원병을 거느리고 진주로 온 것이다. 그들은 왜군의 측면을 공격하였다. 그것은 왜군이 진주성을 함락시키려는 것을 견제하는 큰 힘이 되었다.

하지만 이듬해 벌어진 제2차 진주성 전투는 그에게 죽을 때까지 씻을 수 없는 한을 남겨 주었으니…….

전 현감 박광전, 능성현령 김익복, 진사 문위세 등과 보성에서 의병을 일으킨 임계영. 순천에 이르러 장윤을 부장으로 삼고, 남원에 다다르기까지 1천여 명을 모집하여 전라좌의병장이 된 그는, 최경회와 더불어 거창, 합천, 장수, 성주, 개령 등지에서 왜군을 격퇴하였다.

그런 임계영이 훗날 제2차 진주성 전투를 맞았을 때였다. 그는 부장 장윤더러 정예군 300을 이끌고 먼저 성안으로 들어가게 하고, 자신은 성 밖에서 무기와 군량을 대주며 기회를 엿보았다. 그런데 왜군이 성을 포위해 버린 바람에 그는 성에 들어갈 수가 없었고, 결국 성이 함락되면서 장윤은 전사하고 말았던 것으로, 그 일은 두고두고 그의 가슴에 한이 되어 사라질 줄 몰랐다.

왜군은 하루 종일 포와 화살을 쏘아 댔다. 무기가 많다는 것을 과시

하려는 것 같기도 하고, 수성군에게 전쟁 공포증을 주려는 의도 같기도 했다. 실제로 몇 시간을 계속해서 들리는 포 소리는 사람을 미쳐나게 할 만 했다. 시민은 군사들이 그 소리에 열을 받거나 질리지 않도록 각별히 신경을 썼다.

시간이 흐를수록 왜군도 초조하고 힘이 드는 듯했다. 흙을 져서 날라 토산대 쌓는 일을 전보다 더욱 급히 서둘렀다. 그러고는 산대에 올라가 철환을 무수히 날렸다. 성안에서는 현자총통으로 대응했다. 대포알이 세 번이나 대로 엮은 발(죽편)을 뚫고 나가고 또 목판을 절단 냈다. 대단한 위력이었다. 왜군 조총은 조선군 현자총통 앞에서는 맥을 못 췄다. 조선군 주력무기인 화살도 효자 노릇을 톡톡히 했다.

"조선놈들아, 이리 나와! 내 오줌 맛 좀 보여 줄까?"

산대에 올라 유난히 마구 설쳐대는 왜군 하나가 있었다. 공성군에게는 사기를 높여 주고 수성군에게는 큰 공포심을 주는 자였다. 무엇보다 이쪽을 깔보는 짓거리가 눈뜨고 볼 수 없을 만큼 가증스러웠다.

"괘씸한 놈."

시민은 활솜씨가 뛰어난 궁수(弓手)를 불렀다.

"저자를 처치할 수 있겠느냐?"

팔뚝이 남들보다 배나 되게 굵은 궁수는 눈을 가느다랗게 뜨고 그 왜군과의 거리를 가늠해 보더니 대답했다.

"한번 해 보겠습니다, 장군."

시민은 궁수의 탄탄한 어깨를 보며,

"네 어깨가 무겁다."

"장군 마음을 가볍게 해 드리겠습니다."

궁수는 심호흡을 한 후 시위에 화살 한 대를 얹고는 천천히 표적물을 겨냥했다. 그 왜군은 자기를 과녁 삼은 화살을 모르고 여전히 천방지축 날뛰었다. 적과 대치한 상황에서 그렇게 대범한 것으로 미뤄 보아, 그는 백전노장이 아니면 아무것도 모르는 천둥벌거숭이였다.

"씨—잉."

마침내 화살이 시위를 떠났다. 그리고 다음 순간, 성안에서는 '와아!' 하는 환호성이 터졌다. 화살은 정확하게 그자의 가슴에 가 박혔다. 그는 산대에서 사정없이 아래로 굴러 내렸다. 화살이 가슴 한복판을 관통하여 즉사한 것이다.

왜군 진영에서 아주 놀라고 두려워하는 공기가 성안까지 고스란히 전해졌다. 영웅이 된 그 궁수는 새로 화살 하나를 더 재었다. 또 산대에 오르는 놈에게 먹일 참이었다. 그런데 더 이상 그럴 필요가 없어졌다. 왜군은 다시는 누구도 감히 산대에 오르지를 못했다. 왜군 진지 위의 하늘은 그렇게 높아 보일 수가 없었다. 그리고 그보다 더 높아 보이는 게 성이었다.

기녀(妓女)를 추천하다

두 번째 시험비행의 시간이 왔다. 이날은 지난번보다 더 이른 오전 나절에 집을 나와 분지로 갔다.

공터를 비추는 햇볕은 어떤 비밀도 감출 수 없을 정도로 투명해 보였다. 하지만 비차는 지금까지 늘 그래 왔듯 가마니떼기나 검은 비닐로 가리고 나뭇가지와 잎, 짚 등으로 덮어 무슨 거름 더미처럼 위장해 놓았기 때문에 쉬 발각될 염려가 없었다. 특히 지금은 난리 중인데다가 거기는 평소에도 사람들 내왕이 극히 드문 곳이어서 무엇을 숨겨 두기에는 무척 좋았다.

"혹시 무슨 일을 당하지는 않으셨는지……?"

"그래도 이렇게 무사한 모습을 보니……."

조심스러운 안부 인사부터 서로 오갔다. 이번에는 네 사람이었다. 역시 하나보다는 둘, 그리고 둘보다는 넷이 훨씬 더 마음 든든하고 좋았다.

"우리 강형만큼이나 내 마음에 쏙 드는구먼."

정평구는 맞잡은 상돌의 손을 힘껏 흔들며 밝은 목소리로 말했다. 가식이 없는 모습은 조운을 처음 만났을 때처럼 여전했다.

"아닙니다. 저를 조운 형님과 비교하시다니요?"

소 눈을 닮은 상돌의 눈에 당황해하는 빛이 역력했다. 소를 죽이면서 소를 닮아 가는 백정의 애환이 고스란히 묻어나는 눈빛이었다.

"내가 괜히 하는 소리는 아니고, 그럼 지금부터……."

상돌을 만나 본 정평구는 당장 같이 해 보자고 했다. 애써 느긋한 표정을 짓긴 해도 분, 초를 다투는 급박한 때였다.

"아, 제가 어찌 이런 복을……!"

상돌도 자기 같은 미천한 몸이 그런 귀한 것을 타 볼 수 있다는 건 정말 행운이며 다시없을 영광이라고 했다. 그에게서 비차의 위험한 시험비행에 대한 불안이나 두려움은 찾아볼 수 없었다. 하긴 산적 소굴에서 보였던 그의 대범함을 떠올리면 조운은 고개가 끄덕거려졌다.

'문제는 둘님이다. 하지만 잘 해낼 거야.'

조운은 홑몸이 아닌 아내가 걱정이 되었지만, 어릴 적부터 시간만 나면 들로 산으로 뛰어다니던 그녀였기에 거뜬히 뒤따랐다. 하지만 비차 시험비행이 워낙 중요한 일인지라 내색은 하지 않아도 태아가 걱정이 된 둘님은 혼자서 가만히 손가락을 꼽아 보았다. 해산달을 헤아려 보는 중이었다. 내년 1월 말에서 2월 초순 사이가 될 것 같았다.

"아, 세상에 이런 것이……?"

상돌은 대나무 골격과 무명천 날개를 달고 소나무 바퀴에 의해 잘도 굴러가는 비차가 그렇게 신기하고 놀라운 모양이었다. 크게 열린 입을 다물지 못했고 눈은 깊은 산속에서 호랑이를 만난 소의 그것 같았다. 하긴 어느 누구라도 처음 비차를 본 사람이면 다 마찬가지일 것이었다.

어쩌면 왕이 타는 수레보다도 더 훌륭한 수레였다.

"저는 고니인 줄 알았지 뭡니까?"

둘님은 비차를 보고 따오기 같다고 했는데, 상돌은 고니 같다고 했다. 두 사람 말이 모두 그럴싸했다. 광녀는 무엇이라고 할까. 얼핏 조운의 머릿속을 스친 황당하고 위험한 생각이었다.

'내가 또 제정신이 아니구나. 하지만 결정적인 순간이 올 때마다 떠오르는 광녀를 나 자신도 어쩔 수가 없으니……'

비봉산 뒷자락으로 갔다. 조선 여인네 치마폭을 넓게 펼쳐 놓은 듯한 지형이었다. 조금 전까지 아주 맑던 하늘이 조금씩 흐려지기 시작했지만 바람기는 그다지 느껴지지 않아 비행하기에는 별 무리가 없을 듯한 날씨였다.

"자, 각자 정해 놓은 자리에……"

거기 최연장자인 정평구가 자연스럽게 모두를 통솔하는 모양새가 되었다. 사실 나이를 따지지 않더라도 비차에 대해 가장 해박한 지식을 갖고 있는 그가 선두 지휘하는 게 당연한 일이기도 했다.

"조심, 조심……"

비차 앞자리에 조운과 정평구가 앉고, 뒷자리에 둘님과 상돌이 앉았다. 이제 네 개인 모든 좌석이 꽉 찬 셈이었다.

그때 그들도 함께하고 싶다는 듯 비차를 향해 날아오던 멧새 두 마리가 방향을 바꾸더니, 비차 재료들을 쌓아 둔 근처에 서 있는 오리나무 가지 끝에 가서 앉아 이쪽을 바라보고 있었다.

"어깨에 너무 힘을 주지 말고 자연스럽게……"

정평구는 둘님과 상돌에게 줄과 연결된 기계장치를 움직일 것을 주문하고, 그 자신도 연줄을 감아 놓은 얼레를 놀리듯 했다. 그리하여 이번에도 충청도 노성 땅 윤달규가 말하던, 소위 비차의 배를 두드리자 바람이 일었고 날아오르기 시작했다.

"어머나!"

"아! 이럴 수가?"

둘님은 비명 같은 소리를 질렀고, 상돌은 도저히 믿을 수 없는 엄청난 현실 앞에 그저 경악하고 감탄할 뿐이었다. 두 번째로 하늘을 나는 조운과 정평구는, 뒤쪽 좌석에 탄 두 사람보다는 덜했지만, 그래도 여전히 마음이 조마조마하고 흥분되기는 마찬가지였다. 아니, 법을 모르는 사람보다 법을 아는 사람이 법을 더 무서워하는 법이라고, 비차에 대해 더 잘 알기에 그들 가슴이 더욱 쪼그라드는 게 사실이었다.

그런데 비차가 땅을 벗어나 하늘로 높이 날아올라 마치 매처럼 공중을 선회할 때까지만 해도 아무런 이상이 없었다. 대성공이었다. 비차는 완벽해 보였다. 하지만 그게 아니었다. 악령의 저주와 시샘이 내려질 줄이야.

그것은 조운과 정평구가 아찔한 현기증을 참고 저 아래 들판을 내려다보며 이제 서서히 비행 고도를 낮추어야겠다고 작정했을 때였다. 어디서 불어오는 것일까? 갑자기 매복한 군사가 급습하듯 회오리바람이 일었다.

"악!"

"엄마야!"

"어이구."

단말마와도 같은 비명들이 터져 나왔다.

"어, 어서!"

조운과 정평구는 비차의 조종간(操縱杆)을 꽉 잡고 기체(機體)의 균형을 잡으려고 그야말로 안간힘을 다했지만 속수무책이었다. 그 순간의 비차는 뿌리가 뽑힌 채 물 위에서 일렁거리는 무슨 수중식물 같았다.

"아!"

급기야 포수의 총에 맞은 새처럼 비차는 급강하하기 시작했다. 어떻게 손을 써 볼 도리가 없었다. 실로 무섭게 빠른 속도였다. 그러고는 끝내 커다란 느티나무 꼭대기에 연처럼 걸리는가 했더니 그대로 곤두박질쳤다.

"여보!"

조운을 부르는 둘님의 안타까운 외침이 크게 울렸다. 모두는 눈앞이 캄캄하여 아무것도 볼 수가 없었다. 그저 내 몸뚱어리가 지상 어딘가를 향해 내리꽂히고 있구나! 하는 느낌 정도가 전부였다. 아니, 그것은 너무나 창졸간에 당한 일이어서 무감각에 가까운 그런 감각조차도 번개처럼 지나갔을 뿐이었다.

인간이 신의 영역을 넘본 대가는 무섭고 처참했다. 날기를 소원한다면, 사람이 아니라 새나 연으로 살아야 했다. 아무리 새의 운을 타고 태어났다고 하더라도, 아무리 연을 잘 만든다고 하더라도, 사람이 새가 될 수는, 연이 될 수는 없는 것이다.

끝났다. 이제 모든 게 끝났는가?

그런데 아직은 하늘이 그들 목숨을 거둘 때가 아니었을까? 그들이 저승 문턱 앞에서 돌아설 수 있었던 것은, 비차가 처박힌 곳이 산자락 끄트머리에 길게 드러누운 평평한 들녘이라는 사실이었다. 한마디로 천행이었다.

"헉, 헉."

추락한 비차에서 맨 먼저 뛰어내린 조운이 허겁지겁 뒤쪽으로 달려갔다. 그도 필경 몸 어딘가에 부상을 입었을 것임에도 불구하고 오로지 아내와 뱃속 아기의 안위에만 정신이 쏠려 있을 터였다.

"으응."

곧이어 정평구도 신음 소리를 내며 같이 내려왔다. 제대로 몸을 가누지 못할 정도로 마구 비틀거리고 있었지만 그 역시 큰 상처는 없는 것같이 보였다.

그러나 둘님과 상돌은 아무 움직임이 없었다. 앞자리에 탄 사람들은 가벼운 찰과상과 타박상만 입은 반면, 뒤쪽에 탄 사람들은 치명적인 상처나 충격을 받은 게 확실했다. 아니, 그 정도가 아니라 그렇게 높은 곳에서 급속도로 떨어졌으니 어쩌면 그대로 절명해 버렸는지도 모른다.

"아, 여보!"

"이보시오!"

조운은 둘님을, 정평구는 상돌을 불렀다. 조운은 보았다, 아내의 하반신이 붉게 물들어 있는 것을! 정평구도 보았다, 상돌의 한쪽 다리가 부러져 너덜거리고 있는 것을!

"둘님이!"

"동생!"

조운의 짐승 같은 울부짖음이 하늘을 찢고 땅을 흔들었다.

"이, 이 일을, 이 일을……."

정평구의 어쩔 줄 몰라 하는 소리가 형편없이 망가져 버린 비차에 부딪쳐 허공으로 흩어져 갔다. 비차는 포수의 총을 맞아 살점이 떨어져 나가고 깃털이 빠져 버린 따오기나 고니처럼 보였다.

"크, 큰일 났소, 강형! 부, 부인이……!"

자기 아내가 임신을 했다가 잘못된 경험을 겪었을까. 둘님을 살펴본 정평구가 조운보다 먼저 소리쳤다. 또한 상돌을 보더니 귀신을 본 사람같이 고함을 질렀다.

"부, 불구자! 시, 신체……"

조운이 땅바닥에 주저앉아 피눈물을 내쏟기 시작했다.

"으흐흐, 으흐흐흐……"

정평구가 조운의 어깨를 마구 잡아 흔들며 다급한 목소리로,

"이, 이러고 있을 때가 아니오. 어, 어서 두 사람을 오, 옮겨……"

무정한 일이었다. 둘님은 유산하고 말았고, 상돌은 평생 다리를 절며 살아야 할 신세가 되고 말았다.

회오리바람은 내가 언제 불었느냐 듯 거짓말같이 잔잔해졌고, 그제야 고개를 내민 해는 무심한 얼굴로 하늘 중천에 떠 있었다.

미시(未時, 오후 1시~3시) 무렵이었다. 진주복병장 정유경이 300명이 넘는 군사를 이끌고 나타났다.

정유경 부대는 진현으로부터 사천에 이르러 늠름하게 열병(閱兵)하고 군대 위력을 한껏 뽐냈다. 수성군은 힘을 얻었다. 병력의 많고 적음에는 상관없이 아군이 가까이 있다는 것은 퍽 고무적인 일이었다. 우선 심리 전에서 그만큼 앞서는 것이다.

"왜놈들아! 너희는 독 안에 든 쥐새끼들이다."

"포위된 것은 우리가 아니라 네놈들이란 것을 아느냐?"

정유경은 무예가 특출한 용사 20여 명을 차출했다. 그는 칼 든 팔을 높이 치켜들고 흔들며 적개심에 불타는 소리로 명했다.

"지금 남강 밖에서 분탕질하는 왜적들이 있다는 정보가 막 들어왔다. 무슨 뜻인지 알겠느냐?"

용장(勇將) 밑에 약졸(弱卒) 없다 했다. 우렁찬 목소리가 대기를 울렸다.

"당장 남강 물고기밥이 되도록 하겠습니다."

남강 물도 덩달아 한층 세차게 흐를 기세들이었다.

"괘씸한 그놈들을 절대 살려 둘 수가 없다. 당장 출전하라!"

"옛!"

조선 용사들이 급습하자 전혀 예상도 하지 못한 왜군은 혼비백산 제
대로 싸워 보지도 못하고 죽거나 달아났다.

"피라미 같은 놈들!"

"자아, 이제 저쪽으로 가 보자."

"민간인들을 괴롭히는 것들이 어디 군인이라고……?"

적을 섬멸한 용사들은 그 기세를 몰아 남강변 대밭으로 들어갔다. 거
기는 지난날 조운과 상돌이 처음 만났던 곳이었다.

그때나 이제나 대나무는 아무 변함이 없었다. 비차의 재료를 많이도
제공한 고마운 대밭이었다. 강바람을 받은 대숲에선 '스르룽 스르룽'
소리가 났다.

"어이쿠우! 조, 조선군이……?"

"어? 조선군이 언제 성 밖으로 나왔지?"

그곳에는 편죽(대나무 발)의 재료로 쓸 대나무를 찍는 왜군들이 있었다.
굵고 시퍼런 대나무들이 아깝게 쓰러지는 중이었다.

"이놈들아! 왜 남의 나라 것을 너희 마음대로 건드리느냐?"

"용서할 수 없다. 왜놈들아, 칼을 받아라!"

용사들은 보이는 대로 왜군들을 쳐 죽였다. 워낙 무술 솜씨가 출중한
용사들인지라 왜군은 자기들이 베어 넘어뜨린 대나무 위로 속속 쓰러져
갔다. 왜군이 쏟은 피가 푸른 대밭을 붉게 물들였다.

그런데 조선군도 일본군도 발견하지 못했다. 그 대밭 속에서도 가장
대나무가 빽빽하게 우거져서 귀신도 눈치 채지 못할 으슥한 곳에 숨어
있던 사람 그림자 하나를.

숨을 죽인 채 온몸을 부들부들 떨고 있는 사람, 놀랍게도 광녀 도원 처녀였다! 어떻게 그런 일이 있을 수 있을까? 누구든지 먼저 본 자가 나중에 본 자의 목숨을 가져가는 그 전쟁터에서 나약한 여자, 그것도 정신이 온전치 못한 여자가, 손에 무기 하나 들지 않은 채로 죽지 않고 돌아다니고 있었다니!

세상이 전쟁이라는 미치광이 놀이에 빠져 있어, 미치지 않은 자는 죽어가고 미친 자는 살아남을 수 있는 것인가.

천왕봉이 세상을 굽어보고 있는 지리산 쪽에서 진주로 가는 길 위였다. 금방이라도 쓰러질 듯한 걸음걸이로 비척비척 간신히 발을 떼 놓는 두 사내가 있었다. 어떻게 보면 주술사가 소생시킨 시체들이 걸어가고 있는 것 같았다. 서른 후반에 접어든 것 같은 사람은 조운이었고, 마흔을 좀 더 넘긴 듯한 사람은 정평구였다.

"의원의 말이, 제 아내는 앞으로 다시는 임신을 할 수 없는 몸이 되고 말았답니다. 석녀, 석녀가 되어 버렸다고요! 우리 집안 후손을 영영 볼 수가 없게 된 겁니다."

"음……."

"대(代)가 끊어지게…… 흑……."

조운은 광풍에 꺾인 맨드라미처럼 고개를 푹 숙이고 오열을 터뜨렸다. 정평구가 그의 어깨에 손을 얹고 위로했다.

"그래도 목숨을 건졌으니 얼마나 다행한 일이오."

조운의 입언저리에 일그러진 냉소가 번져 났다.

"목숨? 목숨요?"

"……."

"그깟 목숨, 개한테나 던져 줘라, 이거라요."

맞은편에서 불어오는 흙바람이 사람 눈을 못 뜨게 했다. 마치 광녀의 머리칼이 함부로 날리는 것을 보는 듯했다. 정평구는 조운의 어깨에 얹었던 손을 맥없이 내리며,

"그러니 이제 그만……."

"우, 우우!"

조운이 이번에는 돌멩이가 탄알처럼 박힌 땅바닥에 발을 동동 구르며 울부짖었다. 마치 광녀의 혼이 그의 몸속에 들어간 것 같았다.

"상돌이 그 동생은 한평생 불구자로 살아가게 되었습니다!"

길가 숲에서 새가 놀란 듯 푸드덕, 날아올랐다.

"내가, 내가 죽일 놈이란 말입니다!"

드문드문 떠 있는 구름도 추위를 타는 듯 잔뜩 웅크려 보였다. 정평구는 하늘이 내려 꺼질 듯한 한숨을 내쉬며,

"차라리 내가 죽었다면 더 좋았을 것이오."

길가에 서 있는 나무들은 대부분 몇 개 되지 않은 잎을 간신히 매달고 있었다. 조만간 완전한 나목이 될 것도 많아 보였다. 조선소나무도 푸른 빛을 잃고 뿌연 먼지를 흠뻑 뒤집어쓴 모습이었다.

"상돌 그 사람, 백정이라도 괜찮은 사람이었는데……."

그러는 정평구에게 조운은 정말 정신이 어떻게 되어 버린 사람같이 시비조로,

"백정이 어째서요?"

둘 사이에 잠시 어색한 공기가 흐른 후,

"정말 나로서는 더 무어라 드릴 말씀이 없소."

정평구의 말은 찬 대기 속으로 속절없이 흩어져 갔다.

"차라리 내가 이곳에 오지 않았더라면……."

조운은 상대 말을 끝까지 듣지도 않고 소리쳤다.

"이런 게 운명이라면 너무나 가혹하고 저주스럽습니다!"

잠시 눈 둘 곳을 몰라 하다가 그들이 걸어온 뒤쪽을 돌아보는 정평구의 눈에, 백설로 뒤덮인 천왕봉의 웅장한 자태가 들어왔다.

"누가 내게 이런 운명을 주었단 말입니까?"

두 손으로 머리칼을 쥐어뜯는 조운이 정평구 마음에는 당장 어디서 나타날지도 모를 왜군보다도 더 위험해 보였다. 그랬다. 곳곳에서 왜군들이 설치고 있는 실정이었다. 낙오된 왜병이라도 맞닥뜨리게 되면 무기 하나 없는 그들은 꼼짝없이 당할 처지였다.

"지금은 운명을 이야기할 때가 아니지 않소?"

"그러면 무엇을 이야기할까요?"

"집안 어르신들도 아시게 되면 여간 충격이 크지 않고 심려가 대단하실 것이니, 강형께서 제발 정신을 차리셔야 하오, 제발."

천왕봉에 눈사태가 나서 그곳까지 눈 더미가 밀려 내려오면 그 밑에 깔려 죽어 버리고 싶은 정평구였다.

"으, 크, 흐……."

눈병에 걸린 사람처럼 두 눈알이 벌게진 채로 알아들을 수 없는 짐승 소리 같은 이상한 소리를 내는 조운에게서 차라리 달아나고 싶다는 충동을 간신히 억누르며 정평구는 계속 말했다.

"지금은 전쟁 때란 말이오, 전쟁."

"누가 그걸 모릅니까?"

이번에는 아까와는 반대 방향에서 세게 불어닥치는 흙바람이었다. 그만 눈에 흙먼지가 들어갔는지 손등으로 눈을 싹싹 비비며 정평구는 확

실히 인식시켜 주려는 듯,

"그리고 어떻게 구한 의원인데……?"

조운은 그만 입을 다물었다. 그건 그랬다. 그때 그 고을 안에서는 의원을 구할 수가 없었다. 그래 지리산 쪽 시골에 있는, 삼대에 걸쳐 가업을 이어받은 그 한의를 정말 어렵사리 찾아내었다. 그러고는 둘님과 상돌은 그 한의원에 맡겨 두고, 그들 두 사람은 다시 집으로 돌아오는 길이었던 것이다.

"나를 모질고 독한 인간이라고 욕해도 할 수 없소. 난, 돌아가서 손상된 비차를 수리하여 본래대로 완성시켜야 하오. 이건…… 한 개인이나 가정보다 큰 위기에 처한 나라를 구하기 위한……."

정평구가 그런 말을 할 때만 해도 조운은 돌아와서 비차를 복구할 생각이 없었다. 그의 마음은 오직 아내와 유산된 아이, 그리고 불구의 몸이 되어 버린 상돌에게만 가 있었다. 그 밖에는 아무것도 없었다. 아니, 모든 게 귀찮고 저주스러울 뿐이었다. 차라리 왜군의 신식 무기라는 조총에 맞아 죽고 싶었다. 그런데 그의 마음을 돌려놓은 사람들이, 그보다 더 큰 불행을 맞은 둘님과 상돌이었다.

"돌아가세요. 돌아가서 그 일을 하셔야 해요."

둘님은 실의와 고통에 일그러진 얼굴을 하면서도 그렇게 말했다. 조운이 여태 볼 수 없었던 또 다른 둘님의 한 면모였다.

"형님! 제가 무엇 때문에, 누굴 위해서, 내 다리 하나를 희생시킨 것입니까?"

"……."

"정말 형님에 대한 실망이 큽니다. 형님이 그렇게 옹졸하고 사적인 것에만 매달리는 사람인 줄 알았다면, 저는 형님과 의형제를 맺지도 않았을 것입니다."

상돌 또한 더 썩어 들어가지 않도록 다리에 엄청나게 큰 침을 꽂은 몸을 하고서도 그렇게 말했다.

"아, 지금 저 사람이 하는 말……."

그런 백정 모습에 정평구와 한의도 여간 놀라는 모습이 아니었다. 그리하여 결국 조운은 아내와 동생을 그대로 둔 채 돌아올 수밖에 없었던 것이다.

그러나 그건 시작일 뿐이었다. 조운은 몰랐다, 정말 몰랐다. 그건 비극과 시련의 첫걸음에 불과한 것이었다는 사실을. 도대체 악마는 사람을 더 얼마나 고통과 실의에 빠뜨리고 나서야, 그 독기 가득 찬 숨결을 거두어들일 속셈인 것일까?

그 지옥의 현장을 먼저 발견한 사람은 정평구였다.

조운은 집이 가까워질수록 아내를 의원에게 맡기고 혼자 돌아오는 그 길이 너무도 외롭고 참담하여 계속해서 고개를 푹 숙인 채 터덜터덜 걷고 있었던 것이다. 그러다가 자지러지는 듯한 정평구의 이런 말에 번쩍 정신이 났다.

"가, 강형! 저, 저길 보, 보시오! 오, 온 도, 동네가……?"

"예에?"

조운은 반사적으로 얼굴을 들었다. 그러고는 보았다. 불바다가 되어 있는 고향집 마을을. 그랬다. 불지옥이었다. 그곳뿐만 아니라 온통 불길에 휩싸인 고을이었다. 하늘도 붉고 땅도 붉었다. 비봉산과 가마못도 활활 불타오르고 있는 듯했다. 세상은 한 마리 거대한 붉은 새가 퍼드덕거리고 있는 것만 같았다.

"저, 저럴 수가……?"

"이, 이놈들을 어, 어떻게 해야……?"

방심했다. 미련했다. 그리고 맹신했다. 한번 약탈행위를 저지르고 돌아간 왜군이 또 우리 동네에 들어와 천인공노할 짓을 자행할 것이라고는 내다보지를 못했다. 성을 함락시키지 못한 화풀이를 민가에 하리란 생각을 왜 하지 못했던가. 그건 삼척동자라도 예상할 수 있는 일이었다. 결국 이것도 운명이란 말인가, 운명.

"어, 어디에……?"

조운의 눈이 나란히 붙어 있는 그의 집과 아내 둘님의 친정집을 향했다. 그것은 동네 초입에 있어 금방 그의 눈에 들어왔다. 아니었다. 없었다. 보이지 않았다. 보이는 건 그때까지도 하늘로 치솟는 시뻘건 불길과 검은 연기뿐, 그의 집과 처갓집은 어디에도 남아 있지 못했다. 누가 요술을 부린 듯, 사라져 버렸다.

"어머니! 아버지!"

조운은 정신없이 부모를 부르며 집이 있던 곳으로 내달렸다.

"장인어른! 장모님!"

끊임없이 그들을 불러 대며 달려갔다.

"아, 가, 강형! 위, 위험하오!"

정평구가 급히 조운의 뒤를 따르며 소리쳤다. 하지만 완전히 돌아버린 조운의 걸음을 따라잡을 수는 없었다. 조운은 그야말로 바람같이 가마못 옆을 지나 단걸음에 집터가 있던 자리에 당도했다. 두 집은 그 뼈대만을 간신히 유지하고 있었다.

"퍽!"

"탁, 타닥!"

"푸시시!"

"쿵!"

아직도 불에 타면서 무언가 무너지고 갈라지고 터지는 소리들이 멈추지 않고 있었다. 화마는 마지막까지 포식을 하고서야 혓바닥을 집어넣을 모양이었다. 조운의 목소리도 불에 타들어 가는 것같이 들렸다.

"어, 어디들 계십니까?"

발악하듯 소리를 질렀다.

"마, 말씀들 해 보세요!"

그러나 어디에서도 사람 그림자는 하나도 보이지 않았다. 약탈과 방화, 강간, 살인을 자행한 왜군은 이미 돌아가 버린 게 확실했다. 왜구가 짓밟고 간 그 현장을 무슨 말로 표현하랴. 오직 한마디, 없었다. 남은 것이라고는 아무것도 없었다.

아니었다. 차라리 그랬다면 얼마나 좋았겠는가? 하지만 있었다. 남은 게 있었던 것이다. 그건 바로 남자 둘, 여자 둘, 그렇게 넷이었다. 네 구의 시신.

"악!"

여전히 불덩이가 남아 있고 불티가 튀고 있는 잿더미 속에서 조운은 발견하고야 말았다. 총을 맞고 칼을 맞아 죽은 후에 그 몸뚱이마저 온전히 보존되어 있지 못한 처절무비한 주검들을. 세상에서 그 무엇과도 바꿀 수 없는 그 소중한 생명들을.

"어머니이! 아버지이!"

"장인니임! 장모니임!"

불에 탄 사체들을 얼싸안고 끌어안고 부둥켜안고 절규하는 조운의 모습에는, 그 비극을 만들어 낸 악귀마저도 고개를 돌릴 정도였다. 강술명과 박씨, 김학노와 정씨. 이제는 어느 누구도 그들을 다시는 보지 못할 것이다.

"내, 내가 주, 죽어야 하는데, 왜, 왜, 왜……?"

오로지 비차 하나에만 매달리는 아들을 한평생 근심 걱정으로만 지켜보시던 부모님, 생업도 팽개친 사위를 한번도 못마땅해하지 않으시던 장인 장모님. 동생들 천운과 지운, 아내 둘남이 이 사실을 알게 되면…….

정평구도 이제는 위로할 엄두조차 나지를 않는 탓에 그저 조운의 옆에서 '강형!' 만을 되풀이하고 있을 뿐이었다. 조운은 말할 것도 없겠지만, 정평구 자신마저도 대체 무엇을 어디서부터 어떻게 해야 할지 까마득했다. 머릿속이 모든 게 불타 없어진 자리보다도 더 텅텅 비어 버린 듯했다.

결국 모든 게 저 연기 같은 것을! 검은 불기둥 모양으로 치솟다가 금방 흩어져 버리는 연기를 보며 정평구는 그렇게 매달려 왔던 저 비차마저도 부질없는 것이란 생각을 했다. 날아서 뭣하리.

"내가 왜 살아 있어야 하는 겁니까?"

조운의 몸속에 광녀의 혼이 자리 잡고 있는 걸까. 정평구는 그 경황 중에도 전신에 소름이 훅 끼쳐들었다. 울다가 웃다가 다시 울다가 웃다가 하는 조운…….

"<u>으흐흐흑, 푸하하하! 으흐흐흑, 푸하하하!</u>"

그 소리는 너무나 크고 거침이 없어, 동네 저 뒤편 비차 제작장인 분지에 있는 비차의 날개와 바퀴를 흔들고 있을 것 같았다. 그리고 더 나아가 지금 성에서 왜군을 맞아 싸우고 있을 시민의 귀에도 들릴 만하였다.

'아아, 이 한을, 슬픔을 어떻게 씻을 수 있단 말인가?'

정평구는 남아 있는 불길 속으로 몸을 날리고 싶었다. 저런 광경을 보기 위해 여기 경상도 땅까지 왔더란 말이냐? 대체 비차, 비차가 뭐기에…… 차라리 지원병이 되어 왜놈들과 싸우다가 죽을 것을!

급기야 정평구도 조운의 옆에 퍼질러 앉아 대성통곡하기 시작했다. 그리고 한번 터진 눈물은 영원히 멈춰지지 않을 것만 같았다. 조운의 울음소리, 웃음소리는 갈수록 커져 갔고, 온 세상은 두 남자가 내는 소리로만 꽉 차 버리는 듯했다. 비차도 주인들을 따라 몸부림을 쳐 가며 울고 웃고 하리라.

─비차야, 모든 게 끝났다.

정평구 귀에는 조운의 울음과 웃음이 그런 소리로 들렸다. 바로 그런 속에서였다. 그전에 사립문이 있던 자리쯤에서 무슨 인기척이 났다. 정평구가 깜짝 놀라 고개를 들고 그쪽을 보며 속으로 소리쳤다.

'왜, 왜놈들이 와, 왔다!'

움직이려 들지 않는 비차같이 온몸이 경직되면서 순간적으로 정평구의 뇌리를 후려치는 생각이었다. 그런데 물체가 보이기 전에 먼저 들려온 게 소리였다.

"나무아미타불 관세음보살."

그건 뜻밖에도 염불 외는 소리였다. 이런 전쟁통에 염불 소리라니? 그리고 더더욱 놀랄 이런 말이 그 뒤를 이었다.

"조운이! 그만 슬퍼하시게나."

그러자 그 소리가 강한 힘으로 끌어당기기라도 한 듯, 부모 시신에 얼굴을 처박고 있던 조운이 고개를 들었다. 거기에는 바싹 마른 노승 하나가 서 있었다. 조운의 입에서 신음 같은 소리가 울음과 뒤섞여 새나왔다.

"보묵 스님……."

노승의 음성도 사뭇 흔들리고 있었다.

"인연이 있으니 서로 얼굴을 보게 되는구먼. 나무관세음보살."

"스님께서 이런 난리통에 어떻게……?"

조운이 울어서 퉁퉁 부은 눈으로 보묵 스님을 보고 물었다. 보묵 스님은 정평구를 한번 보고 나서 조운에게 말했다.

"부처님께서 불민한 불제자를 여기까지 인도하신 게지."

그새 불길은 상당히 줄어들어 있었고, 무엇이 타는 소리도 많이 수그러들었다. 조운은 보묵 스님 가슴에 얼굴을 파묻고 실컷 울고 싶었다. 그러면 뼈를 녹이고 살을 헤집는 이 슬픔, 이 고통을 벗어던질 수 있을까. 아닐 것이다.

"늙고 병든 이 몸에게도 할 일을 맡기신 부처님! 비명에 가신 이분들의 원혼을 부디 달래 주시라고, 부처님께 기도드릴 것이야. 극락왕생 원왕생, 극락왕생 원왕생……."

그때쯤 땅에서 일어서 있는 조운과 정평구를 향해 보묵 스님이 잔잔한 호수처럼 차분히 가라앉은 목소리로 계속 말했다.

"장례는 나에게 맡기게. 부처님 곁으로 잘 인도하겠네."

정평구가 감격에 겨운 얼굴로 말했다.

"그, 그래 주, 주시겠습니까, 스님."

보묵 스님은 손에 든 염주 알을 굴리며 말했다.

"무슨 말씀을? 당연히 해야 할 일인 것을."

그때 기적같이 비봉산 쪽으로부터 들려온 것은 틀림없는 새소리였다. 아아, 저 소리. 왜구들이 제아무리 이 나라 강토를 짓밟고 다녀도 새의 입을 틀어막을 수는 없으리라.

"우리 조운을 잘 부탁하오."

그러면서 고개를 들어 하늘을 올려다보는 보묵 스님 눈에 나타나 보였다. 연에 앉은 새. 지금은 그날의 집이 불타 없어져 버렸지만, 그 초가

지붕 위 하늘가에 높이 펼쳐져 있던 그 신비롭고 환상적이던 장면은 영원히 사라지지 않을 것이다.

조운의 두 눈에서는 끊임없이 진한 눈물만 줄줄 흘러내렸다. 그리고 남강과 가마못 물보다도 더 많을 그 눈물 속에서 조운은 보았다. 그를 향해 손을 흔들어 보이며 하늘로 멀어져 가고 있는 네 분 어른들을.

―안녕, 안녕히……

고인들은 마치 비차를 타고 공중을 날아오르는 것 같았다.

날은 흘러갔다. 그래도 세상이 사라지지 않고 남아 있다는 건 기적이었다. 아니다. 허위요, 기만이었다. 하루인지 닷새인지 반나절인지 조운은 시간감각이 전혀 없었다. 어쩌면 그 자리에 딱 멈춰 서 버렸거나 화석처럼 굳어져 버린 것 같기도 했다.

"카옥! 카오옥!"

머리털이 쭈뼛 곤두설 만큼 텅 빈 가마못 안쪽 마을에 유난히 시커먼 까마귀 무리의 울음소리만 낭자했다. 그 소리는 동편에 거인처럼 우뚝 서 있는 비봉산 자락에 부딪혀 남강 발원지가 있는 먼 북서녘 하늘가로 속절없이 흩어져 갔다.

"큭! 카르릉!"

간혹 주인이 급히 피란을 가면서 그냥 내버려 두고 간 비루먹은 개가, 앓는 소리인지 짖는 소리인지 구분이 되지 않은 이상야릇한 소리를 내면서 폐허가 된 동네를 비칠비칠 쏘다녔다. 그나마 누구 눈에 띄지 않은 게 다행일 것이었다. 모두가 쥐라도 잡아먹을 정도로 허기져 있어 당장 솥에 안쳐질 신세가 되고 말 테니까. 특히 왜군들에게 발견되면 '니뽄도'에 의해 산채로 껍질이 벗겨질 것이었다.

"집이 없어졌다고 그만둘 우리가 아니잖소."

"이 세상이 멎어도 이 일은 멈추지 않을 겁니다."

"그러면 됐소. 된 것이오."

조운과 정평구는 분지의 한쪽 공터에 허름한 천막을 치고 임시 거처로 삼았다. 불을 지피지 못한 바닥은 그야말로 냉방이었다. 천막 틈새로 솔솔 끼쳐 드는 외풍이 너무 심해 둘 다 감기 몸살에 시달렸다. 손발은 찬데 머리는 열이 심해 지끈지끈 아팠다.

"강형, 내 말이 너무 잔인하다고 섭섭해하지 마시고……."

"아닙니다. 제 옆에 계셔 주시지 않았다면 저는 부모님을 따라……."

"나보다도 그 보묵 스님이란 스님이 오시지 않았다면……."

"부처님께서 우리에게 보내 주신 분이라고 믿고……."

고인들은 보묵 스님, 아니 부처님께 의탁하기로 했다. 그러자 바늘구멍만큼이라도 숨은 쉴 수 있을 것 같았다. 이제 남은 건 단 하나, 철천지원수를 갚는 일뿐이었다. 눈에는 불덩이가 이글거렸다. 가슴에는 독을 찼다. 얼마나 질끈 깨물었던지 부르터진 입술에는 검붉은 핏물이 말라붙었다. 복수의 화신들이었다.

그런 가운데 조운은 자기 몸을 자기가 때리며 울었다. 아무 데나 머리를 부딪치며 간질을 앓는 사람같이 뒹굴었다. 입에 거품을 물고 고래고래 소리를 질러 댔다. 그 고함 소리가 삼면이 산으로 둘러싸인 분지를 쩌렁쩌렁 울렸다. 미완성의 비차들이 놀라 있는 대로 몸을 웅크리는 것 같았다. 비봉산이 폭삭 내려앉고 가마못이 확 뒤집힐 정도였다.

'자꾸 저러면…….'

정평구는 사방을 돌아보며 가슴이 서늘했다. 그렇지만 그 소리를 듣고 왜군이 올 테면 오라는 자포자기에서 헤어나지 못하고 있는 조운이었다. 어쩌면 조운은 누가 자기를 죽여 주기를 애타게 바라고 있는지도 몰랐다.

'아니다. 죽기보다 쉬운 것은 없다. 부모님과 장인, 장모님을 보면 알게 아니냐? 개털처럼 쓸모없는 목숨일지라도 산다는 게 어려울 뿐. 내 할 일을 모두 끝낸 후에 비차와 더불어 세상을 뜰 것이다.'

그러자 조운의 입에서는 자신도 모르게 또 흘러나오기 시작했다.

난다 난다 비, 비차
진주성에 가 보자
비차 비차 비차다
진주성에 가 보자……

조운은 오뚝이처럼 다시 일어섰다. 비차가 있었기에.

지금까지도 그래 왔지만 이제부터는 더더욱 비차만이 그의 전부였다. 시민이 화를 당하기 전에 비차를 타고 성안으로 날아 들어가 구해 내야 했다. 시민이 있음으로써 이 고을이 살고 조선이 산다. 또한 그것이 곧 왜놈들에게 진 빚을 되갚는, 양가 어른들의 한을 푸는 복수의 길이었다. 그러나 의욕과 증오심에 앞서 또다시 복병처럼 달려드는 설움과 통한의 눈물…….

비차의 노래를 열 번 백 번 되뇌며 마음을 다잡았다. 하지만 아니었다. 막상 다시 비차에 달라붙으려고 하니 그게 생각대로 되지를 않았다. 망가진 비차를 다시 보는 순간, 조운의 마음은 또다시 슬픔과 분노로 들끓었던 것이다. 정말이지 두 번 다시는 꼴도 보기 싫은 게 비차였다. 모든 소중한 것들을 그에게서 앗아가 버린 비차였다. 조운은 가슴이 터져라 속으로 저주 퍼붓듯 외쳤다.

—비차, 너와의 영원한 이별을 선언한다!

—네가 잘났으면 얼마나 잘났냐? 천하에 못된 것!

조운은 비차 옆을 떠날 사람같이 비쳤다. 그는 이미 그가 아니었다. 무언가에 점령당한 헛껍데기 인간 같았다. 악령의 포로? 천재의 광기? 그리고 그런 조운을 옆에서 속수무책 지켜보며 정평구는 바짝바짝 애간장만 타들어 가고 있는 실정이었다.

'언제 성이 함락되어 김시민 목사가 왜군들에게 죽을지 모르는데, 조운 저 사람은 비차에서 손을 떼 버릴 사람같이 보이고…… 그렇다면 나한 사람이라도 비차 완성에 진전을 보일 기술을 터득해 내야 할 텐데 그것도 안 되고…….'

그것은 마치 새가 한쪽 날개를 상하게 되면 나머지 날개도 제대로 그기능을 발휘하지 못하게 되는 것과도 흡사한 이치였다. 그랬다. 그들 두사람은 비차의 양 날개와도 같은 사람들이었다. 양쪽 바퀴와도 같은, 비차 머리로 치면 각각 반쪽 머리와도 같았다.

'아, 결국 여기서 중단되고 마는 걸까? 애당초 불가능한 일을 시작한 것부터가 이미 정해진 불행인지도 모른다. 충청도 노성의 윤달규도 비차를 가지고 있지 않은 것 같다. 헛된 소문이었을 뿐. 그래, 인간이 하늘을 난다는 건 있을 수 없는 망상인 것을.'

그처럼 조운뿐만 아니라 정평구조차도 제자리를 바로 찾지 못한 채그저 허둥거리고 있을 때였다. 또 보묵 스님이 그들을 찾아왔다. 양가부모는 아직 49재(齋) 중이었다. 그는 여전히 깡말랐고, 그에게서 나는 마른 나뭇잎 바스락거리는 소리도 그대로였다. 그는 세상일을 꿰뚫어 보는 눈을 가진 것 같았다. 이렇게 말했던 것이다.

"하늘을 나는 기구가 드디어 완성되어 가는 모양이지?"

조운은 말이 없고, 잠시 망설이고 있던 정평구가,

"그렇습니다, 스님. 모든 게 다 잘되었습니다."

보묵 스님은 합장을 하고 잠시 기도를 드린 후에,

"내가 오면서 멀리서 이 동네를 보니 어두운 그림자가 드리워져 있었어. 하지만 중요한 일을 위해선 작은 희생은 어쩔 수 없는 법. 부처님의 더 크신 가호가 내리시기를!"

보묵 스님 염불 소리에 조운은 조금씩 이성을 되찾고 있었다. 정평구가 보묵 스님에게 합장을 한 후 다시 손상된 비차를 손보기 시작했다. 보묵 스님이 고개를 끄덕였다.

"무어라? 관기 홍여가?"

총지휘소인 촉석루에 혼자 앉아 왜적을 막을 병법에 골몰하고 있던 시민은, 숨차게 달려와서 보고하는 참모의 얼굴을 놀란 눈빛으로 바라보았다. 거인 다리같이 굵은 누각 나무기둥도 흔들, 하는 듯했다.

"모두가 감탄과 칭송을 금치 못하고 있습니다."

까무잡잡한 피부에 약간 튀어나온 광대뼈가 강인한 인상을 주는 제갈 부관은 아직도 믿어지지 않는다는 표정이었다. 시민이 자리를 털고 일어서며 명했다.

"지금 즉시 나를 그곳으로 안내하라."

"옛! 장군."

제갈 부관은 바람 소리 나게 휙 몸을 돌려세웠다. 시민은 그를 따라 발길을 옮겼다. 흔들리는 발걸음처럼 마음도 자못 흔들렸다. 오로지 사랑에만 눈 먼 기녀인 줄 알았던 홍여가 그런 일을…… 민, 관, 군이 하나가 되고 있다고는 하지만……

이윽고 시민이 다다른 곳은 성의 서북쪽으로 둘러쳐져 있는 성가퀴 부근이었다. 시민은 그 장소임을 알자 아찔한 현기증과 함께 가슴이 먹먹해져 왔다.

'아, 여기는 내가 취약지구로 가장 우려하고 있는 그곳이 아니냐?'

그랬다. 거기는 해자(垓子) 역할을 하는 대사지의 서쪽 끝이 구북문 아래까지 닿지 못하고 끝나 있는 탓에 수성에 어려움이 많은 지점이었던 것이다.

'참으로 놀랄 일이로다! 일개 기녀의 신분으로 어떻게 웬만한 장수들도 모를 그런 사실까지 꿰뚫어 보고 있단 말이더냐?'

시민은 해자를 건너는 진주성의 해자교(橋)인 신북문교와 남문외교를 바라보며 경악을 넘어 차라리 혀라도 차고 싶은 심정이었다.

'조금만 더 여유가 있다면 저 서북쪽에 참호를 파고 물을 담아 부족한 점을 보강할 수도 있으련만 이제는 때가 너무 늦었어. 왜적이 성을 포위하기 전에 미리 대사지의 길이와 너비를 늘여 좀 더 확장하지 못한 게 후회를 넘어 한이 되는구나.'

그런 한탄과 아쉬움을 억지로 삼키며 시민은 충직한 참모가 가리키는 곳을 바라보았다. 과연 그곳에는 그의 보고처럼 홍여가 남자 복장을 하고 성민들을 격려해 가며 왜구를 막을 무기들을 마련하고 있는 중이었다.

'아, 그만두게. 방해하지 말고.'

제갈 부관이 홍여에게 다가가 시민의 행차를 알리려고 하는 걸 시민은 얼른 눈으로 막았다. 홍여는 시민이 와서 그녀를 지켜보고 있는 줄도 모르고 부지런히 가냘픈 몸을 움직이면서 한편으로는 성민들에게 말하기 바빴다.

"성안에 있는 돌과 짚을 있는 대로 모아야 할 거예요."

"펄펄 끓여 왜놈들에게 들이부을 물이 부족해요."

"우리 여자들도 치마 대신 저처럼 바지를 입으세요."

홍여가 시민을 알아본 것은 한참 후 배꽃같이 새하얀 이마에 흐르는 땀방울을 닦느라 처음으로 고개를 들었을 때였다.

"아, 장군께서⋯⋯!"

홍여는 사내같이 해 있는 자신의 볼품없는 몰골을 시민에게 들킨 것이 몹시 부끄러운 듯 얼굴 가득 홍조를 띠었다. 그 모습이 시민의 눈에 그렇게 곱고 아름다워 보일 수 없었다.

"내 눈으로 보고 있으면서도 믿어지지 않는구나. 지금 네가 하는 이 모든 행동들이 말이니라."

시민은 숨이 가빠 왔다. 왜적 수천을 맞아도 이처럼 호흡하기가 힘들지는 않을 것이었다. 그날 밤 시민 자신에게 눈물로 연정을 털어놓던 어린 꽃같이 나약하고 애처로워 보이던 그녀가, 세상 어떤 남정네보다도 사내답고 당찬 여장부가 되어 성민들을 이끌고 있다니. 홍여는 두 사람인가. 시민은 하늘도 놀랄 그녀의 변신 앞에 그저 허둥대기만 하다가,

"그만 일손을 멈추고 나를 따르라."

"예에?"

홍여가 귀를 의심하는 듯 시민을 쳐다보았다. 시민이 한번 더 명했다.

"본관을 따라오라고 했다."

그리고 나서 시민은 먼저 몸을 돌려세웠다. 허리에 찬 칼 그림자도 따라 움직였다. 그런데 시민이 한참을 가다가 뒤를 돌아보니 당연히 따라와야 할 홍여가 보이지 않았다. 그를 쫓아온 제갈 부관이 아주 난색을

띤 얼굴로 고했다.

"지금 성민들이 홍여를 잡고서 놓아 주지 않고 있습니다."

성을 포위하고 있는 수많은 왜구를 보면서도 바위같이 미동조차 하지 않는 시민의 몸이 기우뚱하는 게 제갈 부관 눈에 또렷이 비쳐들었다. 시민은 귀신 소리를 들은 사람처럼,

"뭐라? 성민들이 홍여를……?"

그러면서 성가퀴 방향으로 고개를 돌린 시민은 보았다. 늙은이와 여자, 아이 할 것 없이 모두가 홍여를 빙 에워싸고 있는 것을. 사람들 울타리에 싸인 채 금방이라도 울음을 터뜨릴 것 같은 빛으로 이쪽을 보고 있는 홍여의 유난히 작은 얼굴이 천리 밖인 양 멀어 보였다. 시민의 입에서 이런 소리가 흘러나왔다.

"아! 내가 참으로 못난 인간인 것을! 아무것도 배우지 못한 무지렁이들보다도 형편없는 자라는 것을 왜 몰랐던고?"

제갈 부관이 민망하고 난처해진 얼굴로 물었다.

"당장 가서 관기 홍여를 끌고 오리이까? 그리고 홍여를 붙들고 있는 성민들을 감옥에 가두오리까?"

시민이 손과 고개를 한꺼번에 내저으며 말했다.

"아, 아니다. 그대로 두어라. 내가 많은 것을 배웠느니라."

"감히 장군의 명을 거역하고 있는 것들이 아닙니까?"

하지만 비록 말은 그렇게 해도 제갈 부관 또한 여간 감동을 받은 표정이 아니었다. 촉석루로 향하는 두 사람 그림자가 칼이나 창처럼 보였다. 어디선가 수성 군사들 훈련 받는 소리가 우렁차게 들려오고 있었다.

그날 밤이었다. 시민이 부르지 않았는데도 뜻밖에 제갈 부관이 시민의

처소로 들어왔다. 단호한 빛이 서려 있는 얼굴이었다.

"지금 정신이 있느냐? 적과 교전 중에 근무지를 이탈이라도 하겠다는 것이더냐? 네 목은 쇠로 되어 있는 줄 아느냐?"

시민의 입에서 당장 매서운 불호령이 떨어졌다.

"잘 알고 있습니다."

제갈 부관의 말에 더욱 화가 치민 시민은,

"잘 알면서도 이런 짓을? 더 용서치 못할 처사로다!"

"무슨 벌이든 벌을 내리시면 달게 받을 각오를 하고 왔습니다."

그러고 나서 제갈 부관이 돌아본 곳에는 더욱 놀랄 그림자가 서 있었다. 시민은 자다가 일어난 사람이 눈을 비비는 것같이 하며,

"아니? 호, 홍여가 아니더냐?"

그때쯤 제갈 부관은 상관의 처분을 기다리는 듯 땅바닥에 무릎을 꿇고 앉아 있었고, 홍여 또한 크게 울먹이며 당장이라도 그 자리에 무릎을 꿇을 여자 같아 보였다.

"허, 이, 이 일을?"

너무나 난감해하는 시민의 목소리가 막사 안을 맴돌았다. 여기가 어디라고 한밤중에 기녀가? 잠시 후 가까스로 정신을 수습한 시민이 낮게 명했다.

"즉시 돌아들 가라, 둘 다."

"……!"

홍여와 제갈 부관의 눈빛이 마주쳤다. 그런 명령이 내릴 줄은 전혀 예상하지 못했다는 기색이 역력했다. 그것을 보자 시민은 지은 죄도 없으면서 세상 이목이 두려웠다.

"장군!"

홍여보다 제갈 부관 입이 먼저 열렸다. 평소 과묵한 편인 그는 홍여가 무슨 말을 하지 못하게 하려는 듯 다시 서둘러 고했다.

"소관(小官)은 장군 손에 죽으려고 합니다. 저 더러운 왜놈들 총칼에 죽느니 차라리 장군께 이 목숨을 바치려고 하오니……."

한층 경악할 일이 벌어진 것은 다음 순간이었다. 그것은 막 입을 떼려는 시민보다 앞서 나온 홍여의 이런 소리 때문이었다. 그녀는 제갈 부관에게 이랬던 것이다.

"지금 하신 그 말씀, 어서 도로 거두지 못하시겠습니까? 왜놈들 총칼에 죽으시다니요? 그게 명색 군사를 맡아보는 관리 자리에 계시면서 하실 말씀입니까? 어디서 이 천하디 천한 기생년도 당장 남강 물에 귀를 씻고 싶을 이야기를……."

남강변 대나무같이 시퍼런 그 서슬에 당황한 것은 비단 제갈 부관만이 아니었다. 시민 역시 하도 황당하여 말을 잇지 못했다. 앞뒤 상황 판단이 흐려질 판이었다.

시민에게 어떤 벌이든 받을 각오를 하고 홍여 그녀를 거기까지 남몰래 데리고 와 준 제갈 부관이었다. 그러니 오매불망 시민을 그리워하는 홍여로선 제갈 부관만큼 고맙고 미더운 사람이 없을 터였다. 한데, 지금 해 보이는 저 작태라니?

'무서운 여자로고! 화초라도 가시 돋친 화초요, 나비라도 독나방인 것을!'

시민의 머리에 이날 낮에 서북쪽 성가퀴 근처에서 보았던 홍여의 모습이 되살아났다. 남자도 그런 남자가 없었다. 아니, 장수도 그런 장수는 드물었다. 홍여는 남장(男裝)한 여자인가, 여장(女裝)한 남자인가. 시민은 헷갈리기 시작했다.

"장군! 어서 소관을 죽여 주십시오, 어서!"

안색이 벌겋게 달아오른 제갈 부관이 땅을 내리치듯 하며 시민을 재촉했다. 튀어나온 광대뼈 위로 흘러내리는 것은 틀림없는 눈물이었다. 그로선 정말이지 더 살고 싶은 마음이 없었다. 호의를 베풀어 준 것에 대한 배신감도 그렇거니와, 군인의 길을 가는 사내대장부로서 그토록 모욕적인 언사를 참아 내기는 어려웠다.

"그만 일어나서 돌아가라. 네 뜻은 충분히 알았느니."

시민은 엎드린 제갈 부관의 등을 두드려 주며,

"자네는 나보다도 몇 배 사내다운 사람이야. 용기와 기백도 뛰어나고 생각하는 깊이도 남달라. 나 같으면 자네처럼 이런 일을 절대 하지 못해. 내가 진정 훌륭한 참모를 두어 날아갈 듯 기쁘다네."

"그건 훌륭하신 상관을 모시는 소관이 더……."

제갈 부관이 더욱 머리를 조아리며 간곡하게 고했다.

"소관이 관기 홍여를 장군께 데리고 온 까닭은, 그 신분을 떠나 홍여의 인물 됨에 감복 받아서입니다. 부디 내치지 말아 주십시오. 장군께서 저런 기녀를 가까이 두신다면, 장군만이 아니라 온 고을 백성들에게도 크나큰 도움과 복이 되리라는 일념에서……."

두 사람 대화를 듣고 있던 홍여도 울먹이기 시작했다.

"벌을 받아 마땅할 쪽은 쇤네이옵니다. 거짓으로 일관한 죄인이옵니다. 실토컨대, 감히 부관님을 나무라듯 한 것은 이년의 본심이 아니옵고, 한밤중에 느닷없이 찾아온지라 장군님 뵙기가 하도 낯간지러워 그랬던 것이옵니다. 그러니 이년의 목을 베시옵소서!"

시민이 고개를 천천히 흔들며,

"너 자신도 왜놈들 총칼에 죽을 수 없다는 생각에서 나온 말임을 모르지 않는다. 나 또한 마찬가지니까. 나라와 운명을 함께하기로 한 우리는 모두가 언제 죽을지 모를 사람들이다. 하지만 또 끝까지 살아남아야 할 사람들이기도 하다."

막사 천막을 바람이 한번 흔들고 지나갔다.

곡예비행

"그러하니, 이 밤이 마지막 밤은 아니다. 내일, 모레 그리고 그다음, 다음 날에도 오늘 같은 밤이 존재할 것이다. 무슨 말인지 알겠느냐?"

제갈 부관이 벌떡 몸을 일으키며 말했다.

"알겠습니다. 왜놈들 총칼에 죽는 이야기가 아니라 우리가 총칼로 왜놈들을 죽이는 이야기를 하는 날을 바라신다는 것을……."

그곳 막사를 나가면서 제갈 부관은 시민이 알지 못하게 홍여에게 어떤 눈짓을 하였고 홍여의 낯이 붉어졌다. 시민은 무언의 그 대화를 눈치 챘다. 그래 더욱 냉정하고 단호한 목소리로 혼자 남은 홍여에게 명했다.

"뭘 하고 있느냐? 군사를 불러 끌어내도록 하랴?"

홍여가 남달리 붉은 아랫입술을 꼭 깨물며 말했다.

"쇤네 스스로 나가겠습니다. 하루 종일 왜적을 막느라 지쳐 있을 군사에게 피해를 줄 수는 없사옵니다."

시민은 눈을 감으며,

"음."

홍여는 숨을 몰아쉬고 나서,

"그럼……."

홍여는 여린 잎새가 바람에 쏠리듯 몸을 돌려세웠다. 막사 중앙에 위치한 나무탁자 위에 놓인 등잔 불꽃이 성벽 위에 꽂아 놓은 깃발처럼 펄럭거렸다.

시민의 심경에 엄청난 변화가 일어난 것은 그 순간이었다. 천막에 일렁이는 홍여의 그림자가 마치 유령처럼 비쳤던 것이다.

'아, 대관절 이게 웬 망조란 말인가?'

시민의 마음 한 귀퉁이가 푸슬푸슬 무너져 내리는 듯했다.

'관기 신분임에도 불구하고 앞장서서 성민들을 격려하면서, 섬나라 오랑캐들을 쳐부술 무기를 마련하던 홍여에게서 내가 무엇을 보고 있더란 말이냐?'

안다. 그도 안다. 어쩌면 여러 날 성을 지키고 있는 병사와 민간인 모두가 순국의 길로 들어서게 되리란 것을. 군사 수로나 주 무기의 위력으로나 군량미의 비축 상태로나 그 어떤 것을 놓고 비교해 보더라도 공성군에 비해 수성군은 절대적으로 약세라는 것을. 그렇지만 수성장인 시민 자신이 먼저 그런 나약하고 불길한 예감에 빠져서는 결코 아니 되었다.

"자, 잠깐 거, 거기 섰거라!"

시민의 입에서 그런 다급한 소리가 튀어나왔다. 막사를 막 빠져나가려던 홍여가 멈칫, 그 자리에 섰다.

"안 된다. 죽어 귀신이 되어서는 안 돼. 유령이라니……?"

시민은 홍여로선 전혀 알아들을 수 없는 그런 소리를 연방 되뇌고 있었다. 어떻게 보면 심한 열병을 앓는 사람 같기도 했다.

"처녀귀신은 아니 될 말, 나라를 위하는 꽃다운 몸이……."

홍여 보기에 귀신, 유령은 시민이었다. 중얼중얼 내뱉는 그의 혼잣말은 사람이 아니라 귀신이 내는 소리같이 느껴졌다. 홍여는 홀연 지독한 무섬증에 온몸을 부르르 떨었다. 조총 같은 신식무기로 무장한 왜구도 두려워하지 않는 그녀였다. 그러나 시민의 죽음. 홀로 마음에 두고 있는 정인(情人)의 죽음을 생각하니 눈앞이 캄캄하고 머릿속이 하얗게 비어 버리는 것 같았다.

"장군!"

홍여는 다시 돌아서서 시민을 불렀다. 그런 그녀 몸속에는 그녀 혼이 아닌 다른 혼이 들어가 있는 듯했다.

"장군! 장군은 절대 돌아가시면 아니 되옵니다. 모두가 죽더라도 장군만은 끝까지 살아남으셔야 하옵니다."

시민이 일그러진 웃음과 함께 피를 토하듯 말했다.

"나만은 살아야 한다고?"

"예, 장군."

"흐, 나 혼자만 말이지, 나 혼자만……."

바람은 좀 더 잔잔해진 것 같은데 등잔불이 크게 깜빡거렸다. 자칫 꺼질 뻔하다가 가까스로 되살아나는 생명이었다. 홍여가 이런 말과 함께 의자에 앉아 있는 시민의 품을 향해 달려든 것은 그때였다.

"장군을 죽음의 사자에게 빼앗길 수는 없사옵니다. 차라리 이 미천한 몸을 죽음의 사자에게 대신 던져서라도 장군을 구할 것이옵니다."

"음……."

시민의 입에서 신열에 부대끼는 사람이 내는 신음과도 같은 소리가 흘러나왔다. 그건 장대(將臺)에 올라서서 군사를 지휘할 때 나오는 그의 남아다운 음성과는 너무나 거리가 멀어 보였다.

"이 잘난 것도 없는 사람을 구하겠다고 애쓰는 사람이 또 있었구나! 남에게 피해를 줄 바에는 내가 먼저 세상을 떠 버려야 할 것을!"

시민의 눈앞에 조운의 모습이 나타나더니 사라질 줄 몰랐다. 그가 하나뿐인 자신의 일생을 걸고 만든다는 비차라는 것도 얼핏 보이는 듯했다.

"장군!"

홍여가 넋이 나간 듯 멍하니 앉아 있는 시민의 품을 보채는 아이처럼 파고들었다. 두 사람 몸무게를 감당하기가 힘겨웠던지, 아니면 저도 가슴이 쩡해 왔는지 멀쩡한 의자 다리가 삐걱거리는 소리를 내었다.

"홍여야. 그대로 듣거라. 전쟁터의 시간은 매 순간순간이 마지막일 수도 있다는 사실을 아느냐?"

홍여는 시민이 자기를 떨쳐 버릴 사람같이 느껴졌는지,

"아무것도 알고 싶지 않사옵니다. 장군님에 관한 일 말고는……."

시민은 바람에 펄럭이는 천막을 눈으로 가리키며,

"지금 당장 왜적이 자랑 삼는 조총의 탄환이 저 천막을 꿰뚫고 날아들 수도 있으니."

홍여가 몸부림치며 시민의 얼굴을 올려다보고 말했다.

"설혹 이 순간이 왜놈들 총알에 맞아 마지막이 된다고 할지라도 여한이 없사옵니다."

"무슨 소릴……?"

"아니지요. 오히려 장군과 함께하는 이 순간이 마지막이길 간절히 바라고 싶사옵니다. 그렇게 되면 장군과 저는 영원히, 영원히 함께할 수 있을 테니까요."

"허, 그래? 네 진정 그렇단 말이지?"

"장······군······."

마침내 시민의 떨구어져 있던 손이 홍여의 어깨를 어루만졌다. 따스했다. 살아 있다는 증거였다. 그렇다. 언제 목숨을 잃을지 모르는 아이였다. 더군다나 전투가 시작되면 제 몸을 돌보지 않고 앞으로 나설 홍여라는 사실을 잘 안다. 적의 표적이 될 공산이 너무도 컸다. 정말 지금 이 순간이 그녀의 마지막이 될지도 모른다, 마지막이.

'기생이 되기에는 참으로 아까운 아이로구나.'

시민은 처음으로 홍여를 안고 싶다는 충동에 휩싸였다. 오늘 밤에도 이 아이를 이대로 보낸다면 천추의 한이 될지도 모른다는 생각이 시민을 사로잡았다. 홍여의 시신을 끌어안고 통곡하는 자신의 모습이 보이는 듯하여 시민은 몸서리를 쳤다.

막사의 불이 꺼졌다. 달과 별도 그곳을 피해 다른 곳으로만 빛살을 내렸다. 전쟁은 일시적이나마 끝났다. 총통류가 내뿜는 불길이 아닌 또 다른 종류의 원초적인 불꽃으로 활활 타오르는 밤.

천막은 하늘의 이부자리 같았다. 전쟁 없는 전쟁터의 시간은 꽃밭으로 세상을 수놓았다. 그러나 날이 밝아 오면 그밤에 있었던 모든 일들은 허무하게 사라진 무지개처럼 흔적도 남아 있지 못할 것을.

비차 제작장에는 을씨년스러운 냉기만 감돌았다.

그곳 분지를 에워싼 산의 나무들은 가을에서 겨울로 들어설 채비를 하는 듯 나뭇잎을 몇 개 달고 있지도 못했다. 세월과 인생의 무상감이 느껴지는 풍경이었다. 하물며 난리를 겪고 있는 중이니 그 허허로움의 두께가 오죽하랴.

"정말 우리가 이대로 주저앉아야 되겠소?"

뱀의 몸통같이 차갑고 매끄럽게 느껴지는 대나무 더미에 엉덩이를 붙이고 앉은 정평구가 한숨 섞어 말했다. 보묵 스님 앞에서는 큰소리쳤던 그도 거듭되는 실패에 보기 민망할 정도로 탈기한 모습이었다.

"불가능한 일을 무리하게 시작한 것이 화근인 것 같……."

조운은 목이 메어 더 이상 말을 잇지 못했다. 까칠한 얼굴 곳곳에는 작업 도중에 입은 생채기가 실거머리처럼 보기 흉하게 나 있었고, 우두커니 선 채로 거기 찬 기운 끼치는 공터에 버려지다시피한 미완성의 비차를 멍하니 바라보는 눈빛에서 생기라곤 찾아볼 수 없었다.

"가장 큰 걸림돌은, 시험비행 동승자를 구할 수 없다는……."

탄식하는 정평구 얼굴과 손등에도 상처 자국이 선명했다.

"지금이 전시(戰時)만 아니라면 어떻게든 그럴 사람을 찾아……."

둘님과 상돌의 역할을 대신해 줄 두 사람이 필요했다. 2차 시험비행에 실패한 후 그들이 나눈 대화는 이러했다.

"강형하고 나하고 두 사람만 타고 나는 데는 성공했으니, 여기서 일단 마무리를 짓는 게 어떻겠소?"

"그렇게 되면 기체(機體)가 너무 가벼워져 작은 바람도 이기지 못해 엉뚱한 방향으로 날아가거나, 쉽게 뒤집힐 위험이 크다고 말씀하셨지 않습니까?"

아니 할 말로, 자칫 조선군이 있는 성안이 아니라 밖에서 성을 포위하고 있는 왜군 진지로 가서 떨어질 수도 있는 것이다. 또 그게 아니면, 순식간에 남강이나 뒤벼리 벼랑에 거꾸로 곤두박질을 칠 가능성도 없다고는 할 수 없었다. 아무래도 너무 가벼운 재료를 썼다는 게 비차의 최대 취약점이 아닐까 싶기도 했다. 하지만 그렇다고 돌이나 쇠를 가지고 만들 수는 없지 않은가. 나중에 항공 기술이 더 발달되면 그게 가능할지도 모르지만.

"하지만 시간이 없지 않소? 완벽한 비차를 꿈꾸기에는 지금 우리 처지가 너무나 긴박하다, 그 말이오."

"급한 마음에 섣불리 그분을 태웠다가 추락사고라도 나면요?"

잘린 대나무, 조각 난 무명천, 찢겨진 화선지, 빠져나간 소나무 바퀴, 짧은 마끈 같은 비차 재료들이 주검의 냄새를 풍기며 공터 땅바닥에 나뒹굴고 있었다. 그것들에서 그들이 발견하는 것은 죽음의 팔을 베고 널브러져 있는 자신들의 모습이었다.

"그렇게 될 바에는 가지 않는 게 상수(上數)라고 봅니다."

"구더기 무서워 장 못 담근다는 말도 있는데……."

아주 걱정스러운 표정으로 두 사람 대화에 귀를 기울이고 있는 듯한 비차가 안쓰럽다는 생각을 하며 조운이 푸념하듯 내뱉었다.

"왜적이 무서워 미완성의 비차를 띄울 수는 없는 노릇 아닙니까?"

그렇게 말하면서 조운은 스스로를 향해 너무 화가 났다. 정말 나는 겁쟁이인가. 시간 싸움이라는 것을 알면서도 꼭 본래 설계에 맞는 제작물을 고집해야 할까. 어쩌면 탑승하는 인원과는 크게 상관이 없는 비행기구일 수도 있는데.

분지 입구 쪽 좁고 구부러진 길가에 서 있는 커다란 팽나무 위에서 까마귀 우는 소리가 들렸다. 모습은 보이지 않고 소리만 들려 그런지 더한층 오싹하고 을씨년스러운 분위기를 자아내는 듯했다.

"왜 그리 자꾸 안 좋게 될 쪽만 얘기하오? 다행히 좋게 되어 그분을 구할 수도 있지 않겠소?"

정평구는 그새 부쩍 늘어난 이맛살을 찌푸렸다.

"그래도 저는 그런 모험을 걸기는 싫습니다."

"우리 인생에서 모험이 아닌 것은 아무것도 없소."

서로 엇갈리는 생각들은 그 끝을 몰랐다.

"위기에 빠진 나라를 건질 귀인을 실험물로 사용하다니요?"

"실험물은 무슨?"

잠시 바람이 불지 않는 대기는 갑갑했다.

"그게 아니면요?"

정평구는 비차 바퀴가 내려앉을 정도로 깊은 한숨을 내쉬며,

"이게 다 그분을 살리자는 뜻에서……."

"공중에서 떨어져 개죽음을 당하시게 하느니……."

조운 또한 숨을 몰아쉬며,

"왜적들과 싸우다 장렬하게 전사하시게 하는 것이, 더 그분을 위하는
길이라고 봅니다. 그분도 그걸 더 원하실 거고요."

정평구가 싸늘한 어조로 물었다.

"늘 말씀하던, 하늘이 내리신 운명을 거역하겠다, 그거요?"

"지금 저에게 소중한 쪽은 제 운명보다 그분의 안전입니다."

조운은 떼쓰듯 했고,

"허, 내 말이 그 말 아니요, 지금?"

급기야 낯까지 붉히는 정평구였다. 조운의 마음속은 그보다 더 불이
일었다. 다 던져 버리고 싶었다. 부모와 장인, 장모를 비명에 보낸 죄 많
은 몸이 무슨 용상에 앉을 거라고.

그러나 마음 한쪽에서는 그러니까 더더욱 비차 완성에 매진해야 한다
는 다그침이 들렸다. 하지만 한번 추락한 적이 있는 비차였다. 둘님은
유산하고 상돌은 다리 불구자가 되고 말았지만, 어쩌면 그보다도 훨씬
큰 재앙, 더 말할 것도 없이 '죽음'이 기다리고 있을 것이다.

'정평구 저 사람도 그 점을 가장 두려워하고 있을 것이다.'

기억을 되살리는 것조차 끔찍하고 싫은 일이지만, 비차가 공중에서 추락할 때 느끼던 죽음에의 그 공포, 살고 싶다는 그 엄청난 욕망은 실제로 당해 보지 않은 사람은 절대로 알 수 없을 것이다.

'그는 내가 두 번 다시는 비차에 오르고 싶지 않아 괜한 핑계를 대고 있다고 보는지도 모르겠다.'

그렇다면 차라리 그의 의견대로 그와 나, 이렇게 둘이 비차를 타고 시민을 구하러 가는 게 이 시점에서 제일 현명한 일일 수도 있었다. 완벽을 기하려다가 때를 놓쳐 버리기라도 하면 얼마나 가슴을 찧을 일인가 말이다. 조운은 자기 마음이 변할세라,

"정 그러실 의향이면, 지금 비차를 타고 성으로 갔으면 합니다."

그런데 이건 또 무슨 변덕인가? 자기가 그렇게 말하면 당장 그러자고 할 줄 알았던 정평구가 이번에는 도리어 뒤로 몸을 빼는 것이다.

"아니요. 강형 말이 더 맞소."

"예?"

"행여 왜군 진지에라도 추락하게 되면 그보다 더 큰일이 없을 것이오."

"……."

"비차가 저놈들 손에 넘어갈 수도 있다는 얘기요."

팽나무 가지에 은신하듯 했던 까마귀가 몸을 드러내 남쪽으로 날아가는 게 보였다. 그게 조운 눈에는 성으로 날아가는 비차같이 느껴졌다.

"저놈들이 비차를 이용할 경우, 아, 상상만 해도 소름이 끼치오."

두 사람 주장이 완전히 뒤바뀌고 있었다.

"비차를 믿어야지요."

"비차를 못 믿는다는 게 아니고……."

"어쩌면 네 사람보다 두 사람이 타는 게 더 안전할 수도 있겠다는 생각도 들고요."

"그야 그렇겠지만, 그래도 아닌 것은 아닌 것이오."

"하중(荷重)이 줄어들어 가볍기 때문에 더 자유자재로 비행(飛行)할 수도 있을 것 같고요."

"가벼운 게 무거운 것보다 반드시 더 좋다는 법칙은 없지요."

"어쨌든 둘이 탔을 때에는 무사하지 않았습니까?"

"그건 순전히 운이 좋았기 때문이오."

"운, 운이라고요?"

"그렇소. 어쩌면 더 큰 불행을 주기 위한 악마의 미끼인지도 모르고요."

조운은 입을 다물었다. 누구 판단이 옳은지는 신만이 알 것이다. 결국에는 운명이다.

그때다. 운명의 손이 기다렸다는 듯 활동을 시작한 것은. 정말 정해진 운명이란 게 존재하는 걸까? 있다고 믿을 수밖에 없는 일이 벌어진 것이다.

"아, 저 여자가 또……!"

대나무 더미에서 벌떡 일어서며 정평구가 소리쳤다. 조운의 눈이 반사적으로 정평구가 턱짓으로 가리키는 곳을 향했다. 조금 전 까마귀가 앉았다가 날아간 그 팽나무 아래로 나타난 것은 틀림없는 광녀 도원 처녀였다. 그런데 그들이 더욱 눈을 크게 치뜨고 바라본 것은 그녀 혼자가 아니라는 사실이었다. 일행이 있었다! 그것도 그녀 어머니나 오라버니가 아닌……

멀리서 봐도 사내가 틀림없었다. 사내는 사내인데 조운이 모르는 사내였다. 조운은 머리가 찌르르 했다. 아무리 정신이 온전치 못한 여자라지만 이 난리통에 저렇게 쏘다니는 것도 믿어지지 않을 일인데, 게다가 어디 사는 누구인지도 모를 저런 사내와 함께라니?

"그 옆에 있는 남자는 누구요?"

정평구도 그 사내가 무척 신경 쓰인다는 말투였다. 광녀야 아는 여자니 좀 성가신 것만 참으면 되겠지만, 무슨 그림자만 어른거려도 심장이 쿵 내려앉을 공포심에 떨고 있는 전시체제인지라, 낯선 사내의 출현은 그들을 여간 긴장시키는 일이 아닐 수 없었다. 더욱이 조선인이 아니라면?

"왜놈 같지는 않습니다만……."

조운은 잘라 놓은 대나무에 눈이 갔다. 여차하면 그것을 집어 들고 죽창으로 사용할 작정이었다. 정평구는 고개를 끄덕이면서도 여전히 잔뜩 경계하는 빛을 늦추지 못했다. 그 정체불명의 사내와 저만큼 서 있는 비차를 번갈아 바라보는 품이, 그가 얼마나 비차를 애지중지하는가를 잘 말해 주는 것 같았다.

그들이 숨을 죽인 채 지켜보고 있는 가운데 광녀와 사내는 점점 가까이 다가왔다. 사내 모습이 보다 또렷이 잡혀들었다. 조운은 고개를 갸웃했다. 행색도 그렇지만 표정은 더 그랬다. 조운은 직감적으로 느꼈다.

'저자도 정상이 아니다! 그리고 걸인이 분명하다!'

백정 출신인 상돌보다도 더 형편없는 차림새. 태어나서 한번도 손질하지 않은 듯한 까치집 같은 머리칼, 씻은 지 몇 달은 지났는지 땟물이 주르르 흐르는 듯한 얼굴과 팔다리, 아랫도리 주요 부위만 간신히 가린 잠방이…….

'나이는 도원 처녀보다 어린 듯한데 중늙은이처럼 해 있구나.'

우선 나이가 젊고 얼핏 봐도 신체에는 아무 이상이 없다는 사실 하나 만으로도 조운은 그나마 마음이 괜찮았다. 처음 보았을 때 혹시 몹쓸 병에 걸려 있는 늙은이는 아닐까 하고 마음을 졸였던 것이다.

이윽고 광녀와 걸인은 그들 바로 앞에 당도했다. 좀 더 정확히 말하면 광녀가 조운 앞에 섰고, 걸인은 부끄러움을 타는지 광녀 뒤쪽에 숨듯이 섰다. 정평구는 광녀와 걸인을 번갈아 바라보고 있었다.

'도원 처녀보다는 정신이 맑은 편이구나. 다행이다.'

조운의 눈은 광녀보다도 걸인 쪽에 더 쏠렸다. 비록 왜소한 몸집이지 만 이목구비가 꽤 반듯한 젊은이였다. 선해 보이는 눈에는 악의가 없어 보는 사람을 편하게 했다.

"동무, 내 동무."

광녀 입에서 맨 먼저 나온 말이 그랬다. 그리고 나서 광녀는 자기 뒤에 서 있는 걸인의 팔을 잡아끌어 조운에게 소개시켜 주듯 하면서 한번 더,

"동무다, 내 동무다."

그러나 걸인은 자꾸만 광녀 뒤로 몸을 감추려 하였다. 대인관계를 싫 어하며, 소망이나 고뇌 따위를 마음속에 간직한 채 자기만의 세계에 틀 어박히는 증상의 정신병을 가진 자폐증 환자 같았다. 아무리 그렇더라 도 말 한마디도……

'아, 그렇다. 벙어리!'

그는 말을 하지 못하는 사람임에 확실했다. 도원 처녀가 벙어리 와……. 조운은 둔중한 물체로 뒤통수를 가격당한 듯했다. 그러면 혹시 남의 말도……? 말을 하지 못하는 사람은 말을 알아듣지도 못하는 경 우를 지금까지 많이 보아 왔던 것이다.

그런데 불행 중 다행으로 귀머거리는 아닌 듯했다. 왜냐 하면, 광녀가

무슨 말을 하면 싫다고 계속해서 머리를 흔들거나 손을 내젓기도 했기 때문이었다. 하지만 조운의 충격은 쉬 가시지를 않았다. 광녀가 너무나 불쌍하고 화도 났다.

'약간 정신이 온전치 못하긴 해도, 심성이 착한 듯하고 얼굴도 예쁘고 몸매도 고운데, 자폐증에다 말까지 못하는 저런 상거지와……'

그러나 그야말로 조운을 심한 충격에 빠뜨린 것은 얼핏 눈에 들어온 광녀의 배였다. 회색 저고리와 검정 치마 사이.

'이럴 수가?'

불러 있다. 아직은 크게 눈에 띌 정도는 아니지만 분명했다.

'광녀가 임신을 하다니!'

아이 아버지가 누구란 건 더 말할 필요도 없었다.

"하하하."

잠자코 광녀와 걸인의 실랑이를 바라보고만 있던 정평구가 갑자기 큰 소리로 웃음을 터뜨린 것은 그때다.

"……?"

놀란 건 조운만 아니었다. 광녀와 걸인도 느닷없이 터져 나온 그 웃음 소리에 눈을 크게 떴다. 그러거나 말거나 정평구는 한참 더 웃고 나서,

"정말 기쁜 일이 아니오? 전쟁 중에 반가운 손님을 둘이나 맞이했으니 말이오. 하늘이 보내신 사람들 아니겠소?"

그 순간, 조운은 재빨리 머리를 스치는 어떤 예감에 부르르 몸을 떨었다. 정평구의 저 말과 웃음 속에 담겨 있는 의미…….

'아니다! 그건 아니다!'

조운은 발작처럼 생각했다. 정평구 말에는 몽니가 박혀 있다. 광녀와 걸인이 아무리 못나고 버림받은 인생들이라 해도 목숨은 똑같이 소중한

것, 그들을 희생양으로 삼을 순 없다.

'저들이 정신적으로 온전한 사람들이라면 자초지종을 털어놓고 도움을 청해서, 다행히 응해 주겠다고 하면 행해 볼 수도 있는 일이겠지만…….'

하지만 아니다. 어떤 판단도 제대로 할 수 없는 정신장애자들을 우리 마음대로 저 위험천만한 일에 끌어들여 종처럼 부려먹을 수는 없다는 양심의 소리가 가슴을 쳤다.

'실패할 확률이 성공할 확률보다 훨씬 높을 것이다. 이미 한번 경험했지 않으냐. 그때나 지금이나 비차 자체에는 달라진 것도 없다. 다만 그때 일어났던 회오리바람이 없기를 바랄 뿐. 하지만 기상 조건이 더 나아지리란 보장도 없는 상황에서 그건 어리석고 무모한 짓이다. 이번에는 부상 정도가 아니라 모두 목숨을 잃을 수도 있다. 지난번에도 추락하면서 나무 꼭대기에 먼저 걸려 충격이 크게 완화되었기 망정이지, 그렇지 않았다면 비차가 산산조각이 났거나 불이 붙었을 건 더 말할 필요가 없다. 그랬었다면 결국 온몸이 만신창이가 된 채 뇌진탕으로 즉사했거나 불에 타서 흔적도 없이 사라져 갔을 것이다.'

조운의 생각을 그런 방향으로 몰아간 것은 무엇보다도 광녀의 임신이었다. 그는 당장 떠올렸던 것이다. 아내 둘님의 유산. 세상 빛을 보지도 못한 채 그대로 스러져야 했던 가련한 생명. 태아를 그렇게 만든 부모의 죄는 영원히 씻을 수 없는 것을. 그랬다. 똑같은 죄악을 두 번이나 반복할 수는 없는 것이다.

그러나 정평구는 벌써 결단을 내린 사람처럼 보였다. 얼굴에서 웃음기는 싹 사라지고 긴장감이 감돌았다. 이렇게 좋은 동승객들을 절대로 놓칠 수 없다는 비장한 기운까지 내비쳤다.

'시간이 없다! 이번이 마지막 기회다! 우리 모두 합하면 넷이 아니냐!'

그런 빛이 역력했다.

'그렇다면?'

조운은 걷잡을 수 없는 갈등에 부대꼈다. 인간 도리를 지킬 것이냐? 당장 시험비행에 들어가야 하느냐? 그러다 심경의 변화가 일면서 나중 생각에 패를 던지기 시작했다. 그건 어설픈 감상보다도 현실에 비중을 둔 이성적인 쪽이었다.

'무슨 어이없고 사치스런 생각이냐? 정신이 있는 게냐, 없는 게냐? 여러 십년을 두고 오직 이런 순간이 오기만을 기다리며 살아온 네가 아니냐?'

그때 정평구가 막 광녀와 걸인을 상대로 무슨 말인가를 걸기 시작하고 있는 것을 보면서 조운은 스스로를 채찍질했다.

'비차와 함께 죽을 각오가 되어 있는 정평구와 나다. 대의(大義)를 생각하면 광녀와 걸인의 죽음도 영예로운 것이 될 것이다. 시험비행에 실패하여 죽게 되면 광녀와 걸인은 다음 세상에서 누구보다 심신이 건강하고 축복받은 사람으로 태어날 수 있지 않을까. 하늘이 있다면. 뱃속 아이만 해도 그렇다. 차라리 태어나지 않는 게 더 좋을 수도 있다. 어쩌면 부모처럼 정상적이지 못한 사람일 가능성도 높다.'

그러자 저런 모습들로 살아가느니 정말로 훌륭한 일을 한번 하고 가는 게 그들로서도 잘된 일이지 싶었다. 또 아는가. 정평구 말처럼 내가 좋지 못한 쪽으로만 보아 그렇지, 무사히 성공한다면, 아아, 성공할 수 있다면…… 그래서 광녀와 걸인도 살고, 태아도 살고, 비차는 완벽한 모습으로 살아나고…….

그때쯤 광녀보다도 조금 정신이 맑은 걸인이 더 정평구의 말뜻을 알아

차린 눈치였다. 걸인은 몽롱한 눈빛을 짓고 있는 광녀더러 손짓을 해 가며 무어라 얘기하였다. 조운이나 정평구는 알아들을 수 없어도 광녀는 알아듣는 것 같았다.

'내가 죄 받을 소리지만, 저 거지가 벙어리라는 것도 크게 다행스러운 일이다. 어디 가서 남들에게 비차에 대한 이야기를 할 수 없을 테니까.'

그런 생각 끝에 조운은 어렴풋 깨달았다. 그들이 시험비행에 동승해 주면 언감생심 꿈도 꿀 수 없는 엄청난 대가를 치러 주겠다고, 정평구가 제의를 한 것 같다고. 어쩌면 둘이 혼례를 올려 같이 살 집도 마련해 주고 전답도 사 주겠다고 했을지 모른다. 아니, 지금 정평구 입장에서는 그보다 더한 것을 해 주어서라도 그들을 동참시키고 싶을 것이다. 그건 조운도 마찬가지였다.

마침내 광녀가 걸인의 뜻을 따르기로 한 걸까. 비차가 있는 곳으로 가면서 걸인더러 따라오라고 손짓하였다. 그러자 걸인도 얼른 비차 쪽을 향해 걸어갔다.

한없이 반갑고 기쁘면서도 난감해진 건 조운과 정평구였다. 정신이 온전치 못한 그들은 지금 당장 비차를 타고 날자고 하는 것으로 받아들인 모양이었다. 바로 얼레의 실을 풀어 연을 날리는 것같이 할 게 아니라, 여러 가지로 꼼꼼하게 최종 점검을 한 후에 시험비행에 돌입해야 하는데도.

'어떡하면 좋겠소? 아무리 급해도 지금은 아니지 않소?'

정평구의 눈이 묻고 조운의 눈이 답했다.

'하지만 저들을 이대로 보내면 언제 또 올지 모르는데…… 돌아서면 방금 했던 약속을 모두 잊어버릴 사람들입니다. 다음을 기약하기에는 무리입니다. 그럴 시간도 없고요.'

'다음이라니? 그건 결국 안 된다는 소리 아니오?'

그랬다. 그들을 폄훼하거나 무시해서 하는 소리가 아니라 믿을 수 없는 사람들이었다. 그들 자신이야 그러지 않고 싶어도 정신이 따라 주지 않으니 어쩔 것인가.

조운은 입안이 바짝바짝 말라갔다. 정평구도 마찬가지로 보였다. 광녀와 걸인은 비차 밑에 서서 왜 그들이 오지 않는지 의아스러워하는 눈치였다. 초점 없는 눈들이 더욱 흐릿해 보였다. 그렇지만 조운이 오랫동안 알고 있던 광녀와는 무척 달라진 모습이었다. 기적이라고까지는 할수 없을지 몰라도 정신이 많이 돌아온 것 같은 도원 처녀였다. 그 급박한 중에도 조운은 신기함을 느꼈다.

'그래도 둘이서 같이 지내다 보니 저절로 많이 호전된 것 같아. 저것도 사랑의 힘일까? 사랑이 기적의 묘약이 될 수도 있다면 말이다.'

조운은 고개를 들어 지금 해가 어디쯤에 걸려 있는가를 가늠해 보았다. 낙조가 되려면 아직 다소 시간의 여유가 있었다. 정평구를 향해 급히 입을 열었다.

"지금 바로 시작하면 좋겠습니다."

"뭐라고요?"

정평구는 실로 어이없다는 듯,

"위험하기 짝이 없는 일을 점검할 틈도 없어……?"

"이렇게 결정을 내리지 못하고 머뭇거리고 있다가 저들이 가 버리면 만사 수포로 돌아갈 수 있습니다."

정평구가 입을 열 틈을 주지 않고,

"그리고 꼼꼼히 점검한 후에 하면 더 좋겠지만, 지금 저 상태로 시작을 해도 큰 문제는 없을 것 같기도 하고요."

"이럴 땐 비차가 말을 할 수 있다면 참 좋겠는데……."

혼잣말처럼 그러면서 초조한 얼굴로 비차를 올려다보고 있던 정평구는,

"하긴 점검할 만큼 점검했으니까 기체(機體) 자체는 이상이 없을 것으로 보오만……."

동쪽으로 드리워진 비차와 사람 그림자가 점점 길어졌다. 마침내 조운이 성큼 비차 쪽으로 발을 떼 놓았다. 그것을 본 정평구도 눈에 불꽃이 일고 이를 꽉 깨물며,

"좋소. 막다른 길이오."

가장 먼저 비차에 오른 조운이 광녀와 걸인을 내려다보며,

"두 사람도 저 뒷자리에 타시오."

"아, 타? 우리도 타?"

그 말을 들은 광녀와 걸인은 좋아라고 올라타기 시작했다. 꼭 장난기 많은 아이들이 신나는 놀이기구를 즐기려는 것 같은 모습이었다. 조운 가슴이 한없이 먹먹해졌다.

'떨어져 죽을 수 있다는 것도 모르고…….'

티없이 순진하기만 한 그들을 보니 조운은 또 양심이 찔렸다. 그 자신이나 정평구는 벌써부터 비차와 운명을 같이할 각오를 하고 있는 몸이지만, 태어나서 지금까지 한번도 사람답게 살아 보지도 못했을 그들을 죽음의 길로 내몰게 된다면 그보다 큰 죄악도 없지 싶었다. 어쩌면 둘이 아들 낳고 딸 낳고 오순도순 살아갈 수도 있을 텐데.

'하지만 이제 어쩔 수 없다. 모든 건 운명에 맡길 수밖에.'

마지막으로 정평구가 익숙한 솜씨로 탑승하면서,

"야아, 탄탄한 것 같은데? 안정감이 느껴져."

불안감을 떨치기 위한 듯 정평구는 호들갑스러운 사람같이 굴었다. 하지만 옆자리에 앉은 조운에게 물어오는 그의 말끝에는 아슬아슬한 벼랑 같은 기운이 묻어났다.

"지난번 그 장소로 가지 않고 여기서 하겠다는 것이오?"

"지금 그곳까지 비차를 이동해 갈 시간이 없지 않습니까?"

"시간아……."

뒤에 앉은 사람들은 알지 못할 두 사람만의 대화가 계속되었다.

"나중에 우리가 비행(飛行)에 익숙해지면 한밤중이라도 상관없겠지만, 아직은 한참 서투니 어둠이 깔리면 시도도 한번 해 보지 못할 테니까요."

"그렇긴 한데, 높은 곳에서 낮은 데로 날아야 훨씬 쉬울……."

"제 생각은 조금 다릅니다. 어차피 지금은 시험비행이고, 또한 악조건에서 성공을 해야 완벽한 성공이라고 할 수 있지 않겠습니까?"

"하긴 어떤 곳에서라도 날아오르고 내릴 수 있어야겠지요."

"전천후……."

"나는 진주성의 지형을 잘 모르지만, 여기보다 힘든 지점에서 이륙과 착륙을 해야 할 경우도 적지 않을 테니까."

정평구는 언제나처럼 선두 지휘에 나섰다. 그는 뒤에 앉아 땅을 내려다보는 사람들을 돌아보며 알아듣거나 말거나 열심히 설명해 주기 시작했다.

"거기 줄이 있지요? 그 줄이 날개를 움직이게 하는 줄인데, 힘을 주지 말고 연의 얼레를 놀리듯이 자연스럽게……."

정평구 말을 들으면서 조운은 걱정부터 앞섰다. 정신이 온전한 사람들도 처음에는 서툴 텐데. 물론 앞에서 조종간(操縱杆)을 잡은 사람이 비행(飛行)에 필요한 거의 모든 작동을 담당하고, 뒤에서는 줄과 연결된 간단한 장치만 움직여 주면 되는 구조이긴 했지만. 어쨌든 그리하여 충청도 노성의 윤달규가 말했던, 이른바 비차의 배를 두드리기 시작했다.

그런데 예상 밖에도 걸인은 말귀도 그런대로 알아듣고 손재주가 있는 것 같았다. 물론 정신도 광녀보다는 좀 더 맑은 편이지만 집중력도 없지는 않은 편이었다. 말하자면 기대 이상으로 꽤 훌륭한 조수(助手)라고 할 만했던 것이다.

걸인은 쓸데없이 자꾸 비차 몸체를 건드려 앞에 앉은 사람들의 신경이 잔뜩 쏠리게 하는 광녀에게 제 딴에는 시범을 해 보이느라 노력하였다. 그런데 신기한 것은 광녀가 손장난을 하다가도 아주 고분고분 말을 잘 듣는 착한 아이처럼 걸인의 수화(手話)에 잘도 응한다는 사실이었다. 더군다나 지금까지 제법 오랫동안 함께 지내온 덕분인지 서로는 의사소통에 아무런 문제가 없어 보였다.

그들은 비차의 배를 열심히 두드렸다. 말하자면 풀무장치가 가동되는 가운데 날개를 움직이는 줄과 연결된 장치를 조작하여 양쪽 날개가 위아래로 움직이도록 하는 것이었다. 광녀만 빼고는 모두 각자의 역할을 잘 수행하고 있는 셈이었다.

"공기는 잘 내뿜고 있겠지요?"

정평구가 물었다. 동체의 가죽 주머니 밑에 뚫려 있는 구멍으로 압축공기가 제대로 잘 분출되고 있는지를 우려하는 말이었다.

"그것도 걱정이지만……."

조운은 제발 정평구가 말하는 압축공기의 반작용과 함께 공기 방석 작용으로 이륙할 수 있는 힘이 많이 많이 생겨 주기를 빌고 또 빌었다.

간절한 마음으로 비차의 시동을 걸면서도 조운과 정평구의 눈은 연방 붉어 오는 서녘 하늘을 바라보았다. 거기 지친 듯 걸려 있는 해가 꼴깍 완전히 넘어가면 또 금방 어둠이 깔릴 것이다.

조운이 애타는 심정으로 기도하고 있는 중에도 뒷자리에 앉은 광녀는 그저 좋아라 웃고 떠들고 난리였다. 돌아보지 않아도 그녀는 줄과 연결된 장치를 움직이며 신바람이 난 얼굴일 거라는 생각을 하며 조운은 눈시울이 젖어듦을 느꼈다.

'제발 붕 하고 떠다오, 비차야. 네가 여기서만 비상할 수 있다면 그 어떤 곳에서도 날 수가 있을 것이다.'

하느님, 부처님, 조상님. 소원을 빌 수 있는 대상은 다 부르며,

'우리 비차에게 날 수 있는 힘을 얻게 해 주소서!'

그러자 조운의 간절한 원망(願望)이 절대적인 존재의 영험을 통해 비차에게 닿았음일까? 드디어 지난번에 시험비행을 했던 비봉산 뒤쪽 등성이에서처럼 바람이 일기 시작했고, 그리고, 그리고 마침내 비차는 천천히, 아주 천천히 몸을 일으켜 세우고 있었다!

"뜨, 뜨고 있소!"

정평구 목소리가 비차보다도 먼저 허공 높이 떠올랐다. 뒷자리에서도 깜짝 놀라는 광녀 목소리와, 사람 소리라고는 할 수 없고 목 졸린 무슨 짐승이 내는 것 같은 걸인의 소리가 났다.

조운과 정평구에게는 세 번째의 비상(飛上)이었다. 하지만 감격과 기쁨은 앞서의 그 두 차례에 비해 결코 떨어지지 않았다. 오히려 어떤 면에서는 더 강렬했다. 마지막 시험비행일 수도 있었던 것이다.

그러나 그렇다고 하여 이제 다 끝난 것은 아니었다. 단지 고지대가 아닌 평지에서의 이륙에만 성공했을 뿐, 공중에서의 선회와 마지막 단계인 착륙이 아직도 기다리고 있었다. 두 번의 시험대에 더 올라 그것을 통과

해야 하는 것이다. 그 어느 것도 만만치 않았다. 바로 목숨과 직결되는 일이었다. 단 한 번의 실패로 깡그리 끝장나는 것이다. 그때 조운의 머릿속을 채우는 것은 단 한 가지 생각뿐이었다.

'그러면 귀인도 구할 수 없고, 조선도 사라진다.'

그런데 위기는 엉뚱한 데서 먼저 시작되고 있었으니. 전혀 예기치 못한 그 일이 벌어진 것은 다음 순간이었다. 완전한 수직은 아니고 경사가 지게 비스듬히 날아오르던 비차가, 어느 정도 땅을 벗어나 일정한 고도를 유지하며 막 수평으로 날기 시작할 즈음이었다. 조운은 물론 정평구도 소스라치게 놀라 뒷자리를 돌아보았다. 그럴 수가?

"난다 난다 비, 비차. 진주성에 가 보자……."

세상에, 광녀가 저 '비차의 노래'를 막 불러 대기 시작하는 게 아닌가! 게다가 광녀는 또 그렇다 치고, 걸인마저 비록 입을 열어 따라 부르지는 못해도, 광녀 노래에 맞장구를 치듯 살짝살짝 어깨춤을 추어 보이고 있었던 것이다.

"비차 비차 비차다. 진주성에 가 보자……."

역시 광인은 광인들인가. 도대체 미치지 않고서야 저럴 순 없었다. 세 번을 탄 조운과 정평구도 높은 공중으로 오르니 두렵고 무서워 간이 조마조마한 판인데, 생전 처음 비차를 타 보는 저들이 하고 있는 저 행태들이라니?

'사람이 아니다! 정체 모를 잡살뱅이 귀신들이다!'

처음 비차를 타는 인간이라면 누구나 속이 메슥거릴 정도로 어지러움을 느낄 만한데, 그들은 그렇지 않고 되레 무척 신이 나는 모양이었다. 비차가 그들에게는 어린아이를 넣고 흔들어서 즐겁게 하거나 잠재우는 채롱같이 느껴지는 걸까.

아이라면 훨씬 나을 터였다. 아직은 흔들리지 않지만 좀 더 신바람이 붙어 성인이 된 그 몸들을 마구 움직이기 시작하면 비차는 크게 요동칠 수도 있다.

"아, 위험하오! 어, 어서 내려가야겠소!"

정평구가 조종간을 꼭 잡은 채 저 아래 지상을 내려다보며 사나운 산짐승에게 쫓기는 사람처럼 다급한 목소리로 외쳤다. 조운도 빨리 비행 고도를 낮춰야겠다는 엄청난 조바심에 휩싸였다. 지난번 시험비행 때 당했던 그런 회오리바람을 정면으로 받았을 때보다도 더 위험한 상황이 아닐 수 없었다.

'저, 저들을 태, 태우는 게 아, 아니었는데……'

그 급박한 순간에도 조운은 크게 후회했다. 아무리 미치광이라도 비차에 타서 저런 짓을 할 줄이야. 착륙하기 전에 사고가 나고 말 것이다. 그새 해가 지고 어둠이 밀려든 듯 눈앞이 캄캄해진 조운의 귀를 정평구 고함 소리가 후려쳤다.

"우, 움직이지 말고 가, 가만히 있으란 말이야!"

그러나 그 소리가 뒤쪽까지는 잘 들리지 않는 걸까. 아니면 이미 광기에 점령당한 탓에 그 어떤 것도 그들을 제지할 수 없는 지경에 이르고 만 걸까. 뒷자리에서는 여전히 광녀의 노래와 걸인의 몸놀림이 이어졌다.

'그래 봤자 소용없습니다. 아무것도 모르는 미치광이들 아닙니까?'

거의 자포자기에 가까운 조운의 생각이었다. 정말이지 이런 일로 또 실패, 아니 인생 마지막을 맞을 줄은 몰랐다. 이런 것을 두고 '개죽음'이라고 하는 걸까.

'아마도 도원 처녀가 비차 노래를 부르고 저 거지가 그에 맞춰 춤추는 짓을 수없이 해 왔던 게 틀림없다. 그것도 거의 환각 상태에 빠져서 말이다. 그러니 어느 누구도 저것을 막을 수가 없을 것이다. 아, 결국 이렇게 끝이 나고 마는구나!

참으로 불가사의한 일이 아닐 수 없었다. 그 절체절명의 순간에 그런 여러 가지 생각들을 할 수가 있다니. 한데, 그러던 조운이 문득 발작하듯 이렇게 내뱉은 것은 광녀의 노래가 서너 번이나 되풀이되고 있을 때였다.

"좋다! 가자! 진주성에 가 보자!"

"강……형……."

거의 반쯤은 죽은 사람 얼굴을 하고 뒷사람들에게 또 무어라 외치려던 정평구가 귀신 보듯 조운을 보았다. 조운이 귀신 씨나락 까먹는 듯한 소리를 했다.

"가 보자고요! 진주성에 가기로 하고 만든 비차 아닙니까?"

그러면서 조종간을 힘껏 거머쥐는 조운이 정평구 눈에는 광녀나 걸인보다도 더 정신이 돌아버린 사람 같았다. 그도 노래 부르기 시작한 것이다. 난다 난다 비, 비차……

'조운 저 사람은 비차 노래를 듣고 죽음의 공포를 다 벗어던진 것 같다. 그에게 비차 노래는 신의 음성처럼 받아들여지고 있는 걸까?'

정평구가 바로 보았다. 조운 스스로는 깨닫지 못하고 있었지만, 그 비차 노래를 듣는 순간부터 그는 오직 한 가지 욕망, 비차를 타고 진주성으로 가야 한다는 무서운 일념의 포로가 되어 버렸다. 하지만 그러는 사이에도 비차의 요동침은 점점 심해져 가고.

정평구의 심경에도 놀라운 변화가 일기 시작했다. 일단 이륙에는 성공했으니 내친 김에 착륙 장소를 진주성으로 정해 버리자고. 갈수록 크게 흔들리는 비차와 함께 여기 떨어져 죽는 것보다는 진주성에 날아가 거기서 최후를 맞이하자고.

그런데 하늘이 아직은 아니라고 말리시는 걸까? 기적 같은 일이 막 벌어졌다. 그렇게 소리쳐도 듣지 않던 광녀가 어느 순간 홀연 입을 다물었고, 그러자 걸인도 몸동작을 딱 멈췄던 것이다. 또한 그와 때를 같이하여 비차 역시 잔잔한 호수 위에 떠 있는 나뭇잎같이 미동조차 없었다.

'아, 살았구나!'

조운과 정평구 머릿속에 동시에 떠오른 생각이었다. 해는 어느새 지고 땅거미가 내려왔지만 지금부터라도 서둘러 착륙을 시도하면 늦은 것만은 아니었다.

"자, 어서!"

얼른 비행 고도를 낮추기 시작했다. 해가 지자 바람기가 조금씩 느껴지고 있기는 했지만 비행에 지장을 줄 정도는 아니었다. 같이 연구해 온 두 사람 손발이 척척 맞았고 그리하여 마침내 성공, 성공이었다!

이윽고 비차는 처음 출발했던 그 장소에 무사히 내려앉았다. 마치 한 마리 새처럼 가볍게, 한 마리 가오리같이 유연하게. 두 번 다시는 발을 디디지 못할 줄 알았던 분지였다.

비차에서 내리지 않으려는 광녀와 걸인을 간신히 구슬려 내려오게 하였다. 그런데 땅으로 내려서자마자 또 그들은 놀음판을 벌이기 시작했다.

"난다 난다 비, 비차. 진주성에 가 보자. 비차 비차 비차다. 진주성에 가 보자……."

광녀가 또다시 비차 노래를 불렀고, 걸인은 어깨춤을 덩실 더덩실 추었다. 아직도 여흥이 가시지 않은 모양이었다. 그만큼 단순하다는 까닭이리라.

'그래, 이제 부르고 싶은 대로 부르고, 추고 싶은 대로 추어라.'

점점 어둠의 빛에 가려지기 시작하는 두 사람을 보며 마음속으로 그렇게 말하던 조운은 그만 화들짝 놀라고 말았다. 그의 입에서도 비차 노래가 흘러나오고 있었던 것이다. 그런 조운을 넋 나간 듯 바라보고 있던 정평구가 고개를 끄덕였다.

　드디어 시험비행에 완벽한 성공을 거둔 비차가 아주 자랑스러운 모습으로 우뚝 서 있는 분지의 하늘 위로 성급하게 나타난 별 하나가 빛나는 훈장처럼 반짝이고 있었다.

　그런데 바로 그때였다. 그곳 분지로 통하는 유일한 길목인 남쪽 방향으로 무슨 물체 두 개가 어른거린 것은. 노래하고 춤추는 데 빠진 광녀와 걸인은 아무것도 모르고 있고, 얼른 마주친 조운과 정평구의 눈이 동시에 말하고 있었다.

　'사람이다!'

　조운에게서 안도의 한숨 소리가 새나왔다. 천만뜻밖에도 둘님과 상돌이었다. 지리산 쪽 한의원에 있는 줄 알았던 그들이 돌아올 줄이야.

　"형님! 형수님과 제가 왔습니다."

　한쪽 다리를 절뚝거리고 오면서 숨 가쁜 목소리로 상돌이 크게 외쳤다. 둘님은 말이 없었지만 굳이 홀쭉해진 배가 아니더라도 그동안 더욱 살이 많이 빠진 것 같았다.

　그런데 어느 틈에 발견한 걸까. 둘님의 눈이 광녀에게 화살처럼 박혔다. 그때쯤 광녀도 둘님을 알아보고 노래를 딱 멈추었다. 걸인의 동작도 멎었다. 한순간 분지에는 어둠보다 깊고 위험한 침묵이 가로놓였다.

　한데, 그런 상황은 오래 지속되지 않았다. 그것을 깨뜨린 사람은 전혀 예상치도 못한 걸인이었다. 그가 보호하듯 광녀 앞을 막아서며 둘님을 째려보기 시작한 것이다.

모두가 당황했지만 가장 충격을 받은 사람은 둘님이었다. 난데없이 두 여자 사이를 가로막고 나선 낯선 사내. 더욱이 사내는 여차하면 둘님에게 달려들 태세였다. 그때 퍼뜩 끼어든 사람이 정평구였다.

"서로 인사들 나누시오. 그렇게 서 있지들만 말고……."

상돌의 눈이 조운에게 묻고 있었다.

'저자가 누굽니까?'

조운은 무슨 말부터 어떻게 꺼내야 할지 몰라 잠시 머뭇거리다가,

"이쪽은 내 아내, 저쪽은 도원 처녀의 동무……."

도원 처녀의 연인이라고 소개하려다가 그녀가 얘기한 그대로 '동무'라고 말했다. 그리고 그렇게 말하고 나니 어쩐지 그게 아주 적절한 말 같다는 생각도 들었다.

"……!"

둘님은 무척 경악하는 표정이었다. 광녀에게 사귀는 남자가 있었을 줄이야. 그 남자가 약간 이상하다는 느낌이 없는 것은 아니었지만 어쨌든 무척 충격이었다.

"그런데, 형님."

상돌이 비차를 쳐다보며 조운에게 물었다.

"이 어두운데 비차를 날리시려는 겁니까?"

조운이 난처한 입장에 있다가 돌파구를 찾은 듯,

"동생, 기뻐하게. 드디어 성공했어, 성공!"

"예에?"

상돌 얼굴 가득 당장 터질 것 같은 기쁨과 반가움의 빛이 떠올랐다.

"그쪽 희생이 헛된 게 아니구먼."

정평구도 상돌에게 말했다.

"완벽한 비행을 이루어 냈다고."

정평구 말을 들은 조운은 조금 전 그 시험비행이야말로 완벽한 비차 제작을 똑똑히 재확인하는 계기가 되었음을 새삼 깨닫고 더더욱 가슴이 뛰었다. 그런 상황에서도 추락하지 않고 무사히 비행할 수 있었으니 이제는 확실히 믿어도 될 것이었다.

'광녀와 걸인 덕분에 그토록 소원하던 마지막 성과를 이룬 셈이니, 이런 게 바로 보묵 스님께서 말씀하신 운명이란 것인가?'

조운은 마음 깊이 새기듯 생각했다.

'그리고 아까 상황을 놓고 잘 판단해 볼 때, 조종 기술만 숙달되면, 한 사람이 비차를 몰든, 두 사람이나 네 사람이 몰든, 전혀 아무 상관이 없을 것이다. 그야말로 전천후 비행기구가 비차인 것을!'

"여보, 드디어 성공하셨군요. 정말 수고 많으셨어요."

그러고 나서 둘님은 정평구에게도 그간의 노고에 감사하고 성공을 축하한다는 듯 고개를 깊숙이 숙여 보였다.

'여, 여보……'

조운의 가슴이 풀쩍 뛰었다. 방금 둘님의 그 목소리, 그것은 봄날 보리밭 위에서 노래하는 종달새 소리 같은 예전의 그 목소리였던 것이다.

'아, 둘님이 다시 돌아왔구나, 진짜 둘님이의 모습으로.'

조운은 포기해 버린 삶을 향해 이별의 손수건을 흔들었다.

'비록 둘님이가 유산하고 다시는 아이를 가질 수 없는 석녀가 되고 말았지만, 그래도 우리 두 사람, 살아갈 수 있을 것이다.'

새로 찾은 삶을 향해 일러 주었다.

'우리 부부에게는 비차라고 하는 영원한 자식이 있으니까.'

운명의 총성

"어? 저, 저게 뭐야?"

성 밖 왜군 진지에서 무심코 하늘을 올려다보던 왜군 하나가 기겁을 하였다. 그러자 같이 있던 왜군들도 놀라 물었다.

"왜, 왜 그래? 조, 조선군이 나타난 거야?"

처음에 소리를 질렀던 그 왜군이 손가락으로 하늘 한 곳을 가리키며 마구 떨리는 목소리로 물었다.

"저, 저것 말이야. 안 보여?"

순간, 왜군 진지에 엄청난 소요가 일기 시작했다.

"헉! 저건? 새 같은데?"

"저런 새가 세상에 어디 있어?"

"맞아. 저렇게 큰 새는 있을 리가 없다고. 생긴 것도 그렇고."

부하들의 긴급보고를 받고 막사에서 밖으로 달려 나온 왜장도 아주 경악한 얼굴로 말했다. 3천 500의 왜군을 이끌고 온 장강충홍의 아우 장강현번지윤이었다.

"날개는 있지만 새는 아니다. 우리가 미리 보낸 첩자들에게서 여기 조선국에 저런 새가 있다는 보고는 받지 못했다."

그 말은 왜군 진지를 더욱 술렁거리게 했다.

"그럼 뭡니까, 저 이상하게 생긴 물체가?"

"이건 안 좋은 징조라고. 기분 나빠 죽겠어."

왜병들은 이제껏 경험하지 못한 기이한 공포와 의문에 사로잡힌 나머지 군대 기강이 어수선하기 그지없었다. 하나같이 싸우고 싶은 기색이 사라지고 그만 퇴각하였으면 하는 표정들이었다. 왜장들도 벌레 씹은 상을 감추지 못했다.

왜군들이 엉덩이 불붙은 원숭이처럼 그렇게 법석을 떨고 있는 사이에 그 정체불명의 물체는 유유히 성안으로 사라졌다.

한편, 조선군도 마찬가지였다. 그들도 놀라 그 괴물체가 내려앉은 넓은 풀밭 쪽으로 달려갔다. 그러나 선뜻 그것에 다가가지는 못한 채 무기를 들고 이만큼 떨어져 서서 잔뜩 경계만 하였다. 누구나 난생처음 보는 물체가 아닐 수 없었다. 얼핏 그 형상은 따오기나 고니, 아니면 가오리같이 보였지만, 자세히 살피니 대나무와 무명천과 화선지, 솜과 소나무 같은 것으로 만들어진 기구였다.

"어? 누, 누가 내린다!"

"세상에, 저런 것에 사람이 타고 있다니?"

"사람이 아니고 귀신인지 몰라."

그런데 그렇게 몰려와 놀란 눈으로 괴물체를 바라보고 있는 사람들 속에는 조운의 동생들인 천운과 지운도 섞여 있었다. 당시 진주성은 병사고 민간인이고 싸움에 나서지 않은 이가 없었다. 시체도 무덤에서 걸어 나와 싸운다는 말까지 나돌았다.

천운과 지운도 마찬가지였다. 게다가 아직까지 젊고 기골이 장대한 그들인지라 어떤 수성군보다도 활약상이 눈부셨다. 그러나 그들은 그때까지도 부모의 죽음을 모르고 있었고, 우애가 남다른지라 제 몸보다 형제 안위를 더 걱정하였다.

그들은 공격해 오는 적을 온몸으로 막으면서도 집에 계신 부모님과 맏형 조운 내외를 이야기하곤 했다.

"아버지, 어머니는 제발 아무 일 없어야 할 텐데, 간밤 잠깐 눈을 붙인 꿈자리가 하도 뒤숭숭해서……."

"큰형과 형수님이 비차에 깔려 신음하는 모습이 보였어. 혹시 무슨 사고가 생긴 건 아닐까?"

부모자식 그리고 형제간에는 인륜이란 게 있어서일까. 하나밖에 없는 목숨이 오가는 그 긴박하고 위태로운 전투 상황 속에서도 두 사람은 감지하고 있었던 것이다. 아무튼 모든 조선군은 손에 든 무기를 더욱 힘껏 쥐고서 여차하면 공격할 태세를 취했다.

이윽고 거기서 내린 사람은 둘이었다. 그랬다. 그들은 끝까지 함께 행동하기로 약속한 것이다. 죽어도 비차를 타고 같이 죽기로.

"우리는 성주님과 친분이 있는 사람들입니다. 시간이 없습니다. 어서 우리를 그분 앞으로 데려다 주십시오."

조운이 말했다. 그러자 조선군 사이에서 누군가가 이렇게 말하는 소리가 들렸다.

"아, 저 사람, 안면이 있어. 그래, 맞아. 언젠가 남문 문루 위에서 우리 김시민 장군님과 같이 있는 걸 보았어."

그러나 그보다도 먼저 소리치며 조운 쪽으로 뛰어가는 두 사람이 있었다. 조운은 눈과 귀를 의심했다. 자기를 향해 달려드는 동생들을 멍하니 바라보았다. 동생들이 왜구를 맞아 여기서 싸우고 있다는 사실은 알고 있었지만 막상 마주치게 되니 이게 꿈이 아닌가 싶었다.

"흑……."

아직 두 사람 모두 무사하다는 것을 안 조운의 눈에서 당장 굵은 눈물 방울이 주르르 흘러내렸다.

"형님!"

"동생들아!"

그런데 형제들이 서로 부둥켜안으려는 그 순간이었다. 정평구의 날카로운 목소리가 공기를 찢었다.

"강형! 지금은 형제와 만나고 있을 때가 아니오!"

일순, 조운은 번쩍 정신이 났다. 그럴 때가 아니었다.

"아, 알겠습니다. 제가 그만 깜빡……."

그러고 나서 조운은 동생들에게 급히 말했다.

"화급한 일이 있다. 우리는 나중에 다시 보자."

천운과 지운이 울상을 지었다.

"형님을 우리가 어떻게 만났는데……?"

"다시는 못 볼지도 모르는데……?"

조운은 손등으로 눈물을 닦으며,

"내가 시키는 대로 해라."

정평구가 수성군들을 보고 말했다.

"시가 급하니 즉시 우리를 성주님께로 안내하시오."

군사 몇이 두 사람을 시민이 있는 곳으로 데리고 갔다. 천운과 지운은 따라오지 않았다. 그곳에서는 왜군 진지가 똑똑히 내려다보였다.

"어, 이게 뉘시오? 무사하구려."

시민은 조운을 무척이나 반갑게 맞았다. 조운은 먼저 시민에게 정평구를 대강 소개해 주고, 또 그동안의 비차에 대한 진척 상황에 대해 알려 주었다.

"아, 그렇다면 비차가 완성되었다는 말이오?"

시민이 한번 더 확인하듯 정평구에게 물었다.

"전라도 김제에서 오셨다고요? 이름은 정평구라 했고?"

조선군이 또다시 술렁거렸다.

―전라도 김제에서 온 정평구라는 사람이 비차라는 것을 만들어 타고 성안으로 날아들어 왔단다.

그 이야기는 삽시간에 온 성내에 퍼져 나갔다.

"그 비차라는 것을 빨리 보고 싶소. 가 봅시다."

시민이 말했다. 그러나 비차가 착륙한 곳까지 갈 필요가 없었다. 조선 병사들이 이미 그것을 그곳 지휘소 마당에 끌어다 놓았던 것이다.

"아! 이것이 정녕 하늘을 난다는 그 비차란 말인가?"

"한번 타 보시겠습니까?"

정평구 말에 시민이 놀란 얼굴을 했다. 주위에 있던 모든 장졸들도 시민더러 그렇게 해 보시라고 한 목소리로 권했다. 그러자 시민이 휘하 군사에게 명했다.

"가서 내 평상복 한 벌을 가지고 오너라."

모두들 시민이 왜 그러는지 지켜보고 있는 가운데 시민은 장수복을 벗고 평복 차림으로 갈아입었다. 그러고는 옷을 가져다 준 군사에게 말했다.

"적이 나를 알아보면 안 되느니. 무슨 뜻인지 알겠느냐?"

무척 날렵하게 생긴 그 군사는 시민의 장수복을 두 손으로 공손히 받아들더니 대장 막사 앞에 서 있는 허수아비의 몸에 입혔다.

"아하!"

"역시……."

모두 감탄했다. 왜군 진지에서 보면 그곳에 성주가 서 있는 것같이 보이게 하기 위한 위장이었던 것이다. 하지만 그 순간까지도 거기 아무도 내다보지 못했다. 그게 그토록 엄청난 결과를 가져올 줄은.

이윽고 시민은 비차에 올랐다. 조운과 정평구도 같이 탔다. 이제는 어느 누구 눈에도 비차에는 민간인 세 사람만 타고 있었다. 배를 두드리자 바람이 일고 비차는 서서히 떠오르기 시작했다. 모두는 금방 기절할 것같이 보였다.

"아, 이럴 수가? 이게 정녕 꿈은 아니렷다!"

시민은 점점 작아져 가는 땅 위의 물체들을 내려다보며 경악을 금치 못했다. 성루가 금세 눈 밑에 깔리고 남강이 발아래 흘러가고 있었다. 놀란 눈으로 하늘을 올려다보고 있는 장졸들이 개미같이 조그맣게 보였다. 손가락으로 비차를 가리키거나 무어라고 떠들어 대는 모습들이었다. 심지어 성 밖의 왜군 진지도 한눈에 내려다보였다. 시민은 그곳에 불벼락을 내리고 싶었다.

그리하여 그날의 그 일은 조선에 하나의 전설로, 아니 생생한 기록으로 남아 전해지게 되었다. 조일전쟁 당시에 왜군에게 포위를 당한 영남의 어느 성에 비차를 타고 날아온 사람이, 친분이 있는 성주를 태우고 성 밖으로 날아가 피신시켰다는…….

그러나 시민은 조운과 정평구의 만류에도 불구하고 곧 다시 성으로 돌아왔고, 그후 전쟁이 끝나고 숱한 세월이 흐르면서 사람들은 그 성주가 누구였던가를 잊어 갔다.

뿐만이 아니었다. 그 성주가 비차를 타고 도망쳤다는 다른 이야기도 나왔다. 그리고 당시 현장에 있던 수성군들은 김제 사람 정평구라는 이름만 기억하였기에, 역사는 그 이름만을 기록해 놓고 있는 것이다. 그런가 하면, 그 사건은 너무나 믿을 수 없는 것이었던 만큼 별의별 풍문이 나돌았는데, 그 가운데에는 정평구가 성을 지키던 군관 중의 한 사람이었다는 이야기도 들어 있었다.

그런데 그들이 비차를 몰고 다시 성으로 돌아온 직후였다. 장졸들은 각자의 위치로 돌아가고, 조운과 정평구도 무슨 이상이 없는지 비차를 점검해 볼 생각을 했을 때였다. 평상복을 벗고 다시 장수복으로 갈아입기 위해 허수아비가 있는 곳으로 간 시민이 놀라 말했다.

"아, 이게 어찌 된 일인고?"

그 소리에 거기 있던 조운과 정평구는 얼른 그쪽을 바라보았고, 언제나 시민의 옆에 그림자같이 붙어서 상관의 신변을 호위하는 경호 군사가, 반사적으로 경호 자세를 취하며 왜 그러시냐고 급히 물었다.

"이, 이걸 보게나!"

그러면서 시민이 가리키는 것은 허수아비에게 입혀 둔 그의 장수복이었다.

"헉!"

그것을 보던 경호 군사 입에서 갑자기 비명 같은 소리가 터져 나왔다.

"아니?"

조운과 정평구도 소스라치며 보았다. 허수아비에게 입혀 놓았던 시민의 옷에 여러 개나 박혀 있는 탄환을.

"어, 어떻게 이, 이런 일이?"

시민의 총알받이가 되어 준 장수복이었다. 이런 소리가 났다.

"장군께서 죽었다가 살아나셨다!"

그 소리가 누구의 입에서 나왔는지조차 그들은 알 수가 없었다. 어쩌면 그들 각자의 입에서 나왔는지도 모른다. 실로 머리털이 쭈뼛 곤두서고 가슴이 서늘한 광경이 아닐 수 없었다. 만약 시민이 비차를 타고 잠시 성 밖으로 나가지 않았다면…….

"누, 누구의 소행일까요?"

정평구가 떨리는 목소리로 누구에게랄 것도 없이 그렇게 물었다. 시민은 탄환이 박혀 있는 자기 옷에 시선을 못 박은 채 심상한 말투로 입을 열었다.

"너무 그렇게 놀라시지들 마시게. 내 생각에는, 저놈들이 마구 쏘아 댄 조총의 유탄이 아닐까 싶으이. 빗나간 탄환 말일세."

그러자 덩치 큰 경호 군사가 얼른 말했다.

"아닙니다, 장군. 어쩌면 장군을 암살하기 위해 몰래 성내에 잠입한 왜병의 짓인지도 모릅니다."

시민이 전혀 아무렇지도 않다는 듯 심상한 어조로 말했다.

"뭐, 설사 그렇다고 해도 그게 무슨 대순가? 하하."

조운으로선 어느 쪽인지 알 수가 없었지만 비차가 성주를 살렸다는 사실에 숨이 막히는 듯했다. 비차가 아니었다면 시민은 분명히 살해되었을 것이다.

"지금 필요한 건, 저게 어떤 탄환인가를 알아내는 게 아니야."

문득 들려온 시민의 목소리에 조운은 정신이 들었다.

"조선군 사기와 관련된 것이란 게 중요해. 우리 군사들이 이런 사실을 알게 되면……."

역시 시민이었다. 수성장의 장수복이 집중사격을 받았다는 게 알려지면, 모두들 엄청난 타격과 공포를 느낄 것은 뻔했다.

"극비로 해야 하느니. 내 말뜻을 잘 알 것이라 보고……."

시민은 경호 군사더러 아무도 모르게 그 옷을 소각시켜 버릴 것을 명했다. 경호 군사가 허수아비에게 입혀져 있는 옷을 벗겨 내 막사 뒤쪽으로 갔다. 시민의 눈이 비차를 향했다. 그 눈빛이 복잡했다. 생명의 은인인 비차였다.

조운은 안도의 숨을 내쉬면서도 온몸에 확 끼치는 전율을 떨치지 못했다. 더없이 기쁘고 다행스러우면서도 너무나 무섭고 두려웠다. 하늘의 뜻은 정녕 누구도 거스를 수 없는 것인가? 새의 운을 타고 세상에 태어난 그는 자신의 운명이 시키는 일을 틀림없이 수행해 낸 것이다…….

그런데 비차 제작자인 조운과 정평구도 몰랐다. 시민이 그런 놀라운 발상을 할 줄은. 그는 두 사람에게만 작은 소리로 말했던 것이다.

"저 비차를 말이오, 적의 동태를 살피는 정찰 기구로 사용하면 좋을 것 같다는 생각이 드는데 두 사람 의견은 어떠하오?"

조운과 정평구 입에서 동시에 감탄의 소리가 흘러나왔다.

"비차를 타고 정찰에 나서면 굉장한 도움이 될 것입니다."

"참으로 기발하신 생각을 해 내시었습니다."

시민이 조운에게 또 놀랄 소리를 꺼냈다.

"내 들으니, 지금 수성군들 중에는 그대의 동생 둘도 있다는데, 그들을 비차에 태워 피신시킬 생각은 없소?"

조운뿐만 아니라 정평구의 안색도 새파랗게 질려 버렸다. 수성장 입에서 저런 말이 나오다니? 적과의 교전 중에 탈영은 곧 즉결 처형이었다.

"내 기꺼이 허락해 줄 용의가 있소."

정평구 눈이 조운을 쏘아 보았다. 이런 기회는 하늘도 내리기 힘들 것이다. 그런데 조운 입에서 나온 말이 이랬다.

"그럴 바에는 차라리 저 비차를 없애 버리겠습니다."

조운은 까마득 몰랐다. 이듬해 계사년에 벌어진 진주성 제2차 전투에서 천운과 지운이 전사할 줄은. 그렇다면 그것도 운명이랄 수밖에.

잠시 후였다. 그들은 왜군은 물론 조선군도 모르게 비차를 타고 성을 나갔다. 그러고는 아직도 비차가 세상에 둘도 없는 희귀한 새인 줄로만 알고 있는 왜군 머리 위를 높이 날아다니며 그들의 진지(陣地) 배치와 군사, 무기 등을 염탐하는 데 성공하였다.

사위가 어둠의 장막에 덮였을 때였다. 겹겹이 성을 포위하고 있는 적진으로부터 매우 이상한 광경이 눈에 잡혔다. 왜군들이 날름거리는 뱀 혓바닥 같은 햇불을 들고 이리저리 오가는데, 분명 모종의 음모를 꾀하는 형상이었다.

"수상하다. 공기가 여간 심상치가 않아."

"저쪽에서 불어오는 바람 끝에 피 냄새가 섞여 있어."

수성군이 잔뜩 불안과 긴장에 싸여 있을 때였다. 조선 아이 하나가 허겁지겁 달려와 신북문 앞에 이르렀다. 군사들이 알아보니 그 고을에서 잡혀갔던 아이였다.

"뭐라? 탈출한 아이가……?"

시민은 급히 그 아이를 불러들여 적의 정세를 물어보았다. 그랬더니 아이의 핏기 없고 부르튼 입에서 놀라운 말이 나왔다.

"왜놈들이 내일 새벽에 힘을 합해 성을 공격할 거라고 합니다."

그러잖아도 분위기가 심상치 않음을 감지하고 있던 시민의 눈이 비수처럼 번득이고 턱수염이 부르르 떨렸다.

"뭣이? 그게 믿을 만한 정보가 틀림없으렷다?"

"예."

머리칼이 제멋대로 헝클어지고 옷마저 가리가리 찢어진 아이는, 비록 배가 고프고 지쳐 보였지만 유난히 검은 두 눈만은 총명해 보였다.

"고얀 놈들 같으니라고."

시민은 쇠라도 뚫을 것같이 매서운 눈빛으로 적진을 한번 노려보고 나서,

"알았다. 여봐라! 저 아이에게 어서 먹을 것을 주고 몸도 따뜻하게 해 주어라."

시민은 곧 휘하 장수들을 총지휘소인 촉석루에 모이게 했다. 목사 시민을 위시하여 진주판관 성수경, 곤양군수 이광악, 전 만호 최덕량, 군관 이눌과 윤사복 등 쟁쟁한 얼굴들이 하늘로 치솟은 거기 누각의 팔작지 붕만큼이나 높은 기상에 차 보였다.

"놈들이 세상을 빨리 하직하고 싶어 안달이 난 모양입니다."

"우리가 처부순 대나무 사다리가 수천 개도 넘을 텐데요?"

"우리 군사들이 힘차게 휘두르는 자루 긴 도끼와 낫에 사정없이 깨뜨 려지던 바퀴 달린 산대(山臺)는 또 어떻고요."

천연의 해자(垓子) 구실을 하는 대사지에서 시작하여 동북쪽 성벽을 감 고 돌아가 남쪽으로 곧바로 가서 남강에 다다르는 해자의 물빛이 벌써 핏빛처럼 검붉어 보였다.

성가퀴 위에 활시위를 당기는 자세로 만들어 놓은 추인(蒭人, 풀이나 짚으 로 만든 인형)은 밤에 보니 더욱 진짜 사람같이 보였다. 문루에 매달린 북이 바람에 저절로 '둥둥' 소리를 낼 듯하고, 금방이라도 연지사에서 옮겨 온 천년 범종의 청아하고 우렁찬 울림이 퍼져 오를 것 같았다. 하늘에 떠

있는 별들도 마음을 졸이는 듯 눈을 반짝거리는 밤이었다.

'어쩌면 지금 보이는 저 별들이 내가 이 세상에서 마지막으로 보게 될 별들일지도 모르겠다. 하지만 그러기 전에 저놈들부터 먼저 저승으로 보내고 말 터이다.'

시민은 허리에 찬 칼집을 거머쥐며 폐부 깊숙이 심호흡을 했다.

'예로부터 참으로 축복받은 이 나라 강토인 것을.'

왜군이 미친개같이 설치고 다니며 노략질을 하고 있기는 해도, 아직은 여전히 숨을 쉴 만한 조선 땅 유서 깊은 남방 고을의 공기였다. 시민은 아주 잠깐 고향 충청도 목천현 잣밭마을을 떠올렸다. 가지가 길쩍길쩍하게 하늘로 뻗어 오른 푸르고 튼실한 잣나무들은 지금도 잘 지내고 있겠지.

'아, 내일이면 시월하고도 중순으로 접어드는구나. 덧없고 무정한 것이 세월이라지만, 이제껏 버텨 준 시간들이 고맙기만 하도다.'

시민의 눈에 10월(음력) 초순의 끝자락이 조선 여인네 치맛자락같이 보이는 듯했다. 그런 한편으로 일본 민족의 섬나라 오랑캐 기질과 근성을 여실히 보여 주는 날이기도 했다. 부하가 와서 어둠같이 컴컴한 목소리로 고했다.

"놈들이 다시 움직이고 있습니다. 어떡할까요?"

시민은 뇌리에 자꾸 자라는 잣나무를 싹둑 자르는 듯한 어투로,

"좀 더 추이를 지켜본 후에 명령을 내리겠으니 그렇게 알라."

"옛, 장군."

왜군은 자정이 좀 지난 4경 초부터 행동을 개시했다. 막사마다 훤히 불을 밝혔다. 성 주변은 삽시간에 불야성을 이루었다. 지상의 불빛에 천상의 별들이 빛을 잃는 듯했다. 그 '불의 세상'에 사람도 불의 일부분이

되어 버릴 것 같았다.

"왜놈들 모두 총동원시킨 모양이야. 잘됐지 뭐야."

"하나씩 처치하려니 귀찮은 참에 몰살시킬 기회잖아?"

"야광귀(夜光鬼) 같은 것들!"

실제로 키가 퍽 작은데다가 신발도 제대로 신지 않고 간혹 눈알이 튀어나온 듯한 삐뚜름한 얼굴은 야광귀를 방불케 했다. 굳이 생김새를 들먹이지 않더라도 남의 나라를 약탈하기 위해 침입한 왜군은, 정월 초하룻날 밤에 하늘에서 사람이 사는 집으로 몰래 내려와 신발을 훔쳐 가는 귀신과 다를 바 없는 것들이기도 했다.

"어디 체 없어?"

"맞아. 성벽에 체를 걸어 두자고."

수성군들 사이에 조선 세시풍속에 대한 이야기도 나왔다. 야광귀가 신발을 가져가면 잃어버린 사람은 일 년 내내 불길하므로, 벽에 체를 걸어 두어 야광귀가 체에 뚫린 촘촘한 구멍을 세다가 '꼬끼오!' 하고 새벽닭이 우는 소리에, 그만 신발 훔쳐 가는 것을 깜빡 잊어버리고 얼른 달아나도록 한다……

어쨌든 조선군이 조금도 경계를 늦추지 않고 똑똑히 지켜보는 사이에도 무수한 왜군 그림자들은 어지럽게 오갔다. 짐바리를 실은 우마차가 득시글거렸다. 한밤중에 갑자기 끌려나온 소와 말들이, '음—매', '히히힝!' 하고 내지르는 소리들이 밤공기를 뒤흔들었다. 성가퀴에 몸을 감추고 그 모든 광경을 하나도 놓치지 않으려는 듯 크게 부릅뜬 눈으로 노려보고 있는 수성군이 소리 죽여 또 소곤거렸다.

"교활하기 짝이 없는 놈들 같으니라고."

"저따위 비열한 속임수를 쓰고 있다니?"

자기는 6대에 걸친 외동아들이라며, 옆에서 그들 형제 우애를 늘 부러워하는 곰득이란 병사가 말했다.

"무슨 짓들을 하려는지 두고 보자고. 재미있지 않나."

왜군이 하는 짓거리는 갈수록 가관이었다. 마치 공성을 포기하고 당장이라도 자기들 나라로 돌아가려는 모습들이었다.

"거짓 퇴각이다."

동문 북격대에서 왜구와 대치하고 있는 수성장 시민이 장졸들을 돌아보며,

"참으로 같잖은 작태로다. 우리를 심리적으로 풀어지게 하여 기강이 해이해지도록 수작을 부리고 용을 쓴다만, 우리 수성군 규율이 얼마나 잘 잡혀 있는가를 전혀 모르는 어리석은 놈들이 아니냐?"

곤양군수 이광악도 왜군이 가장 겁내는 허리에 찬 그의 장검을 소리나게 툭툭 두드리며 일그러진 웃음을 보였다. 왜군은 오랫동안 그 괴상한 짓거리를 멈추지 않았다. 진주판관 성수경도 자신이 맡은 동문 옹성에서 부하들을 돌아보며 입을 열었다.

"죽어 지옥에 가서도 저 짓을 할 건지 가서 물어보랴?"

전 만호 최덕량, 그리고 군관 이눌과 윤사복 또한 전쟁만 아니라면 지루함을 느낄 정도의 왜군 위장전술을 보고 가증스러움을 금치 못하였다.

"우리가 성을 보전하지 못한다면 조선 군사가 아니니라."

"여기 구북문으로는 개미새끼 한 마리도 들어오지 못한다!"

그런 순간이 머무는 듯 흘러갔다. 이윽고 사람과 짐승 소리가 다 같이 뚝 끊긴 적진은 텅 빈 것처럼 보였다. 찬바람만 씨잉 지나는 황량한 벌판이었다. 더욱이 그들이 모든 불을 껐기 때문에 그곳은 그야말로 칠흑 같은 어둠의 늪에 잠겨 있었다.

"우리도 움직여서는 안 된다."

장졸들더러 주의를 주는 시민의 음성 끝에도 어둠이 묻어 있었다. 하지만 눈빛만은 밤의 태양처럼 이글거렸다.

"모두 잠든 것처럼 해 보여야 하느니."

조심스럽게 고개를 끄덕이는 군사들 얼굴은 어둠에 가려져 잘 보이지 않을 정도였다. 하지만 결전의 굳은 태세만은 밤의 장벽을 무너뜨릴 만하였다.

그 고을 판관 자리에 있을 때부터 하나같이 은혜로써 군사와 백성들을 대하였던 시민. 그리하여 온 경내 사람들이 그를 부모와 같이 여겨 한 치 어긋남도 없었다.

그로부터 얼마나 지났을까? 수성군은 보았다. 저쪽 캄캄한 속에서 소리 없이 돌아오고 있는 그림자들을. 그것은 어두운 심해 속에서 크고 시커먼 가오리가 움직이는 것처럼 비쳤다. 무명천과 화선지, 솜뭉치 등을 재료로 하여 만든, 전반적으로 흰색인 비차와는 아주 대조적으로 느껴졌다.

수성군은 분명히 느낄 수 있었다. 야음을 틈타 자기들 진영으로 몰래 돌아간 그들이 공격할 채비를 갖추기 시작한다는 것을. 만약 시민이 미리 알고 군사들을 시켜 대비하지 않고 있었다면 어떡할 뻔했는가.

"우리 역사에 다시없는 성주님이신 것을!"

시민을 향한 수성군의 신뢰와 존경심은 지상의 어둠을 뚫고 천상의 별까지 닿을 만하였다.

"도깨비 같은 놈들! 뿔 자르듯 대가리를 날려 버릴 테다."

"제 명대로 살고 싶지 않아 안달이 났다고."

"어두워서 똥구덩이에 빠진 놈도 있을 거야."

그러나 조선군이 전투 준비를 서두를 필요는 없었다. 벌써부터 철통 같은 만반의 태세를 갖춘 상태였다. 저마다 칼이며 활을 불끈 쥐고 적이 쳐들어오기만을 기다리고 있었다. 강물 소리도 멎은 듯하고 풀벌레 소리도 끊긴 지 오래였다.

'내가 이래서는 아니 되는데……'

시민은 수성장으로서 수성군의 사기를 높이기 위해 장졸들 앞에서 큰 소리치는 것과는 달리 마음은 언제나 조마조마하고 무겁기만 했다. 솔직히 두려웠다.

'어릴 적부터 전쟁놀이를 할 때면 언제나 대장 노릇을 하고, 고향 백전천에 살던 나쁜 이무기를 직접 만든 뽕나무 활과 쑥대 화살로 처치하기도 했던 이 시민이건만……'

그 시절과 마찬가지로 지금 그곳에서도 그가 최고 지존인 왕이었다. 하지만 그건 최고 실권자를 지칭하는 것이 아니라 성민들의 목숨을 지켜내어야 할 책임자를 일컫는 말임을 모르지 않았다. 그의 양쪽 어깨 위에 얹힌 '목민관'이라는 이름의 무게가 이다지도 무거울 줄이야. 그 밑에 깔려 숨이 막혀 죽을 것만 같았다.

'정녕 두려운 일인 것을. 나 하나가 자칫 경망하게 그릇된 판단을 내릴 경우, 얼마나 많은 동족들이 저놈들 손에 죽어 갈 것인가?'

뒤돌아보면, 몸소 밥과 장(漿)을 가지고 목마르고 허기진 군사들을 분주히 찾아다녔고, 빗발치는 적탄을 정면으로 받으면서도 바윗덩이같이 움직이지 않았으며, 때로는 눈물을 흘리면서 휘하 장졸들에게 호소하였다.

"지금 온 나라가 결딴나 없어지고 겨우 남은 곳이 얼마 되지 않으니, 단지 여기 이 성 하나에 조선의 명맥이 달려 있도다. 이 전투에서 승리하지 못하면 조선이란 나라는 다시없다."

장졸들은 수성장의 말 한마디라도 놓치지 않으려는 듯 열심히 귀를 기울였다. 시민의 목소리는 갈수록 열기와 무게를 보태어 갔다.

"뿐이겠는가. 패배하게 되면 성내의 숱한 목숨들이 왜구들이 휘두르는 칼끝에 의해 원귀가 되고 말 터, 모쪼록 너희 장수와 병사들은 죽기로 싸워야만 살아남을 수 있다는 것을 명심, 또 명심하여야 할 것이다."

불과 3천 800여 명의 소수 병력으로 3만을 넘는 대군의 왜구를 맞아 오늘에 이르기까지 치열한 접전을 펼쳐 왔다. 성이 적의 수중에 떨어지게 되면 경상우도의 여러 고을은 말할 것도 없고, 저 곡창지대인 호남을 넘겨주게 되는 것이니, 그 전투가 얼마나 중요한 것인가는 돌멩이도 알고 잡초도 알 것이다. 그러나 너무도 힘든 것을.

시민은 오싹해질 만큼 심한 외로움에 부대꼈다. 고향의 잣나무를 떠올리며 높은 기상을 가지려고 애썼다. 1인자의 자리는 이다지도 힘들고 버거운 것인가. 이래서 어머니는 자식이 무인(武人)의 길로 들어서는 것을 그토록 말리셨던가.

'가장 남아답지 못한 게, 자신이 내린 결정을 후회하는 것이거늘. 평민이 부럽도다. 고위직에 있는 문관(文官)은 부럽지 않지만. 다시 태어나면 땅을 파는 농사꾼이 되고 싶다.'

농군이 어렵다면 조운이처럼 비차 같은 기구를 만드는 장인(匠人)은 어떨까. 그것도 괜찮을 성싶다. 하지만 실패한 장인이 된다면? 그러자 비차 제작에 성공한 자랑스러운 조운이 그렇게 가련하고 애처롭게 느껴질 수가 없었다. 내가 무슨? 시민은 스스로를 이해하기 힘들었다. 그는 일생을 바칠 각오와 결심을 하고 전념하였던 제 뜻을 마침내 이루어 낸 훌륭한 사람인데도 왜 이런 생각이 드는지.

'그렇다면 내가 끝까지 성을 지켜 내는 일에 성공해도 남들이 나를 그렇게 볼 수도 있지 않을까? 요행히 내가 죽지 않고 살아 있어도 말이다. 요행? 요행히?'

시민은 그만 실소했다. 천하의 이 김시민이가 왜 이렇게 나약해지고 말았다는 말인가. 요행을 입에 올리고 있다니. 차라리 떳떳한 불행을 맞이하라. 찬연한 죽음을.

왜군이 짐바리를 실어 내가는 등 거짓으로 퇴각하는 체했다가 다시 돌아오는 데 걸린 시간은 어림잡아 한 시간 정도가 되는 듯했다. 그렇지만 그 순간들이 시민을 비롯한 수성군들에게는 하루, 아니 한 달은 넘는 것 같았다. 시민은 마음을 추스르며,

'어디 요놈들이 어떻게 할 속셈인지 구경이나 좀 해 볼거나. 부지런히 오가느라 노고도 많았을 텐데.'

저 식년(式年)에 숙부 제갑의 도움을 받아 응시했던 무과 별시(別試)에서 장원급제할 만큼 병법에 뛰어난 시민이, 적진을 유심히 관찰해 본 결과 분명히 왜군은 두 부대로 나누어 공성할 계획 같았다. '지피지기면 백전백승'이라는 말처럼 적을 알았으니 더 바랄 게 없었다. 그런데 이쪽은 무기와 군량뿐만 아니라 수적으로도 너무 열세니 그게 가장 큰 문제였다.

4경 중(오전 2시)쯤이었다. 드디어 1만도 넘는 왜군이 동문 쪽 새로 쌓은 성벽으로 들이닥치기 시작했다. 새카맣게 몰려오는 게 꼭 오랫동안 굶주린 개미 무리 같았다. 성가퀴 부근의 남쪽으로 많이 뻗은 나뭇가지들이 그들을 막으려 손을 그쪽으로 내미는 것 같았다. 그런데 공격해 오는 왜구의 형상들이 참으로 기기묘묘했다.

긴 사다리를 가진 자, 화살이나 돌을 막으려고 방패를 짊어진 자, 향교에서 제향 때 쓰는 제기(祭器)의 일종인 보궤를 뒤집어쓴 자, 멍석을 오

려서 머리를 싸맨 자, 짚이나 쑥대, 풀을 엮어 만든 모자를 쓴 자……

그런 갖가지 희한한 전투 장비를 갖춘 왜군이 공성하는 방법도 실로 가소롭고 기상천외했다.

그들은 탈을 쓴 인형을 3층으로 만들어 차례차례로 사다리를 타고 올려 조선군을 속인 다음에 성을 타고 올라오는 것이다. 그렇게 하는 공성군을 보호하기 위해 무려 1천여 명의 기마병들이 매캐하고 뽀얀 먼지를 일으키며 돌진하면서 조총을 마구 발사했다.

피아간에 핏물이 튀고 살점이 날았다. 그밤이 지나면 아무것도 남아 있지 못할 듯했다. 빗발같이 퍼붓는 탄환, 낙엽인 양 날리는 화살, 우레 같은 함성, 아비규환의 비명 소리, 삼대처럼 즐비한 시신들……

그런 전장 속을 왜장들은 귀신같이 괴상망측한 복장을 하고 말을 달려 횡행하면서 칼을 휘둘러 독전하였다. 특히 쌍견마를 타고 마구 고함을 지르며 가장 크게 설쳐 대는 적장이 있었으니 그자는 바로 장강충홍의 아우인 장강현번지윤이었다.

그러면 성안에서는 어떻게 하고 있었던가? 수성장인 목사 김시민은 동문 북격대에서 전투를 총지휘하였다. 어려서부터 체구가 우람하고 씩씩한 기상이 무인으로서의 뛰어난 풍모를 돋보이게 하는 그였다. 온 성민(城民)들이 어버이와 같이 여겨 상하일체, 서로 어긋남이 없도록 은혜로써 대해 온 결과가 지금 나타나고 있는 것이다.

판관 성수경은 동문 옹성(甕城)에서 죽기로 싸웠다. 옹성은 중요한 성문을 보호하기 위하여 성문 밖으로 또 한 겹의 성벽을 둘러쌓은 이중 성벽으로, 외부에서 성내로 진입하기 위해서는 어느 누구든 여기를 먼저 통과하지 않으면 안 되었고, 성벽에서 바깥쪽으로 돌출되어 있는 구조로서 접근하는 적을 3면에서 입체적으로 공격할 수 있는 훌륭한 시설물이었다.

궁사수들은 있는 힘을 다해 연이어 대궁을 쏘았다. 손가락이 물러터지고 어깻죽지가 빠질 것 같아도 멈추지 않았다. 소총수들은 진천뢰와 질려포를 발사했다. 아이들은 돌팔매질을 하고 바윗덩이를 굴렸다. 여자들은 펄펄 끓는 물을 끼얹었다. 늙은이들은 벌겋게 불에 달군 쇠붙이를 던졌다. 하나가 되어 짚을 태워 어지럽게 날렸다.

왜군은 길목에 깔아 놓은 물밤쇠(마름쇠, 능철)를 밟고 비명을 올렸다. 끝이 날카롭고 여러 갈래가 진 그 무쇠는 훌륭한 방어물이었다. 왜군은 조선군 주무기인 화살을 맞고 거꾸러졌다. 저들도 화살을 날렸지만 궁술로는 도저히 조선군을 대적할 수 없었다. 돌에 맞아서도 죽고 바윗덩이에 깔려서도 죽었다. 대가리와 안면이 깨지고 불탄 자가 수없이 많았다. 진천뢰에 부딪혀 엎어져 죽은 적이 삼(麻)과 같았다.

그러나 그곳 조선군은 미처 내다보지 못했다. 사실 자신들에게 방어 임무가 부여된 그 한 곳을 지키기도 너무나 힘든 판국에 다른 곳을 돌아볼 틈이 없었다. 땅에는 시체만 쌓여 가고, 하늘에는 까마귀들만 날아다녔다. 저승사자 같았다.

여기는 구북문. 성 동쪽에서 그렇게 한창 격전을 벌이고 있을 때, 또 다른 왜군 부대 1만여 군사가 어둠을 타고 소리 없이 움직이고 있었다. 그들은 돌연 구북문을 향해 쳐들어왔다. 그들은 긴 사다리를 들고 방패를 짊어지고 있었는데, 그 기세가 금방이라도 성 위로 올라올 것같이 무섭고 드세었다.

"아, 큰일 났다! 저놈들이 어디 있다가 나타났지?"

"어두워서 우리가 몰랐다. 이 일을 어쩌면 좋으냐?"

성가퀴를 지키던 수성군 사이에 큰 소요가 일었다. 공성군은 군사 수로나 무기로나 너무 강해 보였다. 통탄할 노릇이었고 대책이 없었다.

"이대로 죽을 수는 없지 않으냐?"

"어쨌든 살아야 한다."

끝내 모두가 도망치기 시작했다. 이제까지의 철통같은 수비가 장장 무너지면서 성이 함락되기 직전이었다.

바로 그때였다. 성 위로 뛰어 올라오는 적을 쉼 없이 칼을 휘둘러 베면서 물러서지 말라고 목이 터져라 외치는 사람이 있었다. 전 만호 최덕량이었다. 그는 수성대장으로서 조금도 흠이 없는 용맹스러운 장수였다. 그는 피를 토하듯 고함쳤다.

"이곳이 무너지면 성 전체가 끝장이다!"

그러자 누군가 최덕량과 어깨를 나란히 하며 소리쳤다.

"좋소이다! 나도 함께 싸우리다."

최덕량이 싸우면서 바라보니 영장 이눌이었다. 최덕량은 자기에게 덤벼드는 또 한 놈을 베면서 말했다.

"고맙소, 영장!"

이눌도 바로 앞에 나타난 적을 향해 번개같이 칼을 내리치며,

"천만에요. 나도 똑같은 이 나라 백성이외다."

두 사람이 의기투합하여 왜군과 대적하고 있는데, 또 한 사람이 와서 그들과 더불어 적을 물리치기 시작했다. 최덕량과 이눌이 반가운 소리를 냈다.

"아, 윤 군관!"

군관 윤사복이었다. 조선 시대 중앙과 지방의 군사기관에 소속되어 장수 휘하에서 여러 군사적 직임을 수행하던 장교급의 무관이 군관이었다.

"얍! 죽어라. 도둑고양이같이 야음을 틈타 기어들다니?"

"방패를 짊어지고 있는 꼬락서니들이 우습구나."

세 사람은 각자의 무기로 끝없이 적을 무찌르면서도, 다른 한편으로 불타는 전우애로 서로의 안위를 걱정하고 격려했다.

"우리가 죽기로 싸우면 승산이 없는 것도 아니오."

"맞소이다. 저놈들이 머뭇거리고 있는 것 같소."

"아, 조심하십시오. 옆에 적이……!"

그러나 베어도 베어도 줄어들지 않는 적군이었다. 점점 지친 그들이 아슬아슬한 위기를 넘기며 힘겹게 선전 분투하고 있을 때였다. 기적 같은 일이 일어났다.

"장군! 우리가 왔습니다!"

"용서하십시오. 이 한 목숨 바쳐 성을 지키겠습니다."

놀랍게도 적의 공세에 눌려 달아났던 군졸들이 하나도 빠짐없이 다시 몰려온 것이다. 힘이 되살아난 최덕량이 감격에 겨운 목소리로 말했다.

"고맙다. 모두들 정말 고맙다."

성가퀴 근처에 서 있는 나무들도 어둠 속에서 고개를 끄덕이는 것 같았다. 숨을 죽이고 있던 밤새들도 소리를 낼 듯했다.

"이야기는 나중에 하고, 우선 저놈들부터 물리치도록 하자."

범 같은 장수의 눈에 눈물이 글썽거렸다.

"아, 이제……."

무너졌던 조선군 방어선이 정비되었다. 기세가 오를 대로 오른 그곳 장졸들도 시민과 성수경이 지키고 있는 동문 쪽과 같은 방법으로 왜구를 격퇴하기 시작했다. 장수들은 앞에 나서서 외쳤다.

"모조리 죽여라! 한 놈도 살려 보내서는 안 된다!"

사사(射士)들은 잽싸게 화살을 재며,

"조선의 화살 맛을 톡톡히 보여 주마. 어서들 오라!"

여러 날을 두고 벼르던 성 함락을 바로 눈앞에 맞이하고 기세가 등등하여 좋아 날뛰던 왜군은, 갑자기 거짓말같이 전세가 뒤바뀌자 공격할 용기를 잃어버린 듯했다.

"어이쿠우!"

전술이고 뭐고 갈피를 잡지 못한 채 허둥거렸다. 게다가 거기 역시 왜군을 상대한 것은 정규군인 군사들만이 아니었다. 성내의 늙고 약한 민간인들도 앞다퉈 나섰다.

"나이 들어 죽을 때가 됐지만 네놈들에게 저승길을 양보하마."

"조선 여자들의 서릿발 같은 증오심과 복수심을 알게 될 것이다!"

그들의 무기는 원시적이고 단순했다. 돌과 불과 물이었다. 하지만 돌이 굴러가고 불이 던져지고 끓는 물이 들이부어지는 곳에는 수없이 죽어 가는 왜군이 있었다. 성안에 있던 돌이나 기왓장은 말할 것도 없고, 초가집 지붕이나 담장을 덮었던 이엉도 거의 없어졌다. 그곳에서는 군인이 아닌 사람이 없고, 무기가 아닌 물건이 없었다.

"대체 성을 지키는 조선군 숫자가 얼마야?"

"장수들이 우리 병사들을 속인 게 분명해."

"맞아. 조선군은 군사도 얼마 안 되고 무기도 없다더니."

왜군들은 지휘부를 의심하기 시작하고 갈수록 전의를 상실해 갔다. 그 분위기를 간파한 조선군들은 적을 하나라도 더 없애기 위해 눈을 번쩍였다.

"이 밤이 가기 전에 저놈들을 모조리 황천으로 보내자."

동녘이 희붐하게 터 오기 시작했다. 적은 물론 아군의 얼굴조차 제대로 볼 수 없게 했던 밤의 장막이 서서히 걷히고 있었다. 대자연의 규칙적인 운행 앞에서는 목숨을 내건 인간들의 전쟁도 철부지 아이들 장난에 지나지 않은 법인가.

그때 윤사복이 지치긴 해도 흥분된 목소리로 이눌에게,

"적의 세력이 많이 누그러지고 있는 듯합니다."

이눌도 반가운 듯 최덕량을 보고 말했다.

"윤 군관 말씀이 맞는 것 같습니다. 저들 공세가 눈에 띄게 줄어들었 군요. 우리가 성을 지켜 냈습니다."

최덕량이 밝아 오는 하늘가를 올려다보며 입안으로 무슨 말인가를 중얼거렸다. 하늘에 감사하는 건지 부하들을 칭찬하는 건지 알 수는 없었다. 하지만 그의 눈가에 번질거리는 건 분명 눈물 자국이었다.

찰거머리 같은 왜군도 마침내 한계를 느끼는 듯했다. 한 치 앞도 내다 볼 수 없었던 전투는 그 결과가 드러나 보였다. 귀신도 점치지 못했을 조선군의 승리였다. 그래도 저들은 미련스럽게 공성을 멈추지 않았다. 성에서 내려다보니 모두가 거의 무의식적으로 움직이는 것 같았지만. 조선군도 끝까지 수성을 포기하지 않았다.

그러나 구북문을 지키고 있는 조선군 어느 누구도 예상하지 못했다. 신북문의 문루 쪽에서 온 세상이 슬퍼하고 진노할 그런 일이 일어나리란 것은.

그때쯤 동문 쪽을 공격하던 왜군은 거의 물러가고 싸움은 잠시 소강 상태로 접어들었다. 거의 초인적인 힘을 발휘하며 전투에 임하던 수성군 은 그야말로 지칠 대로 지쳐 아무 곳에나 드러누워 쉬고 있었다. 스스로 생각해도 불가능한 일을 해내었다 싶었다. 그러나 장수들도 군사들처 럼 휴식을 취하고 있을 여유가 없었다. 아직 전투는 끝나지 않았다.

시민과 성수경은 치열했던 그곳을 둘러보기 시작했다. 천지신명도 놀랐으리라. 그 많은 왜적을 상대로 하여 싸웠는데도 조선군 희생은 아주 미미했다. 기적의 현장이 아닐 수 없었다. 곳곳에 썩은 볏단처럼 널브러져 있는 것은 왜군 시체였다.

"성 판관! 우리가, 우리가 성을 지켜 냈소이다. 하하하."

시민은 군사들을 선두 지휘하느라 목이 있는 대로 쉬었지만 호탕한 웃음을 터뜨렸다. 성수경도 차마 믿어지지 않는다는 듯, 굳게 닫힌 문루의 출입문과 문루 위에 올라 적의 동향을 두루 살피고 있는 초병들을 번갈아 바라보면서,

"이 모두가 장군의 탁월하신 통솔 지휘 능력 때문이겠지요."

하지만 시민은 이번에도 전공을 모든 사람들에게 돌렸다.

"아니요. 성안의 군, 관, 민이 혼연일체로 싸워 준 덕분이오."

동방이 점점 훤해지고 있었다. 성수경의 얼굴도 그처럼 밝았다.

"이번 전투가 가장 크게 이긴 싸움으로 기록될 것입니다."

남강 쪽 하늘 높이 흰 물새 한 마리가 날아오르는 게 시민의 눈에 띄었다. 순간, 그의 머리에 떠오르는 게 조운의 얼굴이었다. 그러자 물새가 비차처럼 비쳐 들었고, 그 위에 타고 있는 조운과 정평구의 모습도 나타나 보였다.

'그 비차가 없었다면, 오늘의 이 승리도 이뤄 내지 못했을 것이다.'

그런 생각을 하며 시민이 입을 열었다.

"왜적들도 그것을 인정하지 않을 수 없을 것이오."

성수경은 아직도 피비린내가 묻은 공기를 깊숙이 들이마시며,

"정말 우리가 자랑스럽습니다. 지금 죽어도 여한이 없겠지요."

시민의 짙은 눈썹이 꿈틀, 움직인 것은 그 순간이었다.

"무슨 소리요? 죽다니?"

정색을 하고 쏘아보는 시민의 눈빛이 매서웠다. 성수경은 당황하여,

"아, 제가 망언을……?"

시민이 물새가 막 사라진 허공 어딘가로 눈길을 보내며,

"앞으로도 계속 그렇게 될 게요. 우리가 승전보를 끊임없이 울릴 것이다, 그 말이오. 하하."

"장군께서 지키시는 한, 꼭 그렇게 되겠지요."

시민이 다시 고개를 성수경에게로 돌리며,

"성 판관, 지금 그 말씀 정정하시오."

"예?"

"우리 군, 관, 민이 지키는 한, 그렇게 말이오."

시민이 웃었고, 성수경도 따라 미소 지으며,

"알겠습니다. 역시 장군께서는……."

그러나 뉘 알았으랴. 하늘이 통곡하고 땅이 울부짖을 일이 벌어질 줄은. 그것은 그들이 그런 말을 주고받으며 왜군 시체가 작은 산이나 언덕 같이 쌓여 있는 곳을 막 지나고 있을 때였다.

"타—앙!"

운명의 총성이 터졌다.

"으윽!"

갑자기 시민의 손이 왼쪽 이마로 갔다. 하지만 그게 전부였다. 시민은 그대로 의식을 잃어버렸다. 성수경이 단말마처럼 소리 질렀다.

"목사 영감께서 쓰러지셨다! 목사 영감께서 쓰러지셨다!"

실로 귀신도 정신이 없을 만큼 한순간에 벌어진 사태였다.

"여봐라! 어서 장군을 안으로 모셔라, 어섯!"

성수경은 땅바닥에 쓰러진 시민의 몸을 끌어안고 어쩔 줄을 몰라 하

다가, 문득 고개를 치켜들고 총탄이 날아온 방향을 노려보았다. 그 순간, 그의 입에서 이런 외마디가 튀어 나왔다.

"아, 저, 저기……!"

성수경의 눈이 한 곳에 딱 고정되었다. 그랬다. 왜군 시신들 속에서 움직이는 물체가 있었다! 움직이지 않는 숱한 물체들 속에서 움직이는 하나의 물체!

그자는 자기 아군 시체 더미 속에 죽은 것같이 몸을 감추고 있었던 것이다. 성수경은 자신도 모르게 벌떡 일어서며 급하게 외쳤다.

"저, 저놈이다! 저놈을 죽여라!"

놈은 언제 또 다른 총탄을 날려올지 몰랐다.

"이놈!"

민첩한 조선 군사 몇이 그자에게 번개같이 달려들었다.

"억!"

숨넘어가는 소리가 났다. 조선군이 단숨에 칼로 벤 것이다. 그자의 손에서 조총이 굴러 내렸다. 성수경은 부하들이 시민의 저격범을 처치하는 것을 확인했다. 그런 후에 그동안 다른 군사들이 시민을 모셔 놓은 곳으로 달려가며 소리쳤다.

"어떻게 되셨느냐?"

목사가 불시에 왜군 총을 맞고 실신했다는 급한 전갈을 받은 각 성문 수장들도 앞다퉈 모여들었다.

사라진 이상한 새

응급처치를 받은 시민은 잠시 후 깨어났다. 하지만 누구 눈에도 몸이 예전같지 못했다. 솔직히 가망이 없었다. 다른 곳도 아니고 이마에 탄알이 박혔으니 어떻게 손을 쓰기도 어려웠다.

그러나 아직도 싸움이 완전히 끝난 것은 아니었다. 왜군은 또다시 아귀같이 끈질기게 공격을 해 왔다. 장수들은 머리를 맞대고 긴급회의를 열었다.

"아무래도 안 되겠소이다."

전 만호 최덕량이 모두를 둘러보며 말했다.

"목사 대신 누군가가 지휘를 해야겠습니다."

영장 이눌이 적진 쪽을 돌아보며 낮은 소리로,

"적이 이런 사실을 알게 될까 봐 정말 걱정입니다."

"허, 대체 이 일을 어쩌지요?"

군관 윤사복의 음성이 캄캄했다.

"목사 영감께서 소생하실 희망은 전혀 보이질 않아요."

판관 성수경이 신음하듯,

"그렇소. 이대로 있다간······."

곤양군수 이광악이 허리에 찬 장검을 철커덕거리며,

"지금까지 피로써 지켜 온 성이 왜군들 수중에 떨어지게 되오."

몇 사람이 거의 동시에,

"일각도 지체해서는 아니 될 일이오."

긴박하면서도 신중한 논의 끝에 곤양군수 이광악에게 작전 지휘권을 맡기자는 의견이 많이 나왔다. 이광악이 낯을 붉히며 거절했다.

"이 사람더러 천추에 씻지 못할 죄인이 되라는 것이오?"

전 만호 최덕량이 단호한 어조로 나왔다.

"만약 중지(衆智)를 받아들이려 하지 않으신다면, 그것이야말로 죄인의 길로 들어서는 것임을 왜 모르십니까?"

영장 이눌과 군관 윤사복도 합세하였다.

"군사들도 이 장군께서 통솔하시기를 원할 것입니다."

"시간이 없으니 어서 수락하시지요."

마지막으로 성수경이 조용히 입을 열었다.

"장군께서 동문 북격대를 맡아 주시길 간절히 바라는 바이오."

이광악은 어쩔 수 없음을 깨달았다.

"여러분들 의견을 따르겠소이다. 너무나 미흡한 게 많은 몸이지만, 진주성에 이 한 몸 묻을 각오로 임할 터이니, 여기 계신 여러 장군들께서도 많이 도와주시기 바라오. 그럼 먼저 내 밑에 있는 군사들로 하여금······."

이광악은 자신이 거느리고 온 수하병 100여 명을 제1선에 투입시켰다. 용장 아래 약졸 없다고, 그들도 영예로운 일이라고 좋아하였다. 그리하여 이른바 저 '북격대 전투'가 시작되었던 것이다.

이광악은 그곳에 있는 큰 느티나무 둥치에 의지하여 군사를 지휘했다.

그의 명을 받은 수성군은 돌과 화살, 진천뢰, 질려포를 쏘며 용감하게 저항했다.

그런데 조선군에게 눈엣가시 같은 존재가 있었다. 솔직히 그자의 무모할 정도의 겁 없는 행동에는 마음이 편치 못한 게 사실이었다. 왜군에게는 용기를, 조선군에게는 몸을 사릴 수밖에 없게 하는 골칫거리였다.

"어떤 놈이야?"

이광악은 그자가 누구인지 알아내었다.

"뭐라? 왜장 장강충홍의 친동생이라고?"

적진을 염탐했던 군사가 고했다.

"이름이 장강현번지윤인데, 아마도 쌍견마 타기를 좋아하는 자인 것 같습니다. 며칠 전부터 저렇게……."

이광악은 장검의 손잡이를 꽉 움켜쥐며,

"참으로 가소롭기 짝이 없는 놈이로구나. 남의 나라 땅에 들어와서 제 안방처럼 설치고 있다니."

이광악을 비롯한 수성군들이 바라보고 있는 그곳에는 쌍견마에 올라탄 장강현번지윤이 성 쪽을 향해 계속 무어라고 고함을 질러 대고 있었다. 자세히 알아들을 수는 없었지만 조선군의 화를 돋우기 위해 놀리거나 욕설을 퍼붓고 있는 게 확실했다.

"강 궁수(弓手)를 불러라."

이광악이 명했다. 부하들이 곧 강 궁수를 데리고 왔다. 그는 조선군 궁수 가운데서 활 쏘는 솜씨가 가장 뛰어난 궁수로 알려져 있는 사람이었다. 팔뚝이 보통 장정 두 배는 되었다. 눈도 아주 밝아 '매눈'이라는 별명을 가지고 있었다.

"자넬 부른 이유를 모르진 않겠지?"

이광악이 시선은 계속 장강현번지윤에게 둔 채로 물었다. 그러자 강 궁수 역시 그자를 쏘아보며 대답했다.

"오랜만에 괜찮은 사냥감을 발견하니 팔뚝이 근질근질합니다."

말이 끝나기 무섭게 강 궁수는 대궁(大弓)부터 잡았다. 우리나라의 활 중에서 가장 큰 그것의 길이는 여섯 자이고 모양은 각궁(角弓)과 같았다. 육재(六材: 애기찌, 뿔, 아교, 심줄, 옻, 실)로 합성했으며, 이전부터 궁중연사(宮中燕射)와 반궁대사례(泮宮大射禮), 향음주례(鄉飲酒禮) 등의 예식에 사용했으므로 예궁(禮弓)이라고도 불리었다.

"이놈! 더 크게 소리 질러라. 네놈이 이 세상에서 마지막으로 지르는 고함이 될 테니까 말이다."

그런 혼잣말과 함께 강 궁수는 대궁을 휘어서 화살을 날려 보냈다. 그리고 다음 순간, 그중 하나가 장강현번지윤의 흉부에 정확히 가 박혔다. '억!' 하는 소리가 성안에서도 들리는 듯했다.

"저것들 하는 꼴……."

수성군들은 보았다. 너무나 놀라고 당황한 왜군들이 쌍견마에서 굴러 떨어져 축 늘어진 장강현번지윤을 급히 들러업고 허둥지둥 그네들 막사로 돌아가는 것을.

"과연 최고 궁수라는 명성이 거짓이 아니었구나."

이광악이 강 궁수를 칭찬하고 나서 천천히 말했다.

"급사했으니 놈들의 충격이 여간 크지 않을 게야. 예감이 좋다. 전투에 나설 때면, 이번은 승리할 것 같다, 이번은 패배할 것 같다, 그런 느낌 말이니라."

조선군들이 입을 모아 싸움은 다 끝났다고 말했다. 그러나 그게 아니었다. 독이 오를 대로 오른 왜군은 조총을 난사하며 공성에 나섰고, 조선군은 절명 지경에 이른 목사를 생각하며 이를 갈았다. 이제 누구도 물러서지 않으려는 악전고투만이 있을 뿐.

가지 끝에 간신히 매달려 있던 잎도 그만 힘이 빠진 듯 손을 놓아 버렸다. 세찬 바람은 성안으로 불었다가 성 밖으로 불었다가 하늘로 치솟았다가 제멋대로였다. 마치 광녀 도원 처녀의 검정치마가 펄럭거리면서 내는 바람 같았다.

온 세상에 피비린내를 진동케 하는 인간들 전쟁에 신도 진노한 것일까? 해가 뜨는가 했더니 홀연 암운이 하늘을 뒤덮었다. 뒤이어 천둥소리가 나며 비가 쏟아지고, 천지는 한 치 앞도 보이지 않을 만큼 캄캄해졌다. 그리고 그 속에서 피아의 인마(人馬), 총성, 호각 소리만 요란하였다.

4경(오전 1시)부터 시작된 전투가 진시(辰時, 오전 7시~9시)를 지나 사시(巳時, 오전 9시~11시)까지 이어졌을 때였다. 별안간 적진의 막사 쪽에서 불길이 확 치솟더니, 그것이 신호인 듯 비로소 왜군이 퇴각하기 시작했다. 수성군은 기뻐 환호성을 질렀다. 그렇게 악귀같이 달라붙던 왜군이었다.

그때 군사 하나가 이광악이 몸을 의지하여 싸웠던 큰 느티나무를 가리키며 큰소리로 말했다.

"우리 앞으로 저 나무를 '이광악나무'라고 부릅시다."

그러자 모두 좋다고 힘차게 손뼉을 쳤다. 이광악나무―그 이름은 먼 후세에까지 그대로 전해지게 된다.

그런데 왜군이 물러가면서도 하는 짓이 또 더없이 가증스럽고 음흉했다. 전우의 시체를 촌락으로 끌고 가서 불을 태웠고 잿가루가 사방팔방 날리었다. 그래서 조선군이 왜군 머리를 벤 것은 겨우 30여 급에 불과

했다. 그들은 전사자 수가 조금이라도 더 적은 것처럼 위장했던 것이다. 하지만 그건 저들 말로 '머리만 감추고 엉덩이는 감추지 않는' 격이었다. 왜군이 물러난 후에 보니 여염집에는 불에 탄 송장 뼈가 곳곳에 쌓였다.

"왜놈 장수들도 엄청 많이 죽었을 게야. 그놈들이 왜장 시체를 농이나 자루에 넣어 떠메고 가는데, 그게 하나 둘이 아니더라고."

"소와 말도 모조리 버려 둔 채 그냥 도망친 걸 보면, 그놈들 어지간히 혼겁이 났던 모양이야."

"그것도 그렇지만, 우리 조선 포로들을 그대로 살려 놓고 도주했잖아? 그 독하고 악랄한 왜구들이 말이야."

그러나 조선군에게 퍽 아쉽고 억울한 게, 전의를 상실하고 도주하는 적을 섬멸할 수 있는 대규모 추격을 하지 못했다는 사실이었다. 목사가 총알을 맞고 드러누운 데다가, 장졸 모두 힘이 다하고 원병이 더 없었던 게 그 원인이긴 했지만. 그나마 일부 병력이 소촌역까지 진격하여 왜군 머리 30여 수(首)를 베었다는 게 조금은 분을 풀어 주었다.

조운은 시민이 찾는다는 전갈을 받았다. 그러잖아도 아무도 모르게 혼자 뜻하는 바가 있어, 어떻게 하면 그와 단 둘이 만날 수 있을까 궁리하고 있던 조운은, 한걸음에 내달려 시민이 누워 있는 방으로 들어갔다.

"어서 오시오. 이런 못난 모습을 보여 부끄럽구려."

시민은 간신히 입을 열어 그렇게 말했다. 부르튼 핏기 없는 입술을 힘없이 달싹거리는 게 보는 사람도 고통스럽게 했다.

"장……군……."

조운은 눈물부터 앞을 가렸다. 지금까지 그가 보아 오던 시민이 아니었다. 언제나 몸을 사리지 않고 용감하게 진두지휘하던 장수의 모습 대신, 불가항력의 죽음을 눈앞에 둔 한없이 나약해빠진 병자만이 거기 있었다.

"내가 그대를 부른 것은……."

시민은 그 말을 하는 것도 힘이 드는지 연거푸 가쁜 숨을 몰아쉰 후 가까스로 말을 이어 갔다.

"각별히 부탁할 일이 있어서……."

조운은 상돌과 충청도 노성 땅의 윤달규를 찾아갔던 기억을 떠올리며,

"예, 어서 분부만 내리십시오."

사람이 몸이 약해지면 의지와 결단력도 같이 약해진다더니, 시민은 이번에도 그답지 않게 변죽만 울렸다.

"마음만 먹으면 크게 어려운 일은 아니라고 보는데……."

조운은 북받치는 울음을 가까스로 참으며,

"제가 할 수 있는 일이라면 무슨 일이든지 다 하겠습니다."

그러나 시민의 입에서 그런 말이 나올 줄은 몰랐다.

"칼로 내 이마에 박혀 있는 이 총알을 빼 주시오. 부탁하오."

"예에? 초, 총알을……?"

조운은 소스라치게 놀라며 자신도 모르게 뒤로 물러나 앉고 말았다. 수백 개의 총탄을 한꺼번에 맞는 충격이 그러할까?

"만약 칼로 하는 게 힘들다면……."

시민이 눈을 감았다가 다시 뜨며 간곡하게 청했다.

"대나무 꼬챙이라도 좋소. 이것만 제거할 수 있다면……."

"장군!"

"이런 말을 하는 내 심정, 그대는 알리라 보았는데……."

조운은 당장 일어나 그 자리를 도망치고 싶었다. 기대를 갖고 띄웠다가 추락한 비차의 잔해를 헤치고 빠져나올 때 느끼곤 하던 그 참담함이 엄습했다.

"본관이 없어도……."

조운은 감히 시민의 입을 틀어막고 싶었다. 그가 없는 세상은 상상도 하기 싫었다. 그 쇠털같이 많았던 실패도 그를 위한다는 일념에 견뎌 온 세월이었다. 하지만 시민은 좀 더 조운을 궁지로 모는 설득조로 나왔다.

"우리 군사가 왜적을 잘 물리쳤다고 들었소. 그러하니……."

급기야 조운은 수성장의 말을 중도에서 끊었다.

"그 모두는 오직 장군께서 잘 훈련시켜 놓으신 덕분입니다."

그런데 시민의 입에서는 더욱 듣기 망극한 소리까지 나왔다.

"어쩌면 내가 짐이 될지도 모른다는 생각도 해 봤소. 그러니……."

조운은 광녀보다도 더 미쳐 가는 모습을 보였다.

"짐? 짐이라니요? 어찌 그런 말씀까지……?"

시민은 마지막 배수진을 치듯,

"만약 그대가 끝까지 응해 주지 않는다면 나도 생각이……."

조운은 그 경황 속에서도 이번이 그를 살릴 수 있는 마지막 기회라는 생각이 머릿속을 스치고 지나갔다. 그리하여 미리 마음먹고 있던 바를 간곡하게 청하기 시작했다.

"저는 위기에 빠진 나라를 건질 귀인을 구하라는 운명을 타고 태어난 사람입니다."

시민은 듣지 않겠다는 표시인 듯 두 눈을 감아 버렸다. 하지만 조운은 윤달규의 말만 믿고 맹목적으로 비차의 배를 두드려 대던 그때처럼,

"그 귀인이 바로 장군이라는 것에는 일말의 의심도 없습니다."

조운의 귀에 김제갑 목사의 음성이 들리는 듯했다.

'내 조카를 살려야 하네. 그냥 죽게 해서는 안 돼. 자네는 그렇게 해야 할 운명을 타고 태어났다는 사실을 잊어버린 것은 아니겠지? 이건 부탁이 아니라 명령이야.'

조운은 필사적으로 간청했다.

"이번 한번만이라도 제발 제 청원을 수락해 주십시오. 부디 비차를 타고 성을 빠져나가시어 훗날을 기약하셨으면 합니다. 응당 태형을 맞아 마땅할 건방진 말씀이오나, 장군이라면 충분히 그럴 수 있는 역량과 기개를 지니신 분이라고 믿사옵고……."

시민의 말끝이 과녁에 꽂힌 화살 끝처럼 파르르 떨렸다.

"나더러 우리 군사들과 민간인들을 남겨 두고 혼자만 성을 떠나라는 것이오?"

"그, 그건……."

이번에 조운의 귀에 들리는 것은 보묵 스님의 염불 소리였다. 조운 자신과 둘님이 하루아침에 부모를 잃은 망극한 슬픔과 고통에서 이만큼이라도 벗어날 수 있도록 한 것은 오로지 보묵 스님이 신봉하는 불덕(佛德)이었다.

"크게 다친 제 내자와 백정 하나를 아주 잘 치료해 준 의원 한 사람을 알고 있습니다. 그에게 장군의 상처를 맡기시면……."

"내 몸은 누구보다 내가 잘 알고 있소. 그리고 주장(主將)인 내가 없어진 것을 알면, 여기 진주성은 단 하루도 더 버텨 내지 못할 것인즉……."

"일찍이 보묵 스님이라는 고승께서 제 부모에게 예언하시기를, 새의 운을 타고 태어난 당신들 자식이 반드시 위기에 빠진 나라를 건질 귀인을 구할 것이라고 하셨고, 그것은 정평구라는 사람과 제가 저 비차를 만든 것으로도 충분히 입증된 바 있다고 봅니다. 따라서 장군께서 쾌차하시어 왜적 손에 넘어갈 조선을 지키시게 될 것임은 불문가지가 아니겠습니까?"

시민이 눈을 떠서 조운을 보며 조용한 목소리로,

"그대의 깊고도 갸륵한 충정은 진정 고맙고 아름답소. 이 험한 세상에서 내가 그대 같은 사람을 만난 것은 참으로 큰 복이요. 그 어떤 것으로도 맛볼 수 없는 기쁨이라는 생각을 벌써부터 해 오고 있었소."

그의 음성에는 기적과도 같이 어떤 고통과 회한의 기운도 담겨 있지 않은 듯하여 또 다른 면에서 조운을 놀라고 당황케 했다.

"더 중요한 이야기 하나, 그대는 방금 본관에게 말한 그 일을 이미 하였소이다. 하늘이 정해 주신 운명대로 이루었다, 그 말이외다."

"예? 그게 무슨 말씀이시온자……?"

조운이 크게 놀라 묻자, 시민은 얼굴에 보일락 말락 엷은 미소를 띠었다. 조운은 그 얼굴에서 보묵 스님, 아니 부처를 보는 듯했다.

"내가 그대와 정평구라는 사람과 함께 비차를 탔던 그날……."

꿈꾸는 듯한, 그러나 현실감이 뚝뚝 묻어나는 목소리였다.

"나와 이승과의 인연은 끝나게 되어 있었소."

시민은 군복이 아닌 자신의 환자복을 가만히 매만지며,

"내 장수복을 뚫었던 그 총알들……."

시민은 고통스러운 얼굴이었지만 근엄함을 잃지 않았다.

"만약 나 혼자 비겁하게 구차한 목숨을 연명할 생각이 있었다면, 그날 그대들이 내게 간청했던 바대로, 그때 성을 나가서 다시 들어오지 않았을 것이오. 하지만 나는 돌아왔소. 내 무덤이 될 수도 있는 이곳으로 말이오."

시민은 숨을 몰아쉬고 나서 다시 입을 달싹거렸다. 힘이 들어도 할 말은 다 해야겠다는 신념이 고스란히 조운에게로 전해졌다.

"왜 그렇게 했는가? 난, 그게 나의 운명을 따르는 길이라고 믿고 있었기 때문이오. 나라를 위해 한몸을 던지는 무인의 길 말이오."

"그, 그렇지만……."

"이 사람을 더 비참하게 만들지 마시오. 또한 죽어서도 비차를 잊지 못할 것이오."

"비차는 장군을 살릴……."

"어허? 운명, 운명이라고 했거늘……."

"장군의 운명은 이런 게 아니오라……."

"만일 그날 내가 비차를 타지 않았다면, 나는 그때 벌써 총에 맞아 죽었을 것이오. 그랬다면, 그 이후에 벌어진 여러 전투에 나는 참가할 수 없었을 것이고, 그러면 어찌 승전가를 부르고 승전고를 칠 수가 있었겠소?"

"……."

"따라서 김시민이라는 이름 석 자는 그대로 사라져 버렸을 터, 다행히도……."

시민은 마지막 힘까지 다 짜내어 말을 하고 있다는 게 조운의 눈에 똑똑히 보였다. 그렇지만 더 이상 그가 입을 열지 못하게 하는 것은 무의미하고 불가능한 일이라는 것도 피할 수 없는 운명처럼 깨달았다.

"비차가 있어, 비차가 있었기에, 나는 여기 진주성 전투에서 왜적을 물리친 목사라는 행운과 영예를 얻은 것이오."

"장군께서는 비차가 아니었더라도 충분히 그 일을 수행해 내실 수 있는 애국심과 힘을 갖추신……."

"이 사람 운명은 이 사람 것인즉, 내게 맡겨 주기 바라오."

끝내 조운은 그만 더 할 말이 없었다. 사실 그 스스로도 운명대로 살기 위해 자기를 아끼는 주변 사람들의 권유나 충고를 모두 물리쳤다. 시민에게도 그럴 권리와 자유가 있는 것이다. 그것이야말로 진정한 운명이 아니겠는가 싶었다.

"지금 하신 그 말씀…… 잘 알겠습니다. 차후로 이런 말씀은 절대 올리지 않겠습니다, 장군."

"그대들이 만든……."

시민이 힘겹게 팔을 뻗어 조운의 손을 잡았다. 조운은 느꼈다. 그의 손이 아직은 따스하다는 것을. 그의 음성은 더 따뜻했다.

"비차, 그 비차야말로 조선 최초로, 아니 어쩌면 이 세상 최초로 하늘을 난 비행물체로 기록될 것이오."

그 말을 들은 조운은, 또다시 끝까지 꿈과 희망의 끈을 놓치고 싶지 않았다. 지금까지 비차는 고통과 절망의 뿌리이었음에도 불구하고 그에게 늘 그런 힘을 주었고, 앞으로도 계속해서 그럴 것이라고 믿었다.

"그 비차가 언젠가는 또다시 장군을 구할 수 있으리라 봅니다."

시민이 몇 번이나 생기 잃은 눈을 끔벅이며 말했다.

"부탁이 있소. 조금 전에 내가 했던 말, 내 이마에 박힌 총알을 뽑아 달라던 그 말을 거두겠소."

"그, 그럼 회복하실 수 있다는 자신감을……?"

하지만 시민의 얼굴은 조운이 처음 그 방에 와서 보았을 때보다 훨씬 나빠져 있었다. 음색 또한 더욱 무겁고 어둡기만 했다.

"그러니 그대도 듣지 못했던 걸로 해 주시오."

조운은 왠지 모를 불길함을 떨치지 못하는데,

"비차에 대고 약속해 줄 것으로 믿으오."

조운은 어쩔 줄을 몰랐다. 하지만 자기 손으로 칼을 그의 이마에 댈 수는 없는 노릇이었다. 어떻게든 그는 살아야 한다는 일념만이 조운의 마음을 지배하고 있었다. 결국 조운은 그대로 그곳을 돌아 나오고 말 았다.

가을의 끄트머리였다. 이제 곧 자연과 인간의 마음을 숲 속의 은둔자처럼 웅크리게 하는 계절이 올 것이다. 뒤돌아보면, 붉은 단풍 빛깔만큼이나 숱하게 뿌려진 붉은 피였다.

막바지에 이른 전투 지역을 순시하던 중, 죽은 체하고 시체 더미 속에 숨어 있던 왜병의 저격에 의해, 왼쪽 이마에 총탄을 맞고 쓰러져 치료받고 있는 시민의 곁에는, 늘 동생 시약(時若)이 그림자같이 붙어 있었다. 우애가 남다른 형제였기에 시약은 시민이 하는 모습이 너무나 안타깝고 애처로웠다.

"형님, 제발 몸을 생각하십시오."

"아니다. 지금 나라가 이 지경에 이르렀는데……."

"나랏일은 쾌차하신 다음에 걱정하시고요."

"나의 일신이 더 중요하단 말이더냐?"

시약의 간곡한 호소도, 주제 넘는다 싶은 타이름도, 오로지 남쪽을 보고 앉아 있는 그 고을 주봉(主峯)인 비봉산처럼 시민의 마음을 다른 데로 돌리지는 못했다. 그는 때때로 머리를 들고 북쪽을 향해 진한 눈물을 흘렸다. 시약은 그 눈물 속에서 보았다. 임금과 부모형제 그리고 고향 땅을.

'형님께서 혁혁한 전공을 세운 성웅이라 한들, 아우인 나로서는 그저

애달프기만 한 이 애끊는 심정을 뉘 알랴.'

시약은 그만 그 방에서 나오고 말았다. 마당 가장자리에 우두커니 선 나목(裸木) 아래 홀로 서서 하염없이 올려다보는 하늘이 겨울날 꽁꽁 얼어붙은 고향 마을 앞 백전천처럼 차갑게 느껴졌다. 그 어린 나이에, 그 냇물의 소(沼) 가운데 있는 커다란 뱀굴 속에 살면서 사람과 짐승을 해치는 사납고 못된 이무기도 거뜬히 처치한 시민이었다.

'아무리 생사의 길은 인간이 선택할 수 없다곤 하지만······.'

그의 눈에도 시민이 회복될 기미는 보이지 않았다. 도리어 시간이 지날수록 총알의 독이 퍼져 나가는 바람에 시민의 고통은 더해만 가는 듯했다. 그렇게 큰 체구의 그가 다른 부위도 아니고 하필이면 이마에 총알이 박히다니.

마음 같아서는 다시 방으로 들어가고 싶었다. 그리하여 아직도 왜적의 더러운 체취가 묻어 있을 것 같은 그것을 입으로 빨아서라도 뽑아내고 싶었다. 하지만 자칫 잘못 건드려 덧이 나거나 독이 더 빨리 번지면 수명을 단축시킬 수도 있다는 게 군의관의 말이었다.

그런데 이튿날 시약이 다시 시민을 찾았을 때였다. 시민이 왠지 불길한 이런 말을 꺼내 시약은 예감이 너무 좋지 않았다.

"아우! 내가 죽을 때 죽더라도 더러운 왜놈들 탄알을 내 몸속에 넣은 채 눈을 감을 수는 없어."

시약은 북받치는 울음을 가까스로 참으며,

"형님 마음은 잘 알겠습니다."

"그러면 됐네."

"하지만 군의의 말이······."

시민의 이마에 눈이 갔던 시약은 얼른 외면해 버렸다. 고결한 성품을 입중해 주듯 단정했던 이마가 말이 아니었다. 상처 부위는 갈수록 썩어 들어가고 진물이 자꾸만 흘러나왔다. 하지만 시민의 표정은 오히려 밝아 보였다.

"아우! 지금 이 형은 아주 마음이 편안하다네. 사실 그만하면 사내대장부가 할 일은 어느 정도 한 셈이 아니겠는가?"

그때 들려오는 종소리는 분명 연지사에서 성내로 가져온 연지사종이 내는 소리였다. 조선군 사기는 하늘까지 높여 주고, 일본군 사기는 땅속까지 떨어지게 하였던, 아름답고 신비한 천년의 범종.

시약은 또 그냥 시민이 누워 있는 방을 돌아 나와야 했다. 그러면서 얼핏 본 시민은 여전히 두 눈을 꼭 감은 채 깊은 생각에 잠겨 있는 모습이었다. 통증을 견디기 위해 까칠해진 입술을 앙다문 채로.

시약은 몰랐다. 그게 자신이 이 세상에서 본 형의 마지막 모습이 되리란 것을. 자기 숙소로 돌아와서 방문을 꼭꼭 걸어 닫고 얼마나 오랫동안 소리 죽여 눈물을 펑펑 내쏟고 있었을까. 시약은 알 수 없었다. 그 시간이 한 식경쯤인지 아니면 한나절이었는지.

어쨌든 시민을 모시는 휘하 군사가 보낸 급보를 받고 황급히 시민의 처소로 간 시약은 그만 방바닥을 치며 대성통곡하고 말았다. 왜 형이 마지막으로 했던 말뜻을 헤아리지 못했던가?

"모, 목사 영감께서…… 나, 나무못으로…… 타, 탄알을……!"

시약은 보았다. 시민의 몸 옆에 나뒹굴고 있는 나무못 하나를. 시민은 그 나무못으로 이마에 박힌 탄알을 빼내고 눈을 감은 것이다. 더러운 왜놈 총알을 내 몸속에 넣은 채 죽을 수 없다던 그의 말이 생각나서, 시약은 그 나무못으로 자기 심장을 후벼 파는 듯한 고통을 느껴야 했다.

'시민 형님의 춘추가 이제 고작 39세에 지나지 않거늘.'

그러나 비통에만 잠겨 있을 틈이 없었다. 이광악을 비롯한 장수들이 총지휘소에 모여 긴급비상회의를 열었다.

"이 사실이 적은 물론 아군에게 알려져서도 아니 됩니다."

그러나 얼마 안 가서 시민의 타계 소식은 온 성중에 퍼졌다. 그리하여 모두가 부모상을 당한 것처럼 곡하는 소리가 끊이질 않았다.

"무심한 하늘이시여, 어찌 우리들에게 이런 고통을……."

"저희는 모두 압니다, 장군께서는 영원히 살아 계신다는 것을."

그렇지만 사람들은 누구도 알지 못했다. 관기 하나가 사흘 낮밤을 잠시도 쉬지 않고 칼춤을 추다가 그만 자진(自盡)하고 말았다는 사실을. 홍여, 붉음과 같은 단심(丹心)을 실은 춤사위, 그 춤이야말로 저승춤이었다는 것을.

'장군! 원통하시고 외로우시더라도 잠시만 기다려 주십시오. 이 몸이 장군께 가서 그 원통하심과 외로우심을 말끔히 씻어 드리겠습니다.'

고을 백성들이 얼마나 시민을 우러러보고 안타까워했는가는 그들이 한 행동을 통해 잘 엿볼 수 있었다. 그 후 1년이 넘도록 성민들은 소복 차림을 하고 고기는 일절 입에 대지 않은 채 채식만을 하며 슬퍼하였던 것이다.

시민의 행상(行喪)이 고향 땅을 향했다. 운구가 지날 때면 사민(士民)들이 서로 다투어 상여에 매달려 울었다.

그런데 비슷한 시각, 가마못 안쪽 동네 가장 저 뒤편에 있는 오두막집에서도 난데없는 통곡 소리가 흘러나왔다. 그곳 집들은 물론이고 비차 제작장인 분지에서도 들리는 그것은 장년의 사내와 노파의 울음소리였다. 바로 광녀의 오라버니와 어머니였다.

진주성 공략에 실패하고 퇴각하던 왜구들은 홧김에 닥치는 대로 온갖

살인과 약탈을 일삼았는데, 그 피해자 중에 도원 처녀와 걸인도 섞여 있었을 줄이야.

"여보."

분지의 오리나무 밑에서 눈물을 글썽이던 둘님이 조운을 부르며 손을 잡아 왔다. 거기 공터에 널려 있던 비차의 재료나 잔해물은 깨끗이 치워진 상태였고, 완성된 비차는 짚과 비닐, 가마니, 마른 나뭇가지 따위로 꼭꼭 덮어 두었다.

"도원 처녀가 그 걸인과 꼭 껴안은 모습으로 죽어 있었다니 조금은 마음이 편하오."

"예……"

"부디 저승에서는 건강하고 행복하게 살아가길 바랄 뿐……"

조운은 말끝을 맺지 못했다. 어디선가 금방이라도 광녀가 나타나 덩실덩실 춤을 추면서 저 '비차의 노래'를 불러 댈 것만 같았다.

자기 고향 전라도 김제로 돌아간 정평구와 백정 상돌, 그리고 광녀와 걸인이 없었다면 비차는 만들 수 없었을 것이다. 조운의 입에서는 눈물에 젖은 소리가 새나왔다.

> 난다 난다 비, 비차
> 진주성에 가 보자
> 비차 비차 비차다
> 진주성에 가 보자

한편, 시민의 행상이 함양에 이르렀을 때였다. 조정에서 시민을 우병사로 승진시킨다는 교지(教旨)가 전해졌다. 훗날 이야기지만, 포로가 되어 왜국에 있는 자가 우감사에게 보낸 편지에 이런 내용이 들어 있다. 풍신수길의 종질(從姪)인 우시등원랑이 시민에게 패해 창원으로 도망가 분하고 한(恨) 됨이 병이 되어 죽었다는.

그 기록보다도 시민을 더 잘 말해 주는 것이, 일본의 전통 연극은 가부키(歌舞伎)라고 할 수 있다. 시민은 그 연극 속에서 악의 세력으로 등장하고 있는 것이니, 시민이 이끈 진주성 전투에서 조선에 패한 일본의 패배 의식과, 시민을 향한 그네들의 열등감 내지는 통분을 여실히 보여 주고 있는 것이다. 게다가 저들은 당시 조선 목사 스무 명 가운데 진주목사 김시민만을 따로 '모쿠소(牧曾)'라고 불렀다.

여기는 왜국이 아니라 다시 조선 땅이었다. 시민의 운구는 조선 땅에서 조선 땅으로 가는 것이었다. 그런데 시민이 가고 있는 그 조선의 하늘 위로 여태 보지 못했던 이상한 새 한 마리가 나타났다. 그것은 시민의 운구 위에서 빙빙 돌면서 마치 고인의 마지막 가는 길을 전송하는 것 같이 보였다. 이윽고 시민의 운구가 사라졌을 때, 그 거대한 새도 몸을 돌려 어딘가를 향해 날아가고 있었다.

그로부터 몇 날이나 지났는지 모른다. 여기는 바다가 보이는 사천현이다. 아주 이상한 새를 보았다는 사람이 몇 명 나왔다. 그렇지만 그 거대한 새에 올라타고 있는 두 남녀가 나누는 소리까지는 들을 수 없었을 것이다.

둘님이 말했다.

"어쩐지 이런 예감이 자꾸만 들어요. 세월이 한참 흐른 먼 훗날에는, 여기 이 고장에 당신이 만드신 비차 같은 것들이 많아 날아다닐 것 같다는……."

조운이 말했다.

"그렇게 되겠지요. 아니, 반드시 그렇게 되어야 할 것이오."

조운은 죽은 광녀, 도원 처녀가 떠올랐다. 그렇게도 자기가 태어난 사천으로 오고 싶어 하던 여자였다. 그러다 그는 고개를 흔들었다.

'아냐, 어쩌면 벌써 여기 사천에 와 있을지도 몰라. 비차의 넋이 되어.'

문득, 이런 생각도 들었다.

'아, 그 여자가 살아 있다면 이런 노래를 부를지도 모르는데.'

그러자 그의 입에서는 자신도 모르게 이런 노래가 흘러나오기 시작했다.

> 난다 난다 비, 비차
> 사~천에 가 보자
> 비차 비차 비차다
> 사~천에 가 보자

조운이 말했다.

"자, 이제 우리도 갑시다. 영원히 비차와 함께할 곳으로."

둘남이 말했다.

"이 지긋지긋한 전쟁이 모두 끝나고 평화가 찾아오는 날, 우리 비차는 새로운 모습으로 다시 날아오게 될 거예요."

사람들은 보았다. 하늘 높은 곳에서 거대하고 이상한 새 한 마리가 어디론가 날아가고 있는 것을.

그게 끝이었다. 그 후로 사람들은 두 번 다시는 그 새를 보지 못했다.

— 전2권 끝

* 비차가 나오는 기록들

일본 역사서 『왜사기(倭史記)』
신경준(1712~1781) 『여암전서(旅菴全書)』 거제책(車制策)
이규경(1788~1863) 『오주연문장전산고(五洲衍文長箋散稿)』 비차변증설(飛車辨證說)
권덕규(權悳奎) 『조선시대발명품』 조선어문경위(朝鮮語文經緯) (광문사(廣文社), 1923)